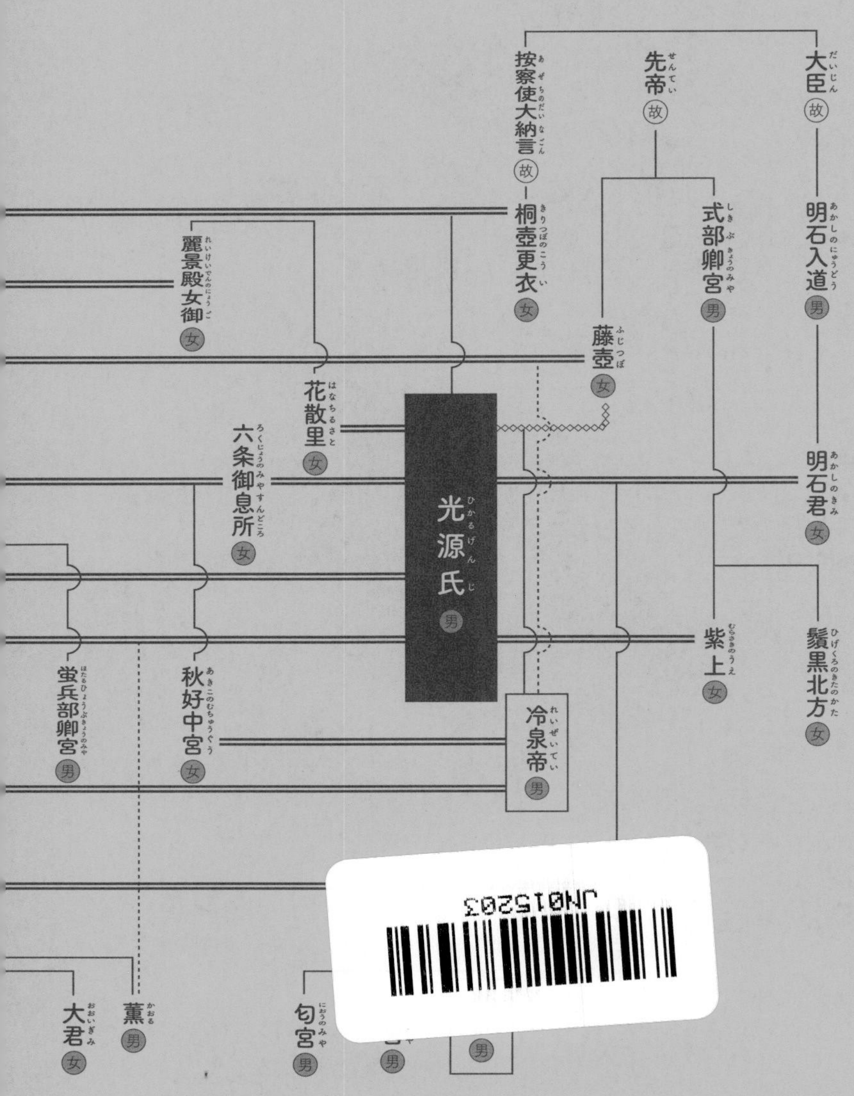
男 男性
女 女性
故 故人
夫婦・恋人
不義密通
親子・兄弟姉妹
非実子
大臣
先帝
按察使大納言
明石入道
式部卿宮
桐壺更衣
麗景殿女御
藤壺
花散里
六条御息所
光源氏
明石君
紫上
髭黒北方
冷泉帝
秋好中宮
蛍兵部卿宮
大君
薫
匂宮

Introduction

子供の頃『源氏物語』を、何となく読んでいるのが好きでした。

日本語でないようなあるような、意味がわかるような不明なような、そんな言葉のなかを、たゆたうのが心地よかったのです。

長じてのちは現代語訳をあれこれ目にしたものですが、名訳といえど限りがあり、原文の香気はやはり比類ないのです。

現代人にはハードルが高いけれど、やはり原典で味わいたい。試行錯誤の結果がこの本です。物語から名文を選りすぐり、１日に１文、意味だけでなく背景の解説もつけました。

平安人が読んでいたように『源氏物語』を読み味わう――その楽しみを皆様にお届けできましたなら幸甚です。

砂崎 良

Spring

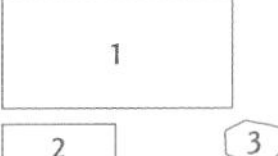

1「源氏物語図 浮舟、夢浮橋」伊年印　p.55
石橋財団アーティゾン美術館蔵

2「源氏物語図屏風」胡蝶　狩野〈晴川院〉養信筆　p.93
東京国立博物館蔵　ColBase（https ://colbase.nich.go.jp/）

3「初音蒔絵十二手箱 姿」　p.16
徳川美術館蔵　©徳川美術館イメージアーカイブ/DNPartcom2

夏　Summer

4	5

4「源氏物語絵色紙帖」蓬生　土佐光吉筆　p.123
京都国立博物館蔵　ColBase（https://colbase.nich.go.jp/）
5「常夏」源氏物語より　p.167
チェスター・ビーティ図書館デジタルコレクション

秋 Autumn

7

6

6「源氏物語橋姫図」伝俵屋宗達筆　p.265
慶應義塾 センチュリー赤尾コレクション

7「源氏物語図屏風」紅葉賀　梅戸在親筆　p.304
東京国立博物館蔵　ColBase（https://colbase.nich.go.jp/）

8「源氏物語図扇面」賢木　伝土佐光元筆　p.267
東京国立博物館蔵　ColBase（https://colbase.nich.go.jp/）

冬
Winter

9 10

9「源氏物語」朝顔　作者不詳　*p.357*
メトロポリタン美術館

10「源氏物語手鑑」薄雲　土佐光吉筆　*p.353*
和泉市久保惣記念美術館蔵

目次　Contents

Index

巻名逆引き索引　巻ごとにまとめて読みたい場合には、こちらをご参照ください。

(第一部) 若き日の光源氏

7月 Jul.	8月 Aug.	9月 Sep.	10月 Oct.	11月 Nov.	12月 Dec.
198	*229*	*261*	*292*	*323*	*353*

巻	題	本項
23	初音	*14〜17, 19*
24	胡蝶	*93, 94*
25	蛍	*136, 140, 159*
26	常夏	*167, 168, 195*
27	篝火	*202*
28	野分	*237, 238*
29	行幸	*45, 358, 359*
30	藤袴	*218*
31	真木柱	*27, 28, 315, 344〜349*
32	梅枝	*53, 54*
33	藤裏葉	*74, 114, 129, 130, 134, 135, 214, 215, 313*

(第二部) 老いを迎える光源氏

巻	題	本項
34	若菜上	*36, 58, 62, 63, 79, 80, 84, 95, 98, 314, 336〜338*
35	若菜下	*33〜35, 87, 121, 131, 170, 173, 288, 363〜365, 375, 376*
36	柏木	*29, 51*
37	横笛	*52, 225, 226*
38	鈴虫	*196*
39	夕霧	*227, 239, 279, 341*
40	御法	*44, 103, 125, 241, 242*
41	幻	*204, 269, 331, 360, 361, 370, 371, 382*
	雲隠	*383*

(第三部) 光源氏の子孫たち

巻	題	本項
42	匂宮	*30, 31, 37*
43	紅梅	*318*
44	竹河	*59*
45	橋姫	*32, 265, 293, 325*
46	椎本	*203, 233, 320, 366〜369*
47	総角	*259, 292, 321, 322, 326〜328, 350*
48	早蕨	*40〜42, 50*
49	宿木	*106, 287, 316*
50	東屋	*209〜212, 236*
51	浮舟	*22, 38, 39, 55, 86, 92, 96*
52	蜻蛉	*97, 160, 161, 213*
53	手習	*43, 274, 275, 352*
54	夢浮橋	*115〜118*

※ 2〜4巻が「帚木三帖」
22〜31巻が「玉鬘十帖」
42〜44巻が「匂宮三帖」
45〜54巻が「宇治十帖」

本書の楽しみ方

How to

1

原文が手軽にわかる

『源氏物語』の原文に触れてみたいけれど難しそう、と感じている方でも手軽に楽しめるよう、原文にはふりがなを増やし、紫式部の名文がすらすらと読めるようにしています。

2

平安人の考え方がわかる

現代語訳を読んでも「よくわからない」と言われる『源氏物語』。解説文とコラムでは、原文を「本当に」理解できる助けとなる、平安人の考え方や平安文化などを紹介します。

3

物語時間の流れがよくわかる

『源氏物語』には日付がわかる記述が少なくありません。それらを365日の中に当てはめてみることで、平安の宮中行事や風習はもちろん、登場人物の成長・変化も見えてきます。

※本書は、『源氏物語』に基づき旧暦をもとに編集しています。旧暦と新暦の考え方については、104ページをご参照ください。

※本書の原文は、『新編　日本古典文学全集　源氏物語』１～６／小学館、『源氏物語』１～９／岩波書店をベースとし、現代の読者に読みやすいよう漢字や句読点などを調整しています。

参考文献

田坂憲二著『源氏物語の政治と人間』慶応義塾大学出版会／藤井貞和著『タブーと結婚』笠間書院／青島麻子著『源氏物語　虚構の婚姻』武蔵野書院／森野正弘著『源氏物語の音楽と時間』新典社／保立道久著『歴史のなかの大地動乱　奈良・平安の地震と天皇』岩波書店／小泉和子・玉井哲雄・黒田日出男編『絵巻物の建築を読む』東京大学出版会　他

Spring

1月 Jan.

2月 Feb.

3月 Mar.

1日

年たち返る朝(あした)（中略）
春の御殿(おとど)の御前(おまへ)、
とり分きて、梅の香(か)も
御簾(みす)の内(うち)の匂ひに吹き紛(まが)ひ、
生ける仏の御国(みくに)と思(おぼ)ゆ。

第23巻　初音(はつね)

光源氏(ひかるげんじ)が最も愛した妻・紫上(むらさきのうえ)の住まいである春の御殿。「その庭は格別で、梅の香りも御簾の内の薫物(たきもの)（お香）の香りと一つになって風に吹かれ、この世の極楽浄土」と描写されます。

「正月なのに梅の香り？」と不思議に思ったでしょうか。旧暦の正月は、現在の2月初旬前後。年賀状に「初春」と書くのは、旧暦の名残りです。

正月の場面は『源氏物語』で要所を彩りますが、中でも23巻「初音」は特に華やか。出世競争の緒戦に勝ち、理想の豪邸・六条院(ろくじょういん)を建造して、初めての正月を満喫する光源氏の姿が、市をなす参賀客・雅な行事・うるわしき家族仲を通して描かれます。

この巻の際立った特徴は、番外編のキャラも顔を出すことです。赤鼻の姫君・末摘花(すえつむはな)や人妻・空蝉(うつせみ)など、個性派チョイ役も含めて女君たちが総出演！　まるで顔見世興行です。おそらく、存命キャラの幸せな今を描くのが、作者の執筆動機だったのでしょう。

2日

歯固めの祝ひして、餅鏡をさへ取り寄せて

第23巻　初音

続いては、新春行事を楽しむ場面です。春の御殿では女房（侍女）たちが集まり、「歯固めの祝いをし、餅まで取り寄せて」はしゃいでいます。「歯固めの祝ひ」とは、3が日に行われた長寿を願う儀式。「齢」という字が「歯」に通じることから、大根や肉など硬い食べ物を用い、歯を固める＝長生きすることを祈りました。この場には光源氏も顔を出します。屋敷を支える女性陣を、親愛こめたジョークでねぎらい、序列と結束を確かめるのでした。

column　年中行事

伝統のルーツ――屠蘇、鏡餅

平安の宮中では新年、多くの儀礼が行われました。幼児の頭に当てるなど餅を使う儀礼や、屠蘇散などの薬の献上もその一つです。そのような宮中行事は、貴族邸でも真似られるのが常でした。後世には武家や町人にも広まり、形を変えつつお屠蘇・鏡餅に残存しています。

3日

年月（としつき）をまつにひかれて経（ふ）る人にけふ鶯（うぐひす）の初音きかせよ

第23巻　初音

もし「初音」巻がなかったら、『源氏物語』は遥かに暗くなっていたでしょう。それくらい賑々しいこの巻で、唯一切ないのがこのくだりです。光源氏の妻・明石君（あかしのきみ）は身分が低いことから、娘を本妻格・紫上の養女に出しました。同じ六条院（ろくじょういん）に住んでいても、対面は叶いません。「長い年月、会える日を待って過ごす母に、春を告げる鶯（うぐいす）の初音を聞かせてください＝年の初めの便りをください、正月ですから」という和歌が、明石君の母心を伝えます。

column　平安文化

婚礼道具に採用された「初音」巻

めでたい正月場面を描いた「初音」巻は、後世、婚礼道具の意匠によく採用されました。『源氏物語』は、姫君に必須の教養書だったからです。中でも、徳川幕府三代将軍家光の娘・千代姫の婚礼道具、国宝「初音の調度」（P.3下）は、当時最高の漆工技法を駆使した名品です。

4日

光源氏が新年最初に一夜を過ごしたのは？

近き渡殿(わたどの)の戸、押し開くるより、御簾(みす)のうちの追風(おひかぜ)なまめかしく吹き匂はして、物よりことに気高く思(おぼ)さる。

第23巻　初音

年始の挨拶で女君たちのもとを巡った光源氏。最後に訪れたのが、明石君の住まう冬の御殿です。既に夕刻、視界にしだいに闇のとばりが下りてくる中、嗅覚は逆にとぎすまされてゆきます。「御殿に通じる渡殿の戸を押し開けるや否や、御簾の内から芳しい風が清新に吹き、格別の気品を感じる」たたずまい。しかし、明石君本人の姿は見えません。

不在の居間に、散らされた紙。拾いあげて見ると、「年月をまつにひかれて……」(P.16)に対する娘からの返事があり、それを喜ぶ明石君自身の歌も書かれていました。筆跡の高雅さ、耐える母心、そのタイミングでしずしず出てくる明石君。計算され尽くした演出に光源氏は心打たれ、元日の夜を与えたのでした。

本妻格・紫上を頂点として、妻たちの序列は定まっています。しかし、抜きん出た雅を示せば「ボーナス」が出る——分をわきまえつつ美・才智を磨き合う花園こそ、平安人の理想でした。

5日

御衣掛の御装束など、例のやうにし懸けられたるに、女のが並ばぬこそ映えなくさうざうしけれ。

第9巻　葵

本妻・葵が死去した翌年の元日。光源氏は葵の実家・左大臣邸を訪問しました。通い婚のこの時代、妻が逝くと妻一族と夫の縁は絶えてしまいます。あえて訪ねたのは、光源氏の志でした。

葵の部屋はありし日のままで「例年同様、新調された晴れ着が架けてあるのに、女性（葵）のものが並んでいないのが虚しい」と語っています。機械による大量生産がなかった時代ですから、衣装は高級な動産で、しかも仕事（宮中での勤務）の必需品でした。男性の袍（勤務服のアウター）は色も法律で規定されていたため、「違法にならない範囲で仕立てる／美麗に染める」力量は、女性の腕の見せどころだったのです。

葵の母・大宮が毎年陣頭指揮を執り、心を込めて新調していた光源氏の服。「娘が死んだからといって、即やめる気には…」という思いに気づいた光源氏は、その場で着替えて感謝を示しました。「デキる男は気配り上手」と言いたくなるひとコマです。

6日

所につけ人の程につけつつ、さまざまあまねくなつかしくおはしませば、ただかばかりの御心にかかりてなむ、多くの人々年を経(へ)ける。

第23巻　初音

「初音」巻。光源氏は新年に別邸・二条東院(にじょうひがしのいん)も訪ねます。かつての恋人たちが住む館です。各々に挨拶する光源氏を、作者は「場所柄や相手の身分相応に、皆にお優しく接しなさるので、お慈悲のおかげで多くの人が暮らしています」と書いています。

現代の視点では、「愛人をまとめて囲っている」と映るでしょう。しかし作者は讃嘆を込めて描いています。その訳を知るために、他の史料を読んでみましょう。すると男も女もかなり自由に恋をしています。自由市場では勝者と敗者に差がつくもの。美貌や太い実家を持つ強者は幸せですが、弱者は悲惨です。愛されないということは、自動的に離婚となることを意味したからです。男性はともかく、女性は無力な存在で、離縁後困窮したり犯罪に遭ったりもざらでした。

二条東院の住人は、天涯孤独の者ばかり。ここは強者男性が厚意で運営する、ある意味福祉施設だったのです。

7日

新年の行事が映し出す「出世」

参座(さむざ)しにとても、
あまた所も歩(あり)きたまはず、
内(うち)、春宮(とうぐう)、一院(いちのゐん)ばかり、
さては、藤壺(ふちつぼ)の三条(さんじやう)の宮(みや)にぞ
参りたまへる。

第7巻　紅葉賀(もみちのが)

光源氏、19歳の正月。「参座(さんざ)」とは、年始の挨拶に参上することです。前年の10月、紅葉賀というイベントで大功を立て、正三位に特進したばかりの身。昇進を狙いあくせくする必要もなく、「参座先も少なく、父・桐壺帝(きりつぼてい)、兄・東宮（朱雀(すざく)）、一院ていど、そのほかには出産のため里下がりしている藤壺(ふじつぼ)の三条宮(さんじょうのみや)に」と語られます。世の頂点である人々に、コネ目的でなく「身内だから」と参賀する光源氏……さすがの極上セレブぶりです。

この「参座」、16巻後の「初音」巻でも描かれます。36歳、臣下のトップ太政大臣(だじょうだいじん)となった光源氏が、「わが一国一城」六条院で、妻・娘たちの棟を挨拶回りするのです。当時、ふつうの貴族の妻たちは、各自の実家に住んでいるもの。対して光源氏は天皇のごとく、自邸で女君たちに囲まれているのです。春夏秋冬、4つの御殿を巡りゆく姿は、四季を領導する「神」さながら。光源氏、昔も今もスーパーヒーローなのでした。

8日

三尺の御厨子一具に
品々しつらひすゑて、
また、小さき屋ども
作り集めて奉りたまへるを
所せきまで遊びひろげたまへり。

第7巻　紅葉賀

引き続き19歳の光源氏。新年の公務に出る前に、引き取ったばかりの紫君が住む二条院・西の対に立ち寄ります。紫君は人形遊びの真っ最中。「三尺の対の御厨子に、ぎっしり詰まったさまざまな道具、いくつものドールハウス」という、光源氏が贈ったおもちゃの数々を、部屋いっぱいに遊び広げているのでした。

平安末期（12世紀後半）に書かれた国宝「扇面古写経」（東京国立博物館蔵）には、当時の人の暮らしがいきいきと描かれ、中には童の群像もあります。大きな履物をつっかけて走ったり、地べたを這い這いしたりする彼らは、姫とは別の世界の住人ですが、その目の輝きは「いと大事」と人形グッズを抱きしめる紫君を彷彿とさせます。紫君は父との縁が薄く、手元不如意に育った女の子。豪邸に引き取られ、お道具にテンションが上がる様は、アニメ童話のシーンのごとき可愛さです。しかし嬉しげであるほど過去の薄幸が透ける、切ない場面でもあるのでした。

1月
Jan.

9日

最後のヒロイン、悲劇の後押し

小さき童（わらは）、緑の薄様（うすやう）なる
包文（つつみぶみ）の大きやかなるに、
小さき鬚籠（ひげこ）を小松（こまつ）につけたる、
またすくすくしき立文（たてぶみ）取り添へて、
あふなく走り参る。

第51巻　浮舟（うきふね）

今日は、物語終盤の波乱となる新春シーンです。平安貴族の交際には贈答がつきもの。市場経済が未発達でしたから、身内は必需品を融通し合いました。この一文も、「明らかにご進物！」とピンと来るところです。鬚のような飾りのある籠、縁起物の小松など、いかにも新春のご挨拶。薄様のしゃれた文と正式な書状の立文があることから、読者には差出人の予想がつき、かつ書かれた情報の多さも推測できて、ドキドキしてしまうくだりです。

実は前巻「東屋（あずまや）」で、匂宮（におうのみや）が浮舟をたまたま見かけ、関心を持ってしまっていたのです。妻と侍女は「次元が違う」時代ですから、妻・中君（なかのきみ）の侍女（らしき）浮舟を宮が欲しても問題はありません。執心して行方を探す宮を見て、真相を知る中君たちはハラハラ、懸命に隠していたのに贈り物が来てしまったのです。

こうして所在を匂宮に知られた浮舟。薫（かおる）の所有物となっている彼女に、宮の情熱が迫るのでした。

10日

いづれの御時(おほむとき)にか、
女御(にょうご)、更衣(かうい)あまた
さぶらひたまひける中に、
いとやむごとなき際(きは)にはあらぬが、
すぐれてときめきたまふありけり。

第1巻　桐壺(きりつぼ)

ここで、有名な冒頭の一文について触れておきましょう。「どの帝の時かしら、多くのお妃の中でとびぬけて愛される方がいらしたのよ」という語り口。まるで老女がとつとつ喋り出したかのようです。しかし、内容はきわめて不穏。聞き手の耳をグッと引きつけるものでした。現代人にはピンと来ないかもしれません。しかし平安の貴族たちには、「いきなり波乱含み！」なお話なのです。なぜなら、当時は身分制の時代。しかも都という小さな社会の中で皆が一生を過ごす「ムラ社会」でした。そんな中では、分を弁えることが何より重要。なのに模範たるべき天皇が、最上級でない妃に第一位の愛を与えてしまったのです。人情と政治が不可分の時世ですから、これはゆゆしき大事件でした。

そして当時の物語は、主人公の親をまず語るものでした。ですから「主役の貴公子は、この波乱の中から生まれ来るのね」と、聞き手（主に女性たち）はドキドキしたことでしょう。

11日

同じほど、それより下臈(げらふ)の更衣(かうい)たちはましてやすからず。

第1巻　桐壺

『源氏物語』いちばんの魅力は、その心理描写。人の裏オモテをひょいと皮むいてみせる、その筆力にはドキリとさせられます。こちらの文も、その一例。女御(にょうご)＝上、更衣(こうい)＝下と定まった身分社会で、いち更衣が最も愛を得たとき、「妬いた度合いは更衣たちの方が激しかった」というのです。

格差が不動なら諦めもつくけれど、「抜け駆け」する者が現れたら黙っていられない。被虐が加虐へ転じ、出た杭へ襲いかかるという、集団心理を捉えた一文です。

column　時代背景

后妃の位が意味するもの

原則として、女御＝大臣・親王以上の家の娘、更衣＝それ未満の家の娘で、后は女御から選ばれます。ただし更衣が女御に昇進した例もあり、「桐壺更衣(きりつぼのこうい)も？」と読者が夢見る余地があったのです。

12日

恨みを負ふつもりにやありけん、いとあつしくなりゆきもの心細げに里がちなるを、いよいよあかずあはれなるものに思ほして

第1巻　桐壺

この一文では「同僚の妃らに嫉妬され、孤立した桐壺更衣は、次第に病気がちになっていきます。そして後宮に居たたまれず、実家にばかり滞在するように。すると、愛する更衣に会えない帝の恋心はますます募ってしまい……」と、裂かれていっそう燃えあがる桐壺帝の姿が浮かび上がります。現代人は「天皇」＝年配の男性を想像しますが、平安時代には幼帝も少なくありませんでした。この桐壺帝も年若なイメージで青春の情熱を感じさせます。

column

生活様式

平安時代の治療薬

平安人は彼らなりに科学的に、書籍をひもとき、病を研究し、「病因＝モノノケや他者の恨み」と信じていました。そのため、恨みを買うまいと努め、「防衛」の加持祈禱(かじきとう)に腐心していたのです。

13日

紫の君、いともうつくしき
片生(かたお)ひにて、
紅(くれなゐ)はかうなつかしきも
ありけりと見ゆ

第6巻　末摘花(すゑつむはな)

赤鼻の姫君とのドタバタ恋愛「末摘花」巻。そのラストを締めくくるのは、意外や意外、正統派ヒロイン・紫君です。彼女はこのとき未成年、「たいそう可愛い片生ひ（未熟）」と語られます。不出来な末摘花とオールマイティな紫君。作者はこの二女性をペアとして造型しています。二人は共に孫王(そんのう)（天皇の孫）であり、容姿や資質・宮家の格は紫君が最上、末摘花が最低。「似ている両極端」なのです。そしてこの文では末摘花の赤鼻と、紫君のなつかしき（魅惑の）顔色が対比されています。

この二女性の話は、コノハナサクヤビメ・イワナガヒメ神話に重なります。正反対の姉妹（桜の美女と岩の醜女）を、ペアで献上された皇孫ニニギは、美女を収め醜女を送り返しました。その結果、桜の短い繁栄を獲得し、岩の長寿を失います。対して光源氏は桜のレディだけでなく、岩の女も手中にとどめました。古代的な「醜(しこ)」のパワーに護持された、至高の帝王の出現です。

14日

踏歌は方々に里人参り、
さまことにけに賑はははしき
見物なれば、
誰も誰もきよらを尽くし

第31巻　真木柱

正月十四日には、宮中で男踏歌が行われます。催馬楽を歌いながら、地面を踏み鳴らして舞い、豊年・繁栄を祈願するのです。「女御や更衣のところへ、実家の者たちが集まり、普段と違って賑やかな見物であるから、誰もが皆思い切りおしゃれをして」と、心弾む一大イベントの様子が描かれます。

column

生活様式

おしゃれ対決は「袖口」で

この時代のおしゃれは、衣の袖口を部屋や牛車の御簾からのぞかせること。これを「出衣」と言います。身分の高い姫ほど男性と直接顔を合わせることは「はしたない」とされていたこの時代、女性たちは自分の身分や教養を出衣でアピールしていました。男踏歌のような多くの人が集まる大イベントは、御簾越しではありますが、絶好のアピールチャンス。何枚も衣を用意し、美麗さを競ったのです。

15日

この御局（みつぼね）の袖口、
おほかたのけはひいまめかしう、
同じものの色あひ重なりなれど、
ものよりことに華やかなり。

第31巻　真木柱

男踏歌は、夕顔（ゆうがお）の遺児・玉鬘（たまかずら）の宮中デビューでもありました。この一文で玉鬘一行は、「袖口がみな斬新で、同タイプの重ね方でも際立って華やか」と絶賛を集めています。落ちぶれた田舎娘だった玉鬘が、国の頂点で咲き誇る晴れ姿です。

この直前、玉鬘は鬚黒（ひげくろ）と唐突に結婚しています。いわゆる「夜這い婚」で、玉鬘の傷つく様が描かれますが、これは「姫自身は男に興味なし！」という純潔アピールです。お堅い面を見せつけたことで、夫も周囲も玉鬘をいっそう尊敬し、二人の結婚は世に受け入れられた……とあり、当時の世相が感じられます。

この幕切れ、実は平安文学の定石でもありました。当時は男なら天皇か太政大臣、女なら后または太政大臣の本妻が究極の出世。このとき后には空きがないので、太政大臣の本妻を狙うしかありません。鬚黒が「次期太政大臣の家格」と急遽明かされ、玉鬘を射止めて終わったのは、「お約束」なジ・エンドだったのです。

16日

我よりほかに誰（たれ）かはつらき、
心づから
もて損（そこな）ひつるにこそあめれ
と思ふに、恨むべき人もなし。

第36巻　柏木（かしわぎ）

「平安は大河ドラマにならない」。源氏ファンが自虐していた言葉です。一般的な時代劇の華である、派手やかな殺陣やドラマチックな生き死にがない、文字どおり「平安」な時代だからです。戦乱は身近でない、衣食住にも事欠かないという意味で、平安貴族の生きた世界は、実は現代に似ています。

　柏木という青年の人生も、それこそ「現代的」と言えましょう。名門に生まれ才・容姿に恵まれ、前途洋々でありながら、心が暴走して自滅したのです。「自分以外に誰を恨む？　わが心のせいで身を誤ったようだ、とつらつら考えると、自責しかない」。そう思いつつも不義の恋人・女三宮（おんなさんのみや）に「あはれとだにのたまはせよ（感動したとだけでも仰ってください）」と、なおも迫らずにいられない男。豊かな暮らしを送りながら、生きづらさ故に逝くキャラです。

『源氏物語』が書かれて千年。その経てきた動乱や飢饉を思うと、柏木を理解できる読者の最多時代は明らかに「今」です。

17日

おぼつかな誰に問はまし
いかにして始めも果ても
知らぬ我身（わがみ）ぞ
答（いら）ふべき人もなし。

第42巻　匂兵部卿（にほふひやうぶきやう）

源氏物語全54巻中、41巻にわたり主役を張った光源氏が、舞台を去りました。「幻」巻と「匂兵部卿」巻の間では、8年の月日が流れており、頭中将（とうのちゅうじょう）、朱雀院（すざくいん）、鬚黒（ひげくろ）など、複数の主要キャラが逝去した模様です。世代交代が進んだ本巻に、翳（かげり）を帯びて登場してくる青年——それが薫です。「おぼつかな……我身ぞ」は、彼が独り言として詠んだ和歌。「心もとない。誰に訊けばよいのか。生まれも行末も不明な我が身を」という内容です。光源氏の忘れ形見ともてはやされる身だが、実は密通の子であるらしい。その重荷が幼少時からのしかかっているのです。

光源氏は出家に際し幼い薫を、冷泉院（れいぜいいん）に託しました。冷泉は表むき光源氏の異母弟、実は息子。おのが罪の子に、妻の不義の結実を委ねた訳です。うすら寒くなる図式ですが、作者は彼らの心は語りません。ただ冷泉が「薫を周囲が驚くほど可愛がる」と述べます。その意味するところは読者の解釈に任されているのです。

18日

例の、世人(よひと)は、「匂(にほ)ふ兵部卿(ひやうぶきやう)、薫(かを)る中将」と聞きにくく言ひつづけ

第42巻　匂兵部卿

エンタメの主役は美化されがち。平安の物語も例外ではありません。むしろ文学と言えば和歌の時代なだけに、気楽な娯楽・物語は、盛りに盛った設定が普通でした。琴を弾けば天人が聞きに来たり、金銀財宝の城に暮らしていたり。やや写実主義な『源氏物語』でも、前半の主人公・光源氏は、声は迦陵頻伽(かりょうびんが)、姿も才も学問も輝くばかり……と、大仰に称賛されていたものです。

後半の新主役もご同様。薫・匂宮は光源氏を超えるスピード出世でデビューします。また薫は体臭がかぐわしく、百歩の先まで届く程。対する匂宮は調香に凝り、高価な薫香をまとっています。そして薫は仏教に熱心なシリアス系、匂宮は根っから明るく華やかと、二人の個性は対照的です。でもハイテンションが保たれていたのも、この巻だけ。作者はどうやら、ひどく厭世的になっていたよう。物語はどんどん暗くなり、主役のキラキラ度も沈潜して、人のエゴ・本音をえぐる話へ変化してゆくのです。

19日

そのころ、世に数まへられたまはぬ古宮おはしけり。

第45巻　橋姫

45～54巻の10巻は、俗に「宇治十帖」と呼ばれます。宇治に住む八宮家の姉妹、大君と中君、光源氏の子（実は柏木の不義の子）薫のロマンスが、陰影に満ちて描かれます。その語り出しが、この文章。「当時、世間から皇族扱いされない老いた親王（八宮）がいらした」と述べています。

300年後の歴史物語『増鏡』は「橋姫」を踏襲して、後高倉院の数奇な人生を語りました。虚構と歴史のマリアージュです。

column　時代背景

可憐な「橋姫」の裏の顔

「橋姫」という巻名は、薫が大君に贈った歌の一節からきています。薫の歌は、宇治橋を守りながら男の帰りを待つ、いじらしい橋姫のイメージを借りたものでした。後世、宇治の橋姫伝承は「嫉妬に狂って鬼と化した女」に変容し、女性観の変遷を感じさせます。

20日

ゆゑある黄昏時の空に、花は、去年の古雪思ひ出でられて、枝もたわむばかり咲き乱れたり。

第35巻　若菜下

物語が「言ふ限りなくなつかしき（この上なく魅力的な）」と称える六条院の女楽（女性だけの合奏）、その前置き文です。平安貴族が熱愛した「御あそび（管弦の宴）」。当然、それを支える演奏スキルも、熱烈な注目を浴びていました。春の夕刻、白梅が雪にまがうほどたわわに咲き乱れています。集うのは、青柳の如き女三宮・琴、藤のような明石姫君・箏、桜に例えても足りぬ紫上・和琴と箏、花橘おぼゆる明石君・琵琶という、六条院の美女たち。各自の演奏は、習練の成果が見える女三宮、高雅にも可憐で生母に似て澄んだ音色の明石姫君、華やかで愛嬌に満ち大家の風格ある紫上、澄みきって神さびた明石君と、それぞれのキャラが立った表現で愛でられます。なおこの場にいる成人男性は、光源氏と息子・夕霧だけです。宮中行事に匹敵する催しを、より女性が守られる形で行っていると言えましょう。ちなみに夕霧の妻・雲居雁は琴の弾けぬ女性なので、こんな催事は挙行不可能なのです。

21日

二人の儚い絆を取り持った琴

「優（いう）になりにける御琴（こと）の音（ね）かな」と、大将聞きたまふ。

第35巻　若菜下

兄・朱雀院たっての願いで、その娘・女三宮を妻に迎えた光源氏。しかし幼稚な宮に失望し、長年の妻・紫上の美質を再認識します。宮が唯一、紫上以上の絆を光源氏とはぐくんだもの——それは琴（きん）の琴（こと）の伝授でした。

琴（きん）は琴（こと）（弦楽器）の中で最も格の高い楽器。光源氏には「天皇の子のみが継承者」という意識があったらしく、紫上（天皇の孫）や自身の子（夕霧・明石姫君）には教授しませんでした。しかし内親王・女三宮は有資格者。朱雀院からも口添えがありました。こうして行われた集中特訓。光源氏は本気で教え、宮も素直に精進して上達、夕霧（大将）から及第点を勝ち得たのです。

のちに女三宮は柏木に迫られて不義の子・薫を生み、光源氏の冷淡さに絶望、出家を選びます。ここに至って光源氏はやっと宮に哀れみを覚え、宮も光源氏の琴の音には勤行も忘れて聴き入ってしまいます。ままならぬ、でも確かに存在した「縁（えにし）」でした。

22日

物思ひ離れぬ身にてや
やみなむとすらん、
あぢきなくもあるかな、
など思ひ続けて（中略）
御胸をなやみたまふ。

第35巻　若菜下

『源氏物語』の最大ヒロイン・紫上。33巻「藤裏葉（ふじのうらば）」では、輦車（てぐるま）（「輦車の宣旨」を受けた皇太子や女御、重臣などが乗用するもの）で内裏（だいり）を出る栄誉に輝きました。本巻では一転、若く高貴なライバル・女三宮にジリジリ追い落とされます。そんな「物思ひ」を続けて6年、遂に発病する場面です。現代の読者は、「浮気な夫のせいで病んだ可哀想な妻」と読みがちですが、物語冒頭、夫に20数年寄り添った弘徽殿大后（こきでんのおおきさき）が、若い内親王・藤壺に圧倒される様を、めでたいものと書いたのは作者自身でした。のちには傍観者の口を借りて「紫上が死んで女三宮は、やっと相応の待遇を得られるだろう。これまでが哀れだった」と述べています。身分という秩序を保つのが理想の社会で、紫上が光源氏から得た愛・厚遇は、依怙贔屓（えこひいき）だったのです。作者が最愛のキャラをかくも追い詰めた理由はわかりません。ただ「理想の伴侶を得て大団円」という当時の定番を、自力で破り文学の可能性を広げたことは確かです。

1
月

Jan.

23日

玉鬘が源氏の四十の賀を仕切る意味

正月二十三日、
子(ね)の日なるに、
左大将殿の北の方、
若菜まゐりたまふ。

第34巻　若菜上(わかなじょう)

平安時代は四十で長寿祝いをし、以後10年ごとに祝賀します。光源氏も数え年四十の年、身内一同から代わる代わるお祝いされました。年内なら（忌月などでない限り）いつでも挙行できるので、各主催者が空気を読んで順番を決定します。光源氏の場合、年明け早々の「子の日（根延び、に通じる吉日）」、玉鬘が先陣を切りました。なお「若菜」は、算賀の定番料理です。

玉鬘が一番を堂々務めたのは、光源氏の養女、頭中将（太政大臣）の娘、かつ左大将・鬚黒の本妻という、トリプル肩書の威力ゆえです。鬚黒は次期首班ですが、以前は光源氏閥と縁故がなく、要注意人物でした。それが玉鬘にベタ惚れして結婚。妻となった玉鬘共々真っ先に参賀するという、「傘下に入りました」アピールをしてくれた訳です。行事の規模＝勢力のバロメーター。光源氏の勢威を世に示せた慶事でしたが、同時に次世代の成長、世代交代、老いの実感をも突きつけた、仄かに苦い祝いでした。

24日

さすがにいとなつかしう、
見どころある人の
御ありさまなれば、
見る人みな心にはからるる
やうにて見過ぐさる。

第42帖　匂兵部卿

平安の妻は立場が弱かった、そう言われます。しかし実際は女性の方がバチバチに攻める例もあるのです。『源氏物語』内では玉鬘が結婚後も夫を愛さず、夫の方がやきもきして必死で機嫌を取っています。彼女は実父・養父が権力者で帝にも想われている強者なので、「離婚上等」と強く出られるのです。史実でも歌人・赤染衛門（あかぞめえもん）の母親は、娘の親権を巡って前夫と裁判し、「私は不倫した、だから現夫の子」と主張して勝訴しています。

むろん男が強いことも。その典型がこの文です。「薫はつれないが魅力的なので、関わった女はみな心にウソをつき愛人関係を続けてしまう」。道心の強い薫は、通う人ができても結婚しません。権力・財力・コネもあるので、相手一族の圧力もへっちゃらです。遂には女の方が恋しさに負け、侍女兼愛人として働きに来る次第、まさに「惚れたが負け」。情・子供・権力、使える手はすべて駆使する恋の戦場は「平安」どころかえげつなさ満開です。

25日

『源氏物語』中、最もセクシーな場面、間違いなし！

女君は、
あらぬ人なりけりと思ふに、
あさましういみじけれど、
声をだにせさせたまはず

第51巻　浮舟

『源氏物語』なら濡れ場がいっぱい……と思うと期待は完全に外れます。現代の読者には「いつ一線越えたの？」とハテナ飛び交う情事シーンしかありません。その中で、最もダイレクトなのがこのくだりです。寝入っていた夜更け、侍女に導かれ床に来た殿方に気づいた浮舟。パトロンの薫だと受け入れ、別の人（匂宮）だったのです。あまりの事態に呆然としますが、宮は声さえ立てさせません、と語っています。ダメ押しに、「初対面の時、遠慮すべき場所だったのに無理無体をなさったほどのご熱情ですから、とにかく、呆れたご様子」と締め括ります。

ここの要は、読者を信頼していることです。宇治十帖も早7巻め。みな、宮のパッショネイト度は重々見てきました。彼が愛しい女をやっと尋ね当てたのなら、当然こうなるよねという読者の想像、それが文を動画に変えてくれます。「行間で伝える」は源氏の作者の得意技。最終盤で放たれた、円熟の官能表現です。

26日

**御手水（みてうづ）などまゐりたるさまは、
例のやうなれど、
まかなひめざましう思（おぼ）されて
「そこに洗はせたまはば」
とのたまふ。**

第51巻　浮舟

『源氏物語』の最終ヒロイン・浮舟。物語が繰り返し称揚してきた「よいお姫さま」です。おとなしく慎ましく、命令に従順。光源氏編では報われたタイプの女性ですが、宇治十帖ではどん底に突き落とされます。情痴の世界に溺れてしまうのです。

薫を装って泊まった匂宮。侍女・右近が必死に隠蔽工作する中、浮舟から片時も離れません。やがて運ばれてきた洗面道具、これがキモです。介添えしようとした浮舟に、匂宮は眉をひそめ、「いや貴女がお洗いになったら私も」と先を譲ったのです。

薫と匂宮は超上流貴族、浮舟は中流。この時代、身分秩序を守ることこそ上品で、薫はまさにそういう人でした（つまり浮舟に洗面を手伝わせていた）。対して匂宮は恋の前にはデモクラシー。浮舟の卑下を咎め、逆に敬意をもって尽くしたのです。これに彼女の理性は飛んでしまいました。先行きの不幸は確定。が、この刹那はエクスタシーだったことでしょう。

1月 Jan.

27日

孤立無援の中君に、無骨な味方

今は、一(ひと)ところの御事(こと)をなむ、やすからず念じきこえさする。

第48巻　早蕨(さわらび)

姉・大君が亡くなり、天涯孤独となった中君。年が明け25歳となりました。10代前半から結婚・出産する『源氏物語』世界では、「老い」と言われるのも近い年齢です。実家を去る日も迫り、しかし夫・匂宮は評判の浮気者。心ぼそさ募る中君に、蕨や土筆が届けられたシーンです。差出人は、父・八宮と親交があった阿闍梨(あざり)。「今はただ貴女さまお一人のことだけを、御仏にお祈りしております」という添え書きに、中君は思わず落涙するのでした。

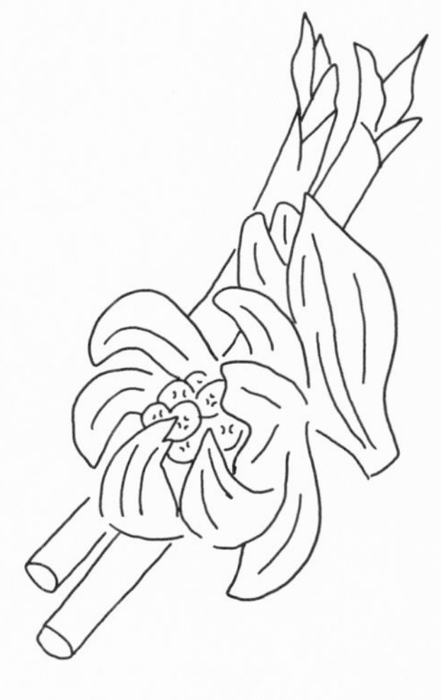

28日

大事(だいじ)と思ひまはして
詠(い)み出だしつらむと思(おぼ)せば、
歌の心ばへも
いとあはれ

第48巻　早蕨

中君に届いた阿闍梨からの挨拶状をもう少し見ていきましょう。この阿闍梨は法力（仏法の威力）を駆使して、八宮家を呪詛・モノノケから守っている人、いわば専属ガードマンです。だからこそ、宮家の人々が次々亡くなり、残るは中君一人という状況に、忸怩たる思いだったことでしょう。

挨拶状には歌もしたためてありました。出来はいま一つで、しかもひどい悪筆でしたが、「阿闍梨が『これは大事』と思って苦労して作り、がんばって書いた雰囲気」が充満。プレイボーイな夫・匂宮からの、つるつる書き慣れたキレイな歌・筆跡より心うたれ、気づけば涙がこぼれていたのでした。

歌・書の美に極めて敏感な平安貴族。優美な文はお堅い姫さえ射落とせた時代です。しかしここで中君を泣かせたのは、下手な文にこもった真心でした。恋文の逸話あふれる『源氏物語』の中で、実務メールが「あはれ」な唯一のエピソードです。

29日

「わづらはしく」と戯（たはぶ）れかはしたまへる、いとよき御あはひなり。

第48巻　早蕨

京の貴公子・薫と匂宮、宇治の大君・中君姉妹。男女2組のあやにくなロマンスを描く宇治十帖で、男どうしの微妙な関係が浮かびあがる部分です。大君の死を嘆く薫は、胸のうちを語る相手を求めて匂宮を訪問しました。匂宮の方は、関心事がまず「男女のコト」な人なので、妻・中君と薫の親しさを気にかけ戯（ざ）れ言を述べます。それに薫が返歌し「面倒なことを仰る」と混ぜっ返した、と述べています。

秀逸なのは作者がこのやり取りを「たいそう良い御関係」と評していることです。もし本当にジャレ合っているだけなら、そう称えることもできるでしょう。ただし実は前巻「総角（あげまき）」で、大君の死を嘆く薫と中君の距離が縮まり、薫もチラッとそれを意識しているのです。なので匂宮のこのジョークは牽制球というより、どストレート……。それらをすべて承知の作者が、雅やかに述べるほめ言葉のうちに、底意を見ない方が難しいでしょう。

30日

紅(くれなゐ)に桜の織物の袿(うちき)重ねて、
「御前(おまへ)には、
かかるをこそたてまつらすべけれ、
あさましき墨染(すみぞめ)なりや」
と言ふ人あり。

第53巻　手習(てならひ)

入水を試みて救われ、出家した浮舟。「記憶がない」と称して暮らしています。そこへ同居している尼君の伝手(つて)で、衣装を作る仕事のオファーが来ました。それが何と、浮舟自身の一周忌に使う衣服だったのです。皮肉な偶然に息をのみますが、周囲はそんな事情は知るはずもなく、「貴女にはこんなご衣装こそ相応しいのに……」と言い、浮舟をさらにドキリとさせるのでした。

ここで尼たちが「紅に桜」に反応しているのは、出家者は墨染が常だからです。老女ばかりで質素に暮らしていた中、若く美しい浮舟が突然加わり、また久しぶりにカラフルな生地を手に取った、浮き立つ心が現れています。もっとも浮舟はそれどころでなく、「薫さまは亡き奥方（浮舟）を未だに深く悼んでいる」という噂に、心を乱さずにいられないのでした。なお、この場面では浮舟の縫製の腕前（「捻(ひね)り」が得意）が明かされます。浮舟の育ちの贅沢さと、レディとしての力量が覗くひとコマです。

31日

後の世には、同じ蓮の座をも分けんと契りかはし

第40巻　御法

死期を悟った紫上は、出家したいと申し出ます。光源氏が却下し紫上もそれを受け入れたのは、「来世では同じ蓮に座ろうと誓い合う」夫婦であっても、今生では永訣せねばならぬからでした。

仏教では、「現世は苦悩の場」「功徳を積んで極楽往生することが究極の幸せ」と教えます。平安貴族は伝統的に、華やかな暮らしや恋の楽しみを謳歌してきましたが、この教えが浸透しつつあり、「いずれは出家を」が意識高い生き方となっていました。

しかし、出家とは俗世を断つこと。夫婦・親子も別居せねばなりません。いや、気にかけることさえ「愛執」の罪なのです。平安も末期になると、「我が子を蹴り捨ててでも」出家することが美談となりますが、そのような激しさは、穏健志向の中期の貴族には合わなかったようです。『源氏物語』では基本的に「罪深き」人の出家しか描かれず、光源氏と紫上も、在俗で功徳を積む道を選びました。『源氏物語』の仏教文学としての側面です。

1日

**よそよそにてこそ、
はかなきことにつけて、
いどましき御心も添ふべかめれ、
さし向かひきこえたまひては、
かたみにいとあはれ**

第29巻　行幸（みゆき）

29巻「行幸」では、太政大臣になっている光源氏。一方、かつての頭中将は内大臣。長年の親友かつ好敵手が、久々に対面する場面です。太政大臣とは、臣下の頂点の位です。内大臣は、右大臣の次席。上に太政大臣と左右の大臣がいる訳なので、パッと見かなり下に見えますが、実際には左右を抜いて太政大臣に上がることも多い、実力者が就くポジションです。

つまり両者の関係は「光源氏がやや優位の拮抗」。肩書にも緊張感が滲み出ますが、さらなる火種も燻（くす）ぶっています。光源氏の息子・夕霧と頭中将の娘・雲居雁の恋仲を、頭中将が引き裂いたままなのです。光源氏の執り成しも蹴られているので、いっそう険悪な宙ぶらりんです。そんな光源氏と頭中将ですが久しぶりに相対し、盃を交わすと互いに「あはれ」な思い出が……と語るのがこの文章。「離れていたからこそ、些事につけて対抗心が募ったが」という前置きが、人の心の機微を描き出します。

2日

桐壺更衣、最後の言葉の真意とは

かの御祖母(おば)北の方、
慰む方なく思(おぼ)ししづみて、
おはすらむ所にだに尋ね行(ゆ)かむと
願ひたまひしるしにや、
つひにうせたまひぬ

第1巻　桐壺

光源氏の祖母が、「亡き娘（桐壺更衣）のいる場所へ行きたいと願い続けたせいか死去した」と語る一文です。子を亡くした親の悲嘆を表しているようで、現代人にも共感できることでしょう。しかし平安特有の事情を考慮すると、別の意味に解釈する方が妥当です。実はこの直前、皇太子決定の事実が語られているのです。当時の皇位継承は母方の勢力、父帝の希望、本人のカリスマ性など、諸要因の綱引きで決まりました。母方の身内は次世代の政権を握れます。そもそも皇子が生まれるか、無事に育つかも運次第で、予測不能な要素がありました。そのため、皇子を擁する貴族はみな期待を捨てられず、死に物ぐるいの暗闘を繰り広げたのです。

桐壺更衣一家も、天皇の寵愛と光源氏の資質に望みをつないでいました。更衣が死に際に言おうとしたのも、「何卒この子を皇太子に」であったことでしょう。夢断たれた祖母が嘆き死にするほど、帝位への思いは強かったのです。

3日

十二にて御元服（おほむげんぷく）したまふ。（中略）上は、御息所（みやすんどころ）の見ましかばと思（おぼ）し出（い）づるに、耐へがたきを心づよく念じ返させたまふ。

第1巻　桐壺

帝と桐壺更衣の悲恋の形見・光源氏。すくすく育って成人の日を迎えました。帝の内に、「更衣もこれを見ているのだったら」という思いがこみあげます。わが子の成人式に、思い出が去来して感慨深いのは世の常でしょうが、この親子の場合、母を覚えているのは父のみなのでした。さて、この成人式は極めて盛大に行われました。先に挙行された皇太子（帝と弘徽殿大后の子）の元服に、勝る部分もあるくらい華やかだったと語られます。現代人には、儀式と言えば「無意味な見栄はり」という印象があるかもしれません。が、貴族の世界はマウンティング社会。どれだけの人・財を動員できるかは、当人の評価を左右しました。

光源氏の場合、母方の支援を欠く上に、今後は臣下として出世レースに参戦します。父の庇護がなければ排除されて消える運命です。働き盛りの父親の急死も珍しくない時代だっただけに、帝も「箔づけに箔を加えたい」思いに駆られたのでしょう。

4日

年の差がつまずく契機に

女君は、すこし過ぐし
たまへるほどに、
いと若うおはすれば、
似げなく恥づかしと思いたり

第1巻　桐壺

平安時代には「あが君」という呼びかけがあり、恋人に対して使われていました。「あ」は我、「君」は相手への敬称なので、「私の大事なお方」というニュアンス。初めて読んだときは、（英語のmy darlingに当たる語が、古語にはあったのか）と新鮮でした。

同様に、今の日本語より英語に似ている古語が「若し」です。young childなどという語を見て、（若い子供？）と、違和感を持った方、多いのではないでしょうか。現代日本語の「若い」は、青年期をイメージさせる形容詞です。が、古語の「若(わか)し」は、おさな子から青年期までの長期間を指すのに使われる語で、youngと意味がかなり近いのです。

ここでは光源氏が、本妻・葵と初めて会ったときのことが語られています。新郎がたいそう「若」いので、葵は「不釣り合い」に感じた、と言うのです。時に源氏12歳、葵16歳。この気づまりな初対面が、二人の仲に影を落とします。

5日

故常陸（ひたち）の親王（みこ）の、末に儲けて
いみじうかなしう
かしづきたまひし御むすめ、
心細くて残りゐたる

第6巻　末摘花

『源氏物語』にちょいちょい割り込む番外編。そのヒロインは軒なみ中の品（中流）の女性で、共通点は「生まれはよい」けれど、「訳ありで中流層に転落した」こと。当巻のヒロイン・末摘花もご同様です。「親王である父・常陸宮が晩年に儲け、たいそう大事に育てた姫が、親王の死後貧しく暮らしている」と語られます。読者にとってはヒロインらしい「華」が一応あり、でも階層は同じで共感できる、よい塩梅の存在だったのでしょう。

　没落貴人は憧れられる反面、嘲笑の対象にもなりました。そんな屈折した心情は、「常陸宮」というキャラ設定にも表れています。都人は、強烈な地方蔑視主義者でした。同じ辺境でも西方、大宰府などは、大陸の文化が流れ込むため進んだ印象が多少ありましたが、東方は「未開」と見下されていました。そのような空気感の反映でしょう。常陸宮や上野宮（こうづけのみや）など東国の守（かみ）の宮さまは、物語でしばしばお馬鹿キャラに造型されています。

2月

Feb.

6日

宇治から京への幸せ牛車旅

山道のありさまを見たまふにぞ、
つらきにのみ思ひなされし
人の御仲(なか)の通ひを、
ことわりの絶え間なりけりと、
少しおぼし知られける。

第48巻　早蕨

八宮家の次女・中君は都の貴公子・匂宮と、思わぬ経緯で結ばれました。やがて匂宮の采配で、京へ引っ越すこととなった中君。その道中がこの一文です。宇治と京の間は牛車で4〜6時間、途中には木幡山(こはたやま)という難所があり、牛の交換も要ったようです。中君は険しい山路を眺めながら、「宮の間遠な通いも道理」と納得するのでした。この思考、実は平安レディには珍しいのです。当時は通い婚、しかも「いいオトコ」はモテまくりで、通い先が増えるものでした。従って夫はウソ八百で妻をなだめ、妻は相手をなじって関心を惹く、それが恋の定石だったのです。

中君もご多分に漏れず、匂宮が言う「遠すぎて通えない」はウソだと思っていました。しかし今、道中を体験して、考えを素直に改めたのです。この心の柔軟さが彼女の美質で、しかも匂宮とぴったり合いました。個性と個性が作用し合い、幸せを生む。作者のキャラ作り、心理描写が上手いところです。

7 日

大臣、北の方などはまして言はむ方なく、「我こそ先立ため、世のことわり無う辛いこと」と焦がれたまへど、何のかひなし。

第36巻　柏木

昔、「夕顔」という可憐な女君がいました。頭中将の妻でしたが別れ、後に光源氏と出会うも早逝……という薄幸な人。彼女の離婚事由が、頭中将の本妻・四君の脅迫でした。不穏な逸話は、これに留まりません。頭中将は四君と合わず通いが間遠、それに腹を立てた右大臣（四君の父）は、報復人事を食らわせたのです。

そんな頭中将・四君夫婦も、時と共に落ち着いたらしく、二人の娘は妃となり、息子たちは官界で頭角を現します。このように若年時は険悪でも、資産や似た育ちに支えられ添い遂げる様は、平安VIP界の実態を感じさせます。光源氏と葵も死別しなければ、こんな未来を持てたことでしょう。

ところが35巻「若菜下」では長男・柏木が不意に病みつき、36巻「柏木」で死去します。「順序が違う！」と共に泣く二人。柏木の不義の子・薫の存在も知り得ず、「せめて忘れ形見がいたら」と嘆く老夫婦の点描は、悲劇に重層低音を加えます。

8日

若君は、乳母（めのと）のもとに寝たまへりける、起きて這ひ出でたまひて、御袖を引きまつはれたてまつりたまふ

第37巻　横笛（よこぶえ）

晩年、若い妻に裏切られた光源氏。心に去来するのは自身も青春時代、恋に憑かれ父帝の妻と通じたこと。煩悶する場面に、罪の子・薫が登場します。「乳母のもとで寝ていた若君は、起きて這ってきて、光源氏さまのお袖を引っぱり絡まる」。その衣はずり落ちて後へ曳かれ、むっちりした体があらわです。産髪を剃ったばかりの頭は、鮮やかな露草色。無心な乳児の愛らしさが救いとなる場面です。実父・柏木に似た目鼻立ち、しかし光源氏は柏木になかった「きよら」、自身との相似も見出します。

「きよら」は第一級の美を指す言葉で、源氏物語では光源氏のトレードマーク。つまり光源氏はこの乳児に、自分との「縁（えにし）」を見たのです。現代人にはあり得ない発想ですが、平安人にとって誕生は「宿世（すくせ）」。光源氏はおのが人生を振り返り、この幼児に自分と同じ運命を感じたのでしょう。こののち薫は、光源氏の子として育てられ、その出家後は冷泉院に託されます。

9日

御裳着（おほむもぎ）のことおぼし急ぐ御心おきて、世の常ならず。春宮も、同じ二月に御かうぶりのことあるべければ、やがて御参りもうちつづくべきにや。

第32巻　梅枝（むめがえ）

この32巻「梅枝」で、光源氏の出世物語は大詰めへ近づきます。皇后になる運命を予言されている一人娘・明石姫君が、ついに成人（裳着（もぎ））のときを迎えたのです。皇太子も同じ２月に元服（冠（こうぶり））が予定されており、姫君の入内を見据えて、光源氏は準備にいそしむのでした。薫物の調製と書籍制作の様が描かれる巻です。秘伝の製法を踏まえた新たな香づくり、さまざまな書体と各自の名筆ぶりなど、平安文化の質の高さに感嘆必至の一巻です。

column

平安文化

女子の成人式「裳着」

裳は腰に結んで後方へ曳く衣装パーツ。正装に必須の品であり、これを初めて着用することで成人を表しました。裳を結びつける「腰結」役は、社会的地位のある身内に依頼します。娘を大人としてお披露目するイベントであり、多くは結婚を意識したとき行ったようです。

2月

Feb.

10日

大団円に向けて最も優艶な薫物合せ

霞(かす)める月の影(かげ)心にくきを、
雨の名残の風少し吹きて
花の香(か)なつかしきに、
殿(おとど)の辺り言ひ知らず匂ひみちて、
人の御心地いと艶(えん)なり。

第32巻　梅枝

光源氏は明石姫君の裳着のため、薫物作りに精を出します。その素材は白檀、沈香など熱帯特産の香木で、特別なコネなしには入手できません。そんな稀少な材料を身内の貴婦人たちに預け、秘伝のレシピで調製してもらいます。この一文は2月10日にそれらの完成品を試し焚きした直後の情景です。雨上がりの空に朧月が出て、紅梅の花・香も魅惑的な中、種々の薫物の匂いが満ちあふれ、みな陶然となる、と語られます。まさに絵巻をひもとく心地がするシーンです。

11日

「これなむ橘（たちばな）の小島（こじま）」と
申して、御舟しばし
さしとどめたるを見たまへば、
大きやかなる岩のさまして、
されたる常磐木（ときはぎ）の影しげれり。

第51巻　浮舟

日本画で「男女の道行」定番の場面です。匂宮と浮舟が舟で宇治川を渡り、中州を眺めて常緑樹の色に変わらぬ愛を誓います。旅館や博物館で屏風等に、舟に乗った男女が描かれていたら、このシーンと見て間違いありません（P.2～3上）。実はこの時、船頭も乗っているのです。じゃなきゃ舟が進まないですよね。客の訳アリ気配は詮索せず、名所をしっかりガイドして、よく見える位置で停めてくれるプロ中のプロ。絵では省筆されがちなキャラですが、密かにかっこいい役回りです。

なお、この火遊びなランデブーは、匂宮の突発的な行動でした。2月10日頃、宮中で詩会があり、匂宮は薫らを従えてそのまま宿直に。すると皆が寝静まった深夜、外へ出た薫が「今宵も彼女は私を待っていよう」という古歌を口ずさんだのです。これに嫉妬心を刺激された匂宮は、積雪深い木幡山（P.50）を踏み分け宇治を訪問。浮舟の心をわしづかみにしたのです。

12日

頭中将（とうのちゅうじやう）なりけり。（中略）
我も行（ゆ）く方（かた）あれど、
あとにつきて
うかがひけり。

第6巻　末摘花

いわば番外編の「末摘花」巻は、本編のような壮大さには欠けますが、平安の日常や個々人の魅力がフォーカスされ、味わい深い短編です。光源氏が赤鼻の姫君・末摘花に興味を抱いた頃のこと。夜こっそり姫の屋敷を訪れて、その琴や気配に耳を澄ませていました。すると物陰にひっそりと立つ男が。親友の頭中将でした、という場面です。頭中将自身、訪ねるべき恋人がいたのに、光源氏の忍び恋を「見破ってやれ！」という悪戯心から、身をやつして尾行してきたのです。二人はそのまま話が盛りあがり、酒と管弦で夜を明かしました。青春だなぁ、というひとコマです。

このあと二人は、末摘花への求愛合戦を始めました。姫に魅力を感じていなかった光源氏ですが、ライバル登場で煽られてしまい、おブスで取り柄もない末摘花に捕まってしまいます。この喜劇は、頭中将というキャラの負けず嫌い・対抗心によって、賑わいと可笑しみが増すのです。

13日

中務の君、わざと琵琶は弾けど、頭の君心かけたるをもて離れて、ただこのたまさかなる御気色のなつかしきをばえ背ききこえぬ

第6巻　末摘花

女房（侍女）の恋が描かれる場面です。「中務君という琵琶の名手の女性が、頭君（頭中将：光源氏の義兄）の懸想には応えようとせず、ごくたまに情をかける光源氏に想いを寄せている」と語っています。中務君の勤務先は左大臣家。頭中将にとっては生家であり、光源氏にとっては妻の家です。つまり、中務君から見ればどちらも主筋であり、いわゆる夜伽も職務の一つでした。ただ中務君の個人的感情としては、光源氏が慕わしく、頭中将の手は避けるようにしていたという意味です。現代の目にはセクハラと映りますが、本文の意図はまったく別。中務君の恋のけなげさや物思う姿の雅さを、情景の美として記述しています。

ただし紫式部の美意識では、世に知られる程の愛人関係は「乱れ」だったようです。貴人との密かな仲に生涯を捧げる、分相応な縁談は蹴った上臈女房（ハイランクの侍女）たち――源氏物語は、そんな女性キャラにひっそり彩られています。

14日

慣習が誘う寂寥と、自己の客観視と……

三日(みか)がほどは、夜離(よが)れなく
渡りたまふを、年ごろ、さも
ならひたまはぬ心地に、
忍ぶれどなほものあはれなり。

第34巻　若菜上

光源氏の妻たちの中で「身分も資質もナンバーワン！」と自他共に認める紫上。光源氏とペアで生きてきて育児も終わりという頃、驚天動地の事態が起こります。紫上以上に身分が高く、若く、世評も高い女三宮が、父・上皇のお声がかりで嫁いできたのです。平安の結婚は、夫が新婦のもとへ三夜連続で通います。今までそんな経験がなかっただけに、紫上は悲哀を禁じ得ません。理性で「忍ぶ（自制する）」のですが、情の面では「もの（そこはかとなく）」「あはれ（感傷的）」な気持ちが忍び入ってきます。

しかしこの直後、紫上は光源氏が須磨・明石へ追われた昔を思い出します。（再会できずとも、生きてさえいてくれれば）と思って過ごした約3年。あのとき死別していたら、その後の生き甲斐もなかった……と感じたとき、彼女は少し慰められたのでした。悲嘆に溺れず、夫婦の絆に気づいた人。降嫁は確かに悲劇でしたが、紫上の芯の強さを、読者と光源氏に知らしめたのです。

15日

見苦しの君たちの、
世の中を心のままにおごりて。
官位（つかさくらゐ）をば何とも思はず
過ぐしいますがらふや。

第44巻　竹河（たけかは）

42～44巻は「匂宮三帖（におうのみやさんじょう）」と呼ばれます。しかしこの3巻は一体性がありません。むしろその前後、41巻以前と45巻以降がそれぞれ名作に仕上がっているため、「どちらにも属さない」残りの3巻が、とりあえず「匂宮三帖」と呼ばれているのです。そのお余り3巻の中でも、「作者は別人では」と最もよく言われるのが、この44巻「竹河」です。

36巻「柏木」以降姿を消していたヒロイン・玉鬘が再登場します。夫・鬚黒に先立たれ、一家の勢力は衰えるばかりです。娘二人は何とか皇室へ縁づけたものの、息子らの出世は心もとなく、母としての嘆きが尽きません。この一文は、娘にかつて失恋した貴公子が訪ねてきて、「昇進したが嬉しくもない、娘さんへの想いが募るばかり」と告げたときの、玉鬘の苦々しい反応です。栄えている家の若者がトントン出世して、その価値にも気づかぬ傲慢さ。玉鬘の苦衷と毒舌に、しみじみ共感してしまいます。

16日

この巻だけが出番の個性派キャラ

命婦（みゃうぶ）、かどある者にて、いたう耳馴らさせたてまつらじと思ひければ、「曇りがちにはべるめり」

第6巻　末摘花

『源氏物語』には「使い捨て」キャラが続出します。ある局面で個性をキラリと放ち、しかし行く末は語られず、そのまま消失するのです。大輔命婦（たいふのみょうぶ）もその一人。光源氏と赤鼻の姫のラブコメ「末摘花」巻で、恋のキューピッドになったキャラです。この文は、末摘花が琴を弾いているとき、天気にこじつけて演奏を終了させ、その下手さを隠しおおせた場面です。命婦の目論見どおり光源氏は「もっと聞きたい！」と恋心を燃えあがらせました。

大輔命婦は、生き方も明朗闊達です。親の庇護を要した社会の中を、父にも母にも寄りかからず、女官業で朗らかに生きているのです。一方で、末摘花の結婚の幸せを願い、奔走する真心の持ち主でもあります。とはいえ姫のあまりのダメダメっぷりには笑い転げてしまう、娘らしさも特徴です。魅力的な個性を持ちながら、この巻のみで消える大輔命婦……。作者さん、人物の造型力を持ち過ぎだったに違いありません。

17日

二月十余日のほどに、
男皇子生まれたまひぬれば、
なごりなく内裏にも
宮人も喜びきこえたまふ。

第7巻　紅葉賀

5巻「若紫」で光源氏は、里下がり中の藤壺（父帝の妃）と密かに逢いました。この「紅葉賀」巻では、藤壺が出産します。当時の后妃の里下がり、つまり実家への帰省は、数か月〜年という単位で行われるものでした。従って12月中かと思われていたお産が「2月中旬」というこの記述は、里下がり中に懐妊したことを明示しています。とはいえ平安人が妊娠期間というものを、どの程度把握していたのかはわかりません。藤壺が「わが身の破滅」と怯え、光源氏が「やはりわが子」と認識している点を見ると、正確に理解していたようでもあります。しかし他の文献や説話集には摩訶不思議な出産例も見られるので、「奇異」で誤魔化せるものだったのかもしれません。神話的には、一夜孕みは神婚です。のちに柏木と女三宮というカップルが、やはり密通で子をなしますが、こちらは逢瀬が複数回あったと書かれています。作者としては光源氏と藤壺の仲を、神聖な縁にしたかったようです。

2月
Feb.

18日

平安の教育はおしゃべりがメイン？

などてかくおいらかに生(お)ほし立てたまひけむ

第34巻　若菜上

出家した異母兄・朱雀院の懇望で、その娘・女三宮を新たな妻に迎えた光源氏。新婦に対面したところ、まるで「人見知りしない幼児」のような女性でした。そのときの光源氏の感想がこの文です。「なぜ、こうおっとりとお育てになったのだろう？」

平安の教育観が透ける文です。『枕草子(まくらのそうし)』には少年天皇・一条帝に、姉さん女房の定子中宮(ていしちゅうぐう)が「村上天皇の御世にあったこと」を語り聞かせている場面があります。お手本とすべき先例を示しているのです。『源氏物語』でも桐壺帝が光源氏に、のちには光源氏が夕霧に、心構えや人への接し方を懇々と訓戒しています。義務教育などなかった時代、人材育成はこのように、権威ある年長者が身をもって、説教を通じて行ったのです。

朱雀院は「硬派な漢学は弱いが教養・芸術は優秀」と語られます。硬軟（学問と教養）両輪がない人に、ピシッとした子女教育はできない——作者のそんな声が聞こえてきそうです。

19日

院、御覧じて、何事も いとはづかしげなめるあたりに いはけなくて見えたまふらむ事、 いと心苦しう思したり。

第34巻　若菜上

平安時代前期、藤原兼輔という貴族がいました。公卿（閣僚）にまで出世し、和歌でも三十六歌仙に選ばれた達人。紫式部には曽祖父に当たる人物です。生まれたとき既に中流貴族だった式部には、自慢の先祖であり、過去の栄光の証だったのでしょう。その代表作「人の親の　心は闇に　あらねども　子を思ふ道に　まどひぬるかな」を踏まえた表現が、『源氏物語』には頻出します。

愛娘・女三宮を光源氏に嫁がせ、出家した朱雀院。光源氏の長年の妻・紫上に宛てて、「娘をよろしく」という旨の手紙を書きます。その中で、「出家の身なのに『闇』を晴らせず恥ずかしい」と親心を闇に例えているのが、兼輔の和歌の引用です。対して紫上は「それなら無理に縁を断とうとなさいますな」と、優しく返歌します。当時のレディは筆跡も異性には見せないものですが、上皇に代筆は失礼と、やむなく筆を執った訳です。見事な返信を読んだ朱雀院は、わが娘の幼稚さと比べ、恥じ入るのでした。

20日

平安版「ロミオとジュリエット」か？

二月(きさらぎ)の二十日あまり、
南殿(なでん)の桜の宴(えん)せさせたまふ。
后、春宮の御局(みつぼね)、
左右にして参(ま)う上(のぼ)りたまふ。

第8巻　花宴(はなのえん)

平安の「桜を見る会」です。内裏の紫宸殿(ししんでん)（南殿）の南庭には、「左近の桜、右近の橘」が植えられていました。旧暦2月下旬、その花見の宴が開かれたと語るところから、8巻「花宴」は幕を開けます。続く文章でこの日の宴は、天気（天）、さえずる鳥（地）、漢詩を作る俊秀たち（人）が調和した、理想的行事となったと述べられます。そしてその夜、光源氏は政敵、右大臣の娘・朧月夜と知り合い、恋に落ちるのです。

21日

弘徽殿女御、中宮のかくておはするを、をりふしごとに安からず思(おぼ)せど、物見(ものみ)にはえ過ぐしたまはで参りたまふ。

第8巻　花宴

前巻「紅葉賀」のラストで、藤壺が立后しました。そのため、本巻のタイトルにもなった「桜を見る会」は、皇太子と后が帝の左右に顔を揃えたのです。優れた人がしかるべきポジションを埋めた訳で、平安人には理想の姿でした。それもあってこの催事は大成功。桐壺帝の治世は聖代として長く敬仰されることとなりました。しかし「悪役」はこれに承服できません。かつて光源氏の母・桐壺更衣を死に追いやった弘徽殿女御が、怒りと恨みを募らせてご登場です。とはいえこれほどの盛事を無視はできず、顔は出すのが彼女の可愛さです。平安人の観念では、美や芸術を解するのは「よき人（貴人)」でした。弘徽殿女御、さすがの識見ではあるのです。また皇太子を始め子女を何人も産み、20年以上宮仕えしている「勤務実績」も、后に相応しいものでした。ラスボスのある意味正当な怒り。それを宥(なだ)められる桐壺帝が譲位間近とあって、ストーリーは緊迫してゆくのです。

22日

気色(けしき)ばかり舞ひたまへるに、
似るべきものなく見ゆ。
左大臣(ひだりのおとど)、恨めしさも忘れて
涙落としたまふ。

第8巻　花宴

「桜を見る会」の続きです。花見の最中、皇太子が光源氏に舞を所望しました。先年の紅葉賀で見た青海波(せいがいは)を、また見たくてたまらなくなったのです。光源氏は再三再四辞退しますが（平安貴族の美徳です）、たってのご所望は否(いな)み難く、ごく一部を形ばかり披露しました。そんな抑えた舞いぶりなのに、誰も比肩できない素晴らしさ。舅の左大臣さえ「娘・葵をもっと大事にしてくれればいいのに」という、日頃抱いている恨みを吹っ飛ばし、感泣してしまうほどだった、と語っています。

　現代人にはわかりにくい箇所ですが、平安貴族にとってパフォーマンスは公務。神仏を喜ばせれば太平を実現できると信じていた時代ですから、光源氏はたいそう「仕事がデキる男」だったのです。光源氏の秘密の想い人・藤壺も、（弘徽殿女御はどうしてこの人を憎めるのだろう）とふと思ってしまい、自分のそんな気持ちに狼狽します。文字どおり「輝ける」主人公なのでした。

23日

いと若うをかしげなる声の、
なべての人とは聞こえぬ、
「朧月夜(おぼろづきよ)に似るものぞなき」と
うち誦(ず)じて、
こなたざまには来るものか。

第8巻　花宴

「桜を見る会」がお開きになった後の夜、光源氏は宮中で並々ならぬレディと出会い、一夜の契りを交わしました。のちに彼女は政敵の娘・朧月夜と判明しますが、燃えあがってしまった想いは抑え難く、二人は破滅的な恋へ……というのが今後の筋書きです。12巻「須磨」で光源氏が追放される元凶・朧月夜。物語内で最も「イケイケなご令嬢」ですが、その言動は現代人の目には実にカワイイものです。何しろ、「夜、宿泊している殿舎の中を、和歌を口ずさみつつ歩いていた」だけなのです。それを「こちらへ来るではないか！」と書いているのですから、当時の第一級レディというものがいかに深窓の存在だったかわかりますね。

　ちなみに作者はこの直前、理想の女性・藤壺が住む建物の戸締りをほめ称え、対して朧月夜がいた弘徽殿の、だらしなさ不用心さをなじっています。『源氏物語』は姫君の教育書。「軽い女は身を誤る」と説教しているのです。

24日

まろは
皆人にゆるされたれば、
召し寄せたりとも、
なんでふことかあらん。

第8巻　花宴

光源氏が敵方の姫・朧月夜を、瞬時に陥落させた殺し文句です。「私は皆から何でも許されているのだから、人をお呼びになっても何もなりませんよ」。彼女の殿舎に忍び込み、強引に抱きしめてのこのセリフです。平安的に分析してみましょう。
「何をしても許される」のはこの時代、天皇、またはそれに準じる者です（光源氏は帝の秘蔵っ子なので該当）。当時の人は、徹底した身分至上主義者。清少納言は『枕草子』で、「陛下にただただ見とれて墨も取り落としそう」と書いていますが、これが平安女子のごく一般的な反応です。神の血統という、宗教的カリスマもありました。貧富の差や教育格差の激しさも、健康美や教養の煌めきを、天皇家の者に添えていたのです。

という訳で光源氏のこのセリフ、一撃必殺の「強者男性」アピールでした。まともに食らった朧月夜ちゃん、たちまちクラクラしてしまい、破滅の恋へ墜ちてゆきます。

25日

このたびのやうに、
文(ふみ)ども警策(きやうざく)に、舞(まひ)、楽(がく)、
物の音(ね)ども調(ととの)ほりて、
齢(よはひ)延(の)ぶることなむはべらざりつる。

第8巻　花宴

光源氏と舅・左大臣が、桜の宴の感想を語り合っている場面です。左大臣は「今回のように漢詩が立派で、舞・音楽・楽器も調和し、寿命が延びる宴はなかった」と絶賛します。そして光源氏のディレクションぶりを称えるのです。対して光源氏は、頭中将（左大臣の愛息子）の舞を褒めちぎります。婿・舅、和気あいあいたるシーンです（肝心の妻・葵が出て来ようとしない、ぎごちない夫婦仲を象徴する場面でもあります）。

さて物語内で桐壺帝は理想的な天皇とされています。現代の読者には物語冒頭の、更衣への暴走的な恋の印象が強く、なぜ賢帝なのかわからないかもしれません。しかしこのように細部を読み込むと、人材の育つ治世を実現していること、彼らを抜擢し活躍させていること等がわかります。特に大事なのは宴で皆の心を解放し、その寿命を延ばす（と錯覚させる）こと。それは平安の世に希求された「健康増進施策」だったのです。

26日

世の中いとわづらはしく
はしたなきことのみまされば、
せめて知らず顔(がほ)にあり経(へ)ても
これよりまさることもや

第12巻　須磨(すま)

光源氏、最大のキャリア危機・須磨落ちを語る場面です。「実生活で面倒ごとばかり増えるので、恬(てん)として過ごしても事態は更に悪化するかもと、ご決意を固めなさる」。具体的な意味はこうです。帝の愛人・朧月夜との仲が法律の「人の妻妾との交渉」条に触れるとされて免官、官位を奪われたが、無実なので恥じる点はない。だが「帝への謀叛に仕立ててしまえ」という動きがあるので、流刑にされては致命的だ。叛意(はんい)なきアピールに都外で自主謹慎しようと決意した、ということです。

光源氏は無実を主張しています。朧月夜が后妃ではなく女官であり、かつお手つき以前から恋仲だったからです。当時の男女関係は、性に厳格な中国式法律が建前。一方で実態は自由恋愛でした。従って光源氏の一件は、「こじつけによる政治的迫害」と世人の目には映ります。悲運のヒーロー・光源氏は、世論の圧倒的支持を背負いながら、都を寂しく出てゆきました。

27日

罪に当たるともいかがはせむと
思（おぼ）しなして、にはかに参（まう）でたまふ。
うち見るより、
めづらしううれしきにも、
ひとつ涙ぞこぼれける。

第12巻　須磨

「謀叛の罪」に問われかけ、須磨で自主謹慎して1年が過ぎようとしている光源氏。内心同情的だった人々も、政敵・弘徽殿大后らの横暴を恐れ、次第に距離を置くようになりました。そんなとき、変わらぬ友情を示したのが頭中将です。長年、親友かつ好敵手であった彼は、「罰せられてもやむを得ないと心を決め」、須磨まで訪ねてきてくれました。目が合った瞬間、二人は涙をこぼします。「ひとつ涙」とは、うれしい折も悲しい時も流れる涙は同じ、ということから、「光源氏との別離を嘆いてあふれた涙が、いま再会の喜びで流れた」ことを意味します。

実は頭中将、弘徽殿大后の妹婿です。従ってこの場面は、「しょせん身内、ひどい罰は受けないから見舞いに来れた」とも言えます。ただし大后は、妹である朧月夜へは容赦なく、光源氏と連座させて大打撃を与えました。その「読めない」恐怖を押して来てくれた頭中将、やはり気っぷのいい男と言えそうです。

28日

ただこの大臣(おとど)の御光(ひかり)に
よろづもてなされたまひて、
年(とし)ごろ思(おぼ)し沈みつる
なごりなきまで栄えたまふ。

第14巻　澪標(みおつくし)

光源氏の須磨・明石への流離は、時の為政者・朱雀帝にとって、父（桐壺帝）の遺言にも反する罪でした。罰として病んだ朱雀帝は、光源氏を召還して復権させ、さらには譲位をしたのです。排斥されていた光源氏派はみな復位し、一転この世の春を迎えました。この一文は光源氏が昔のよしみを忘れず、亡き妻・葵の家族に報いる場面です。「ひたすら光源氏さま（この大臣）のご威光で、よい待遇を頂き、長い沈滞の名残が消えるほど繁栄なさる」。妻が死ぬと姻戚の縁も絶えがちな時代でしたから、光源氏は稀有に義理堅かったと言えましょう。

この賑わいに舅・姑は、喜びと共に悲しみもひとしおです。かつて光源氏失脚の時には、「葵が既に逝っていてまだ良かった」と嘆いた二人。いま光源氏が返り咲き、葵との子・夕霧も育った姿を見て、今度は「葵が生きていたら」と涙します。幸につけ不幸につけ悲しみは止まぬ――老親の哀れが滲むくだりです。

1日

藤壺と聞こゆ。
げに御容貌（かたち）ありさま、
あやしきまでぞ
おぼえたまへる。

第1巻　桐壺

藤壺を賜った妃が「桐壺更衣に酷似していた」と語る場面です。『源氏物語』には似たキャラが頻出します。当時の社会は血縁率の高い小さなムラ。加えてレディは顔や姿を隠すので、「容姿」の決め手は衣装や雰囲気です。さらに写真などはなく記憶頼みなので、そっくりさんは多かったものと思われます。

容姿の相似は平安人に特別な愛着を起こさせました。昔の恋人への誠意でもあり、前世からの「縁」も感じさせたのでしょう。

column　平安社会

虚構でも現実でも「かがやく藤壺」

後宮には12の建物があり、后妃らが居住しました。格が高いのは、天皇の居所・清涼殿に近い「弘徽殿」や「藤壺」。特に藤壺は藤＝紫、紫は、高貴な色というイメージからか、文学で人気キャラがよく住みます。史実では、紫式部の主君・彰子中宮の御殿です。

2日

あやしく背(そむ)き背きに、さすがなる御諸恋(もろごひ)なり。

第33巻　藤裏葉(ふじのうらば)

母との縁うすいイトコ同士が、祖母のもとで一緒に育てられ、恋を知り初(そ)めたころ互いの気持ちに気づく。物語中もっとも可憐な恋、夕霧と雲居雁のロマンスです。

雲居雁の父・頭中将（内大臣）に仲を裂かれて6年。夕霧は他の姫には目もくれず、雲居雁も信じて待ち続けています。手紙のやりとりだけの関係ゆえ、誤解から行き違ってしまいつつも「さすがに両想い（諸恋）」という関係です。

少女の恋はもはや時代遅れだったようで、作者も肯定的に書くことはできず、のちには雲居雁を所帯じみた「さがな者（たちの悪い人）」にしてしまいます。ただし「藤裏葉」巻は、大団円に至るめでたい巻。作者もタテマエを吹っ飛ばし、二人のけなげさ純粋さを、思う存分という勢いの筆致で活写します。そしてついに頭中将が折れて結婚を許可。二人は皆に祝福されて、あの懐かしい祖母の屋敷で、幸せな新婚生活に入るのでした。

3日

**弥生の朔日に
出で来たる巳の日、
「（中略）御禊したまふべき」と、
なまさかしき人の聞こゆれば、
海づらもゆかしうて出でたまふ。**

第12巻　須磨

　光源氏の須磨隠棲時の話です。「ちょうど3月朔日に巡ってきた巳の日、（中略）『禊をなさるべき』と情報通気取りが言うので、眺めも見たくなり海辺に出られた」。いわゆる「上巳の祓」、現在のひな祭りの淵源です。この時代、罪や穢れを水で祓う（流して清める）ことは心身に良いとされ、人形を川・海に流す習慣がありました。また雛という、女児むけの玩具の人形もありました。これらが融合していき後世の江戸時代、ひな祭りとなったのです。

4日

平安人が信じていた「守護神」は？

見上げたまへれば、
人もなく、月の顔のみ
きらきらとして、夢の心地もせず、
御けはひとまれる心地して、
空の雲あはれにたなびけり。

第13巻　明石（あかし）

「アナタの守護霊は……」等の言説を、見たことのない方はいないことでしょう。人に霊的な守護がついているという発想、平安人には「常識」でした。不器量で貧しい姫・末摘花が、光源氏と出会って救われる「末摘花」「蓬生（よもぎう）」巻は、「娘を案じる父宮の霊魂が、同氏族の男を吸い寄せた」逸話でもあります。

この一文は光源氏自身が、故・桐壺帝からお告げを受けた直後、目を覚ました場面です。久々に親に（夢で）再会し、優しくされて泣き崩れたのち「顔を上げてみれば誰もおらず、月面だけがきらきら輝き、でも対面した実感はリアルで、父の気配が残っている心地がして、空の雲がしんみり流れていた」。光源氏と藤壺（父帝の后）の不義を知っている我々読者には、ピュア過ぎる光源氏の反応です。あるいは藤壺との恋は、この巻より後に書かれたのかもしれません。いずれにしろ、故人との再会を望む気持ちや親子の絆が描かれた、秋夜の美しい情景です。

5日

まことや、かの六条の御息所の御腹の前坊の姫宮、斎宮にゐたまひにしかば、大将の御心ばへもいと頼もしげなきを（中略）下りやしなまし

第9巻　葵

「そういえば。あの六条に住む御息所の娘さん、前の皇太子のご令嬢ですけど、斎宮に選ばれなさったので、御息所ご本人も、光源氏さまのご愛情は心もとないし（略）、一緒に伊勢へ行ってしまおうかと仰ってるそうですよ」。「まことや」の一言で場面を転換し、読者が既知のことも未知の内容もひっくるめて、当たり前かのように話し出す。これが『源氏物語』の技法です。

この語り口がトリッキーなのは未発表の重要情報を、既出のように総括していること。光源氏に忍ぶ仲の貴婦人がいる、それも「六条に住むとんでもなくゴージャスなレディらしい」というネタは、折々仄めかされてきました。しかし、御息所という別格の貴女であること、故・皇太子の未亡人らしいこと、しかも娘（後宮戦略の必須兵器）ありという、凄まじく重要な諸情報が、軽〜いノリで一括投下されたのです。正体が明かされるや否や、別れ話寸前のセレブ美女・六条御息所。一波乱必至の語り出しです。

6日

瘧病(わらはやみ)にわづらひたまひて、よろづにまじなひ、加持(かち)などまゐらせたまへど、しるしなくてあまたたびおこり給(たま)ひければ

第5巻　若紫(わかむらさき)

「瘧病(わらわやみ)に罹患なさって、あらゆる呪術・加持祈禱を受けたけれど、効果がなく何度も発作をお起こしになったので」。有名かつ重要な「若紫」巻の冒頭です。2～4巻（帚木三帖(ははきぎさんじょう)）はそれぞれが挿話でしたが、この巻は明らかに本筋。重大事件が続きます。

しかし今日はこの文から見える、瘧病への意識に注目しましょう。この病気は発熱・発作という描写から、科学的にはマラリアかと推定されます。ただし文学なので科学的解釈より、「どういう印象を与える病気だったのか」が重要です。結論を言ってしまえば瘧病は、「善玉キャラもかかる病気」でした。病悩や不運を前世・今生の悪事の報いと捉えるのが平安人。従って善人が病む場合は、「おどろおどろしからず」「そこはかとなく」などと、病態の穏やかさが特筆されます。瘧病は源氏物語中で、光源氏と朧月夜が罹り、あっさり回復しました。手当が要るので事件のきっかけに使える程度の、深刻ならざる病気であったようです。

7日

大将も督の君も、みな
下りたまひて、えならぬ花の蔭に
さまよひたまふ、
夕映えいときよげなり。

第34巻　若菜上

雅な平安貴族ですが、男性にはかなりアクティブな面もありました。馬は日々の乗り物で、弓・鷹狩は「公務」。『蜻蛉日記』は息子が弓試合で活躍したと、歓喜を込めて綴っています。

この一文は光源氏邸で蹴鞠が行われ、大将（夕霧：光源氏の息子）も、督の君（柏木：夕霧の親友）も、我慢できずに加わったという場面です。夕方の光に満開の桜、その陰で鞠を蹴る貴公子らを、作者は「きよげ」と書いています。

最上の美を指す「きよら」より一段下がる「きよげ」。実はこのくだり、「乱りがはし」「静かならぬ」と、けなし言葉が散見されます。かなり動き回る蹴鞠という競技、作者にはひんしゅくものだったようです。みんなで蹴り合い落とさずに、回数を重ねることを目指す蹴鞠。現代視点ではマイルドですが、平安レディにはワイルドだったのです。さすがは平安時代、日本史上最も「文化系」だった時代の、貴婦人の感性と言えましょう。

8日

悲恋のきっかけは猫?!

几帳(きちゃう)の際(きは)すこし入(い)りたる程に、袿姿(うちきすがた)にて立ちたまへる人あり。

第34巻　若菜上

光源氏の妻・女三宮が、柏木と夕霧に見られてしまう場面です。原因は何とペット。繋がれた猫が放し飼い猫に追われて逃げ、御簾に紐が絡んで引きあけられてしまったのです。袿姿(うちぎすがた)は主君の身なりなので、顔を知らずとも女三宮だとわかってしまいました。「すこし入りたる」程度の端近(はしぢか)に「立ち」ているのは、はしたなさ・うかつさの表れ。夕霧は呆れ返りますが柏木には、かねてからの憧れに火がつく事件でした。密通の種が播かれたのです。

column

生活様式

姫君がいないはずの「端近」

高貴な姫君が暮らすのは、寝殿造りの中心にある母屋(もや)。その周囲を庇(ひさし)の間(ま)（侍女の居場所）、簀子(すのこ)（廊下）が取り囲んでいます。「端近」は簀子に近い庇の間のこと。夕霧は、蹴鞠見たさに端近にいた女三宮に眉をひそめますが、これが当時の一般的な反応でした。

9日

四つになる年ぞ、筑紫(つくし)へは行(い)きける。（中略）幼き心地に母君を忘れず、をりをりに、「母の御もとへ行(ゆ)くか」と問ひたまふにつけて

第22巻　玉鬘(たまかづら)

源氏物語の22～31巻は「玉鬘十帖」と呼ばれます。独立性が強く、新ヒロイン・玉鬘が活躍するからです。印象的なのは玉鬘のキャラクター。光源氏若き日の恋の相手・夕顔の忘れ形見で、実父・頭中将（内大臣）の才気も受け継いでいます。母を喪(うしな)い、乳母の夫の赴任地・筑紫へ下るなど運命に翻弄されますが、耐えて花を咲かすシンデレラぶりが見どころ。この一文は彼女が4歳のとき、筑紫への船旅の途上で亡き母を求める切ない場面です。

10日

まづ、物語の出で来はじめの親なる竹取の翁に宇津保の俊蔭を合はせて争ふ。

第17巻　絵合

3月10日、冷泉帝の後宮で、妃二人が絵合をする場面です。「〇合」とは当時人気の文化的競技。二手に分かれて〇の優劣を競う勝負で、和歌が対象の「歌合」、貝殻の多さ美しさを比べる「貝合」などがありました（ハマグリ殻の神経衰弱ゲーム「貝覆」を、貝合と呼ぶようになるのは後世のことです）。

さて、このシーンでは「絵合」です。絵の出来を競うのかと思いきや、「物語の元祖『竹取物語』と『うつほ物語』の俊蔭巻で一回戦を行う！」。この時代、絵画と文芸は垣根が低かったようです。絵巻物が総体として出品され、挿絵だけでなく本文の筆跡美や、筋・キャラの生きざまも評価対象でした。現代の品評会とは別モノですね。それにこの絵合、内実は政争でした。妃の背後にはその一族郎党がいて、帝の愛がもたらす地位・収入を奪り合ったのです。当時はそれが当然であり、また流血沙汰でないのは何よりですが、……やはりなまぐさいものが漂います。

11日

私（わたくし）ざまのかかる
はかなき御遊びも
めづらしき筋（すち）にせさせたまひて、
いみじき盛（さか）りの御世（みよ）なり。

第17巻　絵合

平安朝と言うと「決まりにうるさい」イメージがあるようです。教科書などにいわゆる十二単として「〇〇襲（かさね）は何色に何色を重ねる、〇月～〇月に着る」などと、細かく書かれているせいかもしれません。しかし『源氏物語』から浮かびあがるのは、かなり自由で「攻め」を好む進取の気風です。「光源氏さまは例年の行事にも、『この冷泉帝の御世に創始』と語り草となるような、新しい工夫を加えようとなさる」と述べる「絵合」巻。続いて来るのがこの文です。「ちょっとした私的な催しも、清新な趣向で開催なさって、まこと賑わいのあるご治世ですよ」。光源氏がバックアップする冷泉時代を、斬新さゆえに称えています。

『枕草子』は定子中宮が五節（ごせち）の際、新ファッション「小忌（おみ）の女房」を創出、絶賛される様を記録しており、『栄花物語（えいがものがたり）』によればその意匠が15年後、模倣・再現されたとのことです。新たな趣向が後代のお手本となることこそ、平安人の理想だったのです。

12日

白き御装束(さうぞく)したまひて、
人の親めきて、若宮を
つと抱(いだ)きてゐたまへるさま、
いとをかし。

第34巻　若菜上

3月10日あまりの頃、光源氏の娘・明石姫君が、皇太子の子を産んだ際の記述です。うら若い母親が子をしっかりと抱く姿に温かい視線が注がれています。作者・紫式部は主君・彰子中宮の出産に立ち会った人でした。「僧や官人、女房らが詰めかけ、人気(ひとけ)と大声で魔を退け祈りを届ける」云々と記録しています。これが当時最高の分娩体制だったのです。のちの天皇の誕生を見たこの経験、『源氏物語』の執筆にいかされたことでしょう。

column

生活様式

出産にカネと人はあるほど良い

産室では衣服も調度も白一色。魔よけのため米を雪のごとく撒き（打撒(うちまき)）、土器（かわらけ）を割る騒音でモノノケを追い払います。絹地や米、人手が豊富な家では、より安全に産めると信じられていました。

13日

**夕日華やかにさして
山際（ぎは）の梢（こずゑ）あらはなるに、
雲の薄く渡れるが鈍色（にびいろ）なるを、
何事も御目とどまらぬ頃なれど
いとものあはれに思（おぼ）さる。**

第19巻　薄雲（うすぐも）

運命の女（ひと）・藤壺が逝去しました。光源氏は悲嘆に暮れ、夕雲の色に喪の思いを重ねます。藤壺のキャラ設定は「理想の后」。光源氏との密通やその子の即位を考えると、現代人には怪訝に思えますが、婚姻・誕生・即位は前世や天の定めであり、人知の埒外だったようです。むしろ、至高身分の皇女に生まれたことや、后になれた運勢の方が「宿世の高さ」と崇められています。その死は「灯火の消えるよう」と、釈迦入滅と同じ言葉で送られました。

column

物語解釈

平安人のウイークポイント「厄年」

藤壺の死は厄年の37歳。八宮（光源氏の異母弟）も厄年で亡くなります。紫上にいたっては年齢を改変してまで「のちに命を奪う病を37で発病」としています。光源氏に手厚く守られ、行いも正しい紫上が病魔に憑かれるには、「厄年」という弱点が要ったのでしょう。

14日

良かれと思って……が招く惨事

これかれと見るも、いとうたてあれば、なほ言(こと)多かりつるを見つつ臥したまへれば、侍従(じじゅう)、右近(うこん)見あはせて、「なほ移りにけり」

第51巻　浮舟

藤壺のもとに光源氏を導いた王命婦(おうみょうぶ)、薫と匂宮を姫たちの寝所に入れた弁君——侍女（女房）は女主人の希望や幸せを、おもんぱかって行動する存在です。しかし姫の真意を察し損ねる、破滅をもたらすなどの悲劇もうみます。その元凶が「善意」であるやり切れなさを、『源氏物語』はしばしば書いています。

この一文はその代表例。三角関係に悩む浮舟は、匂宮の恋文を眺めていました。そこへ薫からも文が来ます。「男二人の手紙をこっちあっちと読むのはゾッとするので、匂宮の文をなおも見ていたところ、侍女の侍従と右近は『やはり本命は宮さま』と目で語り合った」という場面です。が浮舟の本心は「宮は恋しいが、しかし許されぬ」という、恋情と自制入り乱れるものでした。にもかかわらず宮びいきの侍従は喜んで押しまくり、右近は抑え気味ながら「宮さまがいいなら」と決断を迫ります。腹心の二人に誤解された浮舟は独り悩み、最悪の選択に至るのでした。

15日

来て、「ねうねう」と
いとらうたげに鳴けば、
かき撫でて、うたても
進むかな、とほほ笑まる。

第35巻　若菜下

紫式部の時代の、約100年前。ある皇子が源氏となり、のちに皇籍復帰、なんと即位に至りました。源定省（さだみ）、宇多（うだ）天皇です。「桐壺」巻で「宇多の帝」と呼ばれ、臣籍を経て帝となったという点でも、『源氏物語』に影響を与えた人物です。この天皇、実は日本最古の愛猫日記を書いた人。ｍｙ黒猫を愛でまくりました。

興味深いことにこの黒猫、「大陸から連れて来た」とあります。弥生時代すでに渡来していた猫ですが、その土着種と異なる「唐猫」は、とりわけ人気だったようなのです。『源氏物語』でも女三宮の唐猫が、「日本のと違う」「とても可愛い」と愛でられています。

女三宮に懸想する柏木は、この猫を策を弄して手に入れ、恋の形見と溺愛しました。鳴き声を「寝う（寝よう）」と聞いて「夜のお誘い」と微笑むあたり、さすが掛詞（かけことば）慣れした平安人。この猫、後に柏木の夢に現れ、女三宮の懐妊を暗示しますが、以後ぷつりと物語から姿を消しており、猫好きには気になるところです。

16日

唯一誕生日がわかる登場人物

御使(つかひ)ありけり。とく帰り参りて、
「十六日になむ。
女にてたひらかに
ものしたまふ」と告げきこゆ。

第14巻　澪標

光源氏は須磨・明石に流離していた際、土地の女性・明石君と結ばれました。帰京後も、残してきた懐妊中の明石君が気にかかります。それで「使者をお送りになった。使者はすぐ帰ってきて、『3月16日に。姫君で安産でした』と報告申しあげる」という場面です。数をぼかすことが多い『源氏物語』で、明石姫君は誕生日が明示されます。将来の皇后という運命の子だけに、五十日(いか)の祝が5月5日・端午(たんご)の節句という、縁起のよい出生なのでした。

column

赤子の生誕を祝う五十日の祝

生活様式

生後50日目には、子供に餅を含ませる「五十日祝(いかのいわい)」が行われました。現代のお食い初めのルーツです。市で餅を50個買い、子供用の小さい飲食具で提供しました。『源氏物語』では、女三宮と柏木の子・薫や、中君と匂宮の子の五十日の祝が、豪華にこまごま描写されます。

17日

網代車（あんじろぐるま）のうちやつれたるにて、
女車のやうにて
隠（かく）ろへ入りたまふも、
いとあはれに夢とのみ見ゆ。

第12巻　須磨

3月20日頃須磨へ発つことを決意した光源氏が、その2、3日前、縁故の家へ挨拶に来た場面です。「質素な装いにした網代車（あじろぐるま）に乗り、女性の乗用のように見せかけてこっそり来られるのも、たいそう悲しい」。網代車は、当時最も一般的だった牛車です。女車とは女性乗用の牛車で、乗り手が見られぬよう御簾に加え下簾（したすだれ）も垂らし、また男性乗用ならいるはずの沓持（くつも）ちの従者が不在でした。裏を返せば、これらの点を押さえれば女車に見えたのです。

光源氏の「ふり」には訳がありました。この時代の男性は、貴人こそ優雅でしたが、従う従者、特に下人は粗暴で、「荒れた学校の不良グループ」的なところがありました。別のグループと出会うと張り合い、相手の主君が自分の主人より下と見るや、喜んで狼藉を働いたのです。ただ、男性のヒエラルキーに属さない女性は、この手の摩擦と無縁でした。そのため、官位がもはや無い光源氏は、女車を装わないと危険だったのです。

18日

院の御墓（はか）拝み
たてまつりたまふとて、
北山（きたやま）へ参（まう）でたまふ。
暁（あかつき）かけて月出（い）づるころなれば、
まづ入道の宮に参（まう）でたまふ。

第12巻　須磨

『源氏物語』では「3月20日あまり」の頃に事件がよくあります。光源氏の須磨謹慎もその一つ。この文は、須磨へ行くことを決意した光源氏が、亡き父・桐壺帝（桐壺院）の墓へ別れを告げにゆく場面です。先立って入道宮（桐壺帝の后・藤壺）を訪ねたのは、藤壺から桐壺帝への伝言を仲介するためでもありました。現代人は「墓に言づて？」と不思議に感じますが、当時は交通・交信が困難だった時代。なかなか出られぬ貴人・レディに代わり、言葉を伝えるのは尊いお役目でした。

ただし当時は墓じたい、よほどの貴顕でないと建てられず、参詣することもまれでした。『源氏物語』が書かれた平安中期頃から、「親への孝」を仏教の善と考えるようになり、墓参りの習慣も広まったようです。物語内では他に浮舟が、また『栄花物語』では藤原伊周が、亡き父の墓に詣でています。当時としては意識が先進的な、「親孝行な子」だったことでしょう。

19日

七つになりたまひしこのかた、
帝(みかど)の御前(おまへ)に
夜昼(よるひる)さぶらひたまひて、
奏(そう)したまふことのならぬは
なかりしかば

第12巻　須磨

須磨へ追われる前夜。光源氏の育ちが回想される部分です。「7歳以来、父・桐壺帝の御前に常にいて、言うことはすべて叶ってきたので」。現代人なら「わがままに育ってしまった！」等、ネガティブな続きを予想する文脈です。しかし物語はこう続けます。「出世・就職で光源氏さまのお世話にならなかった者、ご恩を頂かなかった者はいない」。なのに皆、連座を恐れて黙っている……と、光源氏をアゲ、失政を批判するのです。

この背景には「コネ政治」を良しとする価値観があります。愛や忠義など皆の人情が満たされれば、恨みも買わず不満も起こらず理想的、という世界観です。育児や臣従も同様。子や主君の「希望をすべて満たそう」とすることが、うるわしい有り様として描かれます。トンデモない子・主君が育ちそう、と思うのは下衆の勘繰り。主要な政務が祭祀だった平安世界では、愛され慣れたカリスマ性のある人こそが、自然な統率力を発揮したのです。

20日

二十日あまりにもなりぬ。
かの家主、二十八日に下るべし。
宮は、
「その夜かならず迎へむ」。

第51巻　浮舟

薫の愛人・浮舟を奪取したい匂宮が、彼女の住む借家を都合している場面です。家主が地方へ赴任するので、「その夜、浮舟を迎えよう」という発想に、匂宮の直情が現れています。

さて、このような「家を借りての恋」、悲劇の逸話が多く伝わっています。無事だった例は秘されたからでしょうが、不用心で事件になりがちでもあったのでしょう。

『源氏物語』内でも、光源氏・夕顔のカップルが「某(なにがし)の院」で夜を過ごし、女は死亡、男は重態という事態に陥っています。『伊勢物語』では、在原業平らしき男が恋人と駆け落ちした際、宿を取った家で女を「鬼に食われ」ています。

現代からすると驚くのが、預かり（管理人）が独断で客を泊めること。宇治の院、河原院など名立たる豪邸に、下級の貴族や地方からの上京者が、伝手を頼って仮宿りしているのです。身分格差が激しい一方、こういう点は大らかな時代でした。

21日

贅沢な雅宴は空想の宴か、主君のアピールか

唐めいたる舟造らせたまひける、
急ぎ装束（さうぞ）かせたまひて
下（お）ろし始めさせたまふ日は、
雅楽寮（うたづかさ）の人召して、
舟の楽（がく）せらる。

第24巻　胡蝶（こてふ）

六条院で迎える初めての正月を描く「初音」巻。それに続く「胡蝶」巻では3月20日過ぎの、盛りの春が描かれます。ハイライトは「唐風の舟を造らせて、それに急いで装備をさせ、庭の池に初めて浮かべ、雅楽寮の楽人を呼んで舟楽をする」場面（P.2下）。紫式部の主君・藤原道長（みちなが）も、天皇の行幸を自邸に迎えた際、竜頭（りょうとう）鷁首（げきしゅ）の舟でもてなしました。平安の読者は、作者の見聞に基づくと考えられるこの箇所から、道長の権勢を実感したことでしょう。

column

平安文化

竜頭鷁首の舟

中国から伝わった二隻一対の舟。竜と鷁（想像上の鳥）の首が彫刻された船首が特徴です。この舟に楽人を乗せ、自邸の庭の池で演奏させる様子は『紫式部日記』『同・絵巻』に文と絵で記録されています。物語中では、舟の漕ぎ手は中国風に角髪（みずら）を結った童が務めています。

3月 Mar.

22日

光源氏の全盛期！　爛漫たる春が示すもの

他所（ほか）には盛り過ぎたる桜も、いま盛りにほほ笑み、廊（らう）をめぐれる藤の色もこまやかに開けゆきにけり。

第24巻　胡蝶

平安女流文学の双璧、『枕草子』と『源氏物語』。前者は「春はあけぼの」等と単文で、季節の美を切り取りました。対する『源氏物語』は長文でジワジワと、キャラの心や裏の意味を重ねつつ、動画のように描くのが特徴です。この文にもそれが現れています。光源氏が六条院で迎える初めての春。「他家では散り始めた桜も六条院では今が満開」と述べ、細かな造園ができる主の知識と、手入れできる十分な人手がうかがえます。「廊に架かる藤は咲き始めている」という箇所は白居易（はくきょい）の引用で、作者の学識を見せつけます。

さらにこの箇所は、シンボリックな意味も持っています。光源氏の愛妻・紫上は春を愛する人。前年の秋には養女・秋好中宮（あきこのむちゅうぐう）に、「私の秋の庭の方が見事よ」とマウンティングされていました。この巻ではかくも見事な春の庭により、堂々とリベンジを果たしたのです。六条院の女主（おんなあるじ）は帝の中宮（皇后）をも凌駕するという意味であり、光源氏の帝王性を暗示しています。

23日

さればよ、なほけ近(ちか)さは、とかつ思(おぼ)さる。

第34巻　若菜上

若き日、入内予定ながら敵方の貴公子・光源氏と、危うい恋に落ちた朧月夜。世に知れて后妃への道を閉ざされ、「愛人」として帝に侍(じ)すこととなったあとも、光源氏と逢瀬を繰り返し、身が破滅するまで愛し合いました。
『伊勢物語』には業平との禁断の恋に燃えた女性たち、清和帝の后・高子(たかいこ)や斎宮・恬子(てんし)内親王が描かれます。結婚再婚を重ねた妃や、帝および他の貴人と恋を重ねた侍女もいます。ただし紫式部の時代の価値観からすると、こうした艶やかな生きざまは、もはやトレンドではなかったようです。

初老になった光源氏と、3月20日あまりの頃、再び逢ってしまった朧月夜。熱く迫っていた光源氏はその瞬間、「ほら、やはりたやすい」と思うのです。のちには妻・女三宮の不義を見て「なびきやすい女」に嫌悪さえ抱き、朧月夜を捨ててしまいました。女の情熱が忌まれる時代へ、世は変わりつつあったのです。

3月

Mar.

24日

主従にして親子——乳の絆

さかしがるめれど、
いと醜く老いなりて、
我なくは、
いづくにかあらむ

第51巻　浮舟

薫と匂宮の間で悩み続け、ついに入水を決意した浮舟。「皆が寝静まったら外へ」と思いつつ横になっていると、乳母が湯漬（飯に湯をかけたもの）を持ってきて、「食事を召しあがらない、滅相もない」と、騒がしく世話を焼いてきました。その様子を見て浮舟の胸をよぎった感傷が、この文です。「賢ぶっているがこんなに老いて、私の死後どう生きていくのかしら」。

平安時代の乳母たちは、養君（乳母が育てる主君）を守る最後の砦と考えられ、実親の死後は親権も行使できました。養君が没落した場合、自身の財産を投げうって尽くす例も多く見られ、実の親子なみの絆がはぐくまれたようです。

それだけに、乳母との別れは悲しいものでした。『枕草子』は乳母に去られる定子中宮を、珍しくも哀切に描いています。『源氏物語』でも浮舟の乳母は、主の失踪に半狂乱。また喪が明けるまで宇治に留まったとあり、悲嘆の深さが感じられます。

25日

これも、いとかうは見えたてまつらじ、をこなりと思ひつれど、こぼれそめてはいと止めがたし。

第52巻　蜻蛉(かげろふ)

薫と匂宮に取り合われ、恋心と世間体、母や姉への義理に葛藤した浮舟。春の雨で増水する宇治川の音に魅入られて、ふらふらと出奔、消息を絶ちます。遺書から入水と判断されました。

哀しみで寝込んだ匂宮。人聞きを気にした薫はしぶしぶ見舞います。このくだり、男性二人の心情の変化・相互作用が、キャラの個性を踏まえ描き出される傑作シーンです。憎悪と軽蔑で悲しみも失せていた薫ですが、宮と語らううちに涙が出て、「こんな様は見せまい、馬鹿に見える」と思いつつも、止められず泣いてしまうのです。彼らは親戚で、ほぼ一緒に育った仲。鬱屈した感情を抱えつつも、誰よりも理解し合える二人なのでした。

同じ女を取り合った親友と言えば、彼らの祖父・光源氏＆頭中将もそうでした。しかしこの二人には熱いものが通い、特に頭中将は光源氏に絡みたさに、彼のオンナを追いかけた感があります。似て非なる四人の書き分け、天才の技と言えましょう。

26日

妻が嫉妬しなくなったとき

忍び入りたまへる
御寝（おほむね）くたれのさまを待ちうけて、
女君、さばかりならむと
心得たまへれど、
おぼめかしくもてなしておはす。

第34巻　若菜上

光源氏生涯の伴侶・紫上といえば、おしとやかなイメージ。ですが原典には「嫉妬深い」と書かれています。それも「些細なお遊び」にさえ御機嫌ナナメになるとのこと。2巻「帚木」の「雨夜の品定め」を読んだ方にはピンと来たでしょう。「妬かない妻じゃ遊びに拍車がかかっちまう」「でも猛り狂われると頭にくるよな」と、男性陣が都合のよいことを言っていました。つまり紫上の「可愛いヤキモチ」は、平安の妻の理想像だったのです。

しかしそれが、今では変わってしまいました。より尊貴な若い妻・女三宮が嫁いできた結果、夫婦の絆は変質してしまったのです。板挟みの息苦しさから逃げたかったのか、古い情人・朧月夜とよりを戻してしまった光源氏。こっそり帰宅した寝乱れ姿を見て、紫上はたちまち察しますが、「おぼめかし（曖昧に）」気づかぬふりをするのです。ぷんすかプレイは信頼が盤石なればこそ。二人の間に隙間風が吹いているのでした。

27日

背後の山に立ち出でて京の方を見たまふ。

第5巻　若紫

『源氏物語』は、「最古の近代小説」とされています。近代小説とは、19世紀の西欧で隆盛を極め、今でも人気の文学ジャンル。現実の人間社会を舞台とし、個人の内面に焦点を当てた、虚構の作品が主流です。確かに『源氏物語』は、それらの要素を備えています。平安の他の物語が持つ、奇跡などのファンタジー性も控えめです。近代小説と解釈することもできるでしょう。

ただし、あくまで「千年前の作品」です。書かれているのは、「当時の人にとって重要なこと」。この一文はその典型です。3月のつごもり（下旬、月末）、光源氏が北山を訪れ、「背後の山から京をご覧になる」という場面です。この行動は国見という、古代の首長の国事行為を連想させます。従者らが自発的に地方・美女の情報をあげてくるのも、光源氏が持つ「帝王の資質」の象徴。こういった古代的な要素を押さえると、作者の表現したかった「理想の男性」像が見えてくるのです。

28日

この世にののしりたまふ
光る源氏、
かかるついでに
見たてまつりたまひてんや。

第5巻　若紫

「世間で評判になっていらっしゃる『光る源氏』を、この機会に拝見なさってはいかがですか」。北山へ出かけた光源氏が、図らずも耳にした会話です。本人に聞こえているとは気づかずに、発言者はほめちぎり続けました。いわく「拝見すると憂いを忘れ寿命が延びるご美貌ですよ」と。平安の健康意識が見え興味深いセリフです。平安人は「きれいなものを見る」「心を晴らす」がよいと思っていたのです。

それを踏まえると平安貴族が美を愛し景色や衣装、芸術を愛した訳がわかります。彼らにとっては長寿の秘訣だったのです。実際、栄養状態や公衆衛生が今より格段に劣る時代でしたから、悩みによる食欲不振は大ダメージとなったのでしょう。

なおこの文は、「光る源氏」が名前ではなく、キャッチフレーズ的呼称であることがよくわかる箇所です。「光る」という最上級のほめ言葉で、源氏の美貌を称えているのです。

29日

走り来たる女子、あまた見えつる子どもに似るべうもあらず、いみじく生ひ先見えてうつくしげなる容貌なり。

第5巻　若紫

光源氏と対をなす女主人公、のちの紫上の初登場シーンです。現代で「運命の出会い」といえば、言葉を交わしたり最低でも目が合ったりと、互いに相手を意識した瞬間を指すでしょう。しかしそれは、平安では尻軽イメージです。お堅い姫の防御をクリアして殿方が垣間見する、それが雅な馴れ初めでした。

という訳でこのシーン、盗み見という点はロマンチックです。ただし、平安人がのけぞる要素は二つありました。一つ目は、ヒロインが走って登場したこと。この時代のレディはしずしず「ゐざる（膝で歩く）」のが通常で、立つのさえ品を欠くと思われていたからです。二つ目は、彼女が「女子」であったこと。当時は、食糧事情が悪かったせいでしょう、女の魅力の第一は成熟っぷりでした。なのに紫君は、まだ童女。かろうじて「生ひ先（成人後）」がとても期待できそうというエクスキューズ付きです。二重の意味で破天荒なヒロイン。斬新だと話題になったはずです。

30日

聖(ひじり)、御まもりに独鈷(とこ)たてまつる。

第5巻　若紫

　国見や紫君との出会いなど、何かと忙しい「若紫」巻の光源氏ですが、本来の目的は瘧病の治療でした。北山の聖（徳の高い人）に加持祈禱をしてもらい、みるみる回復します。帰り際、紫君の大叔父に当たる僧都と、治療してくれた聖から別れの品を贈られました。それがこの文です。「聖はお守りとして独鈷（法具の一種）を差しあげる」。僧都は「聖徳太子が朝鮮半島の百済国(くだらこく)から入手した金剛子(こんごうず)の数珠(ずず)」などを贈りました。光源氏の方からは、二人を始め一帯に住む僧侶たちに、多くの品（おそらく衣類や綿）を与えた、と書かれています。
　すさまじい贈答ぶりですが、当時は市場が未成熟。物々交換で物を融通し合い、また消耗品の授与を報酬にしたのです。ちなみに現在、東京国立博物館には、法隆寺の寺宝「『源氏物語』に出てくる金剛子の数珠」が収蔵されています。さすがに本物ではなく、後世『源氏物語』をモデルに銘を与えられたものと思われます。

31日

紫の上、いたうわづらひたまひし
御心地の後（のち）、いとあつしく
なりたまひて、そこはかとなく
なやみわたりたまふ

第40巻　御法

紫上の死を語る「御法」巻。その冒頭の含蓄に富む一文がこれです。4年前、女楽の直後に重病となった紫上は「そのあと病弱におなりで具合の悪い日々が続いている」と語られます。「激しい苦しみはない」病み方は、源氏の善玉キャラの定石です。光源氏の両親（桐壺更衣と桐壺帝）や運命の女・藤壺の臨終、および明石姫君の出産がそうでした。当時の観念では、病苦は悪行の報いだからです。反対に女三宮は、難産の果てに不義の子・薫を産み、その密通を仲介した侍女・小侍従（こじじゅう）は突然胸を病み身罷ります。

「紫上」という呼称も深遠です。紫は、衣服令で最高位の袍に与えられた高貴な色。『うつほ物語』でも重要ヒロインを「藤壺」の后妃としているのは、藤の花が紫だからといわれます。「上」は格の高い妻への特別な敬称。命名されなかったキャラも多い中で、かくも高雅な名を本文に明記したことは、作者の紫上への思い入れが並々でなかった証と言えましょう。

Genji Column

旧暦と新暦のはなし

現代では、地球が太陽の周りを回る周期（太陽年）に合わせた太陽暦（新暦）を使っています。それに対し、平安人が使っていたのは、月の満ち欠けを基準にした太陰太陽暦（旧暦）です。新月を朔日、満月を十五夜とし、ひと月が29日の小の月と30日の大の月がありました。月は当時の夜の貴重な光源だったので、その姿をもとにしたこの暦は便利でしたが、ただ一年が約354日となってしまいます。一太陽年は約365日なので、3年に1回程度、閏月を入れて調整しました。

旧暦は、今の月に比べ、ひと月前後おくれて巡ります。現代でも旧暦を意識して暮らしてみると気候の変化に実に合っているもので、なるほどと納得させられます。月の出や入り、その時間の変化も、平安人は自然と意識して時計・明かり代わりに使っていました。ですから、月の描写が出てきたら要注意！　西から差す月光、夜があけても空に残る月、それらに着目すると源氏の文章が、いっそうヴィヴィッドに感じられるはずです。

夏

Summer

4月 Apr.

5月 May.

6月 Jun.

4月

Apr.

1日

もしや、作者も食べた……?!

粉熟まゐらせたまへり。

第49巻　宿木

4月朔日頃、薫の妻・女二宮（今上帝の娘）は、藤花の宴で粉熟をふるまいました。米、豆、胡麻など五穀の粉を蒸して餅状にし、甘葛で調味したスイーツです。このお菓子、『源氏物語』でわずかに2箇所だけ、しかもこの「宿木」巻にしか出てきません。かたや帝主催の宮中行事の折、こなた中君と匂宮の男児の産養（誕生祝い）の席です。作者も、この巻を執筆中に、かくもゴージャスなお菓子を食べる機会があったのかもしれません。

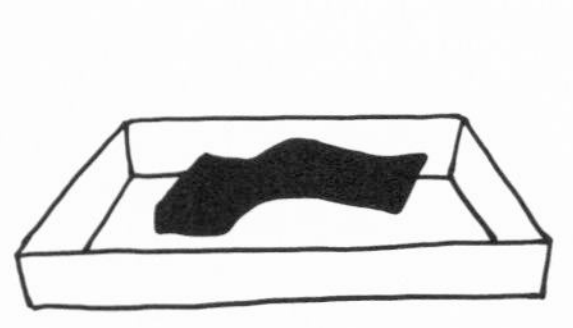

2日

ただ、絵に描きたるものの
姫君のやうにし据(す)ゑられて、
うちみじろきたまふこともかたく、
うるはしうてものしたまへば

第5巻　若紫

「ただ絵の中の姫君のように、座につかされ、身動きも難しく、端麗でいらっしゃる」。光源氏の本妻・葵を描写した一文です。「し据ゑられて（座につかされ）」とは、親や侍女たちが万端お膳立てし、整えて、お席につかせたことを意味します。さすが大臣家のご令嬢、比類ないゴージャスさですが、大仰な上、本人のイヤイヤぶりが透けて見えます。身動きも難しいのは、糊の効いた衣装を着重ねているからです。高価な服は平安人の大好物、ですが衣擦(きぬず)れもとぼしい有様では、なんだか人形めいた感じがします。最後に結論の「うるはし」。豪華で立派な美を意味しますが、「正式の／格式ばった」ニュアンスがあります。

要するに葵という人、本妻に望まれる要素は見事そなえているのですが、本人の心の強(こわ)ばりがダダ漏れなのです。直前のシーンで幼い紫君の、無邪気で人なつこい姿が描かれただけに、「この妻、キツイわ……」となる描写です。

3日

思(おぼ)し紛(まぎ)るとはなけれど、
おのづから御心うつろひて、
こよなう思(おぼ)し慰むやうなるも、
あはれなるわざなりけり。

第1巻　桐壺

身分の低さが玉にキズの桐壺更衣を寵愛し、世間の猛反発をくらった果てに、死により引き裂かれた桐壺帝。新たに入内してきた藤壺は、故・桐壺更衣に生き写しな上、先帝の后腹の娘という至上の血筋でした。この仲らいは世間にも祝福されます。そして帝は、「桐壺更衣への嘆きが消える訳ではないが心は自然と移ろい、幸せを再び感じる」心境になりました。作者はそれを「あはれ」と評しています。「身分違いの恋」は現代では好印象。乗り越え結ばれる過程がよくエンタメ化されます。が平安人はロマンは感じつつも、ネガティブな関係と見ていたようです。皆が秩序を守っているムラ社会では、ルール破りの行為であったためでしょう。

この文では帝の心変わりに嘆息する作者ですが、他の箇所では「やっと釣り合うお妃を愛してくださった！」という、安堵の思いを表明しています。更衣との恋は、「名君が若き日に犯した過ち」と片づけられ、過去の一頁と化しました。

4日

「いとよう似たまへり」と典侍（ないしのすけ）の聞こえけるを、若き御心地にいとあはれと

第1巻　桐壷

桐壷更衣が遺した皇子は、輝くばかりの美貌と才能を持ち、「源」姓をいただいて臣下に下りました。「光る源氏」の誕生です。

父・桐壷帝には多くの后妃がいましたが、中でも少年の気を惹いたのは若い藤壷でした。それは「亡き母にそっくり」と聞かされたからです。この思いはやがて恋情へと転化していきました。

このエピソードから、源氏の藤壷への思いを「母恋い」とする見方がありました。が光源氏は、こののち母を意識する言動をとることはありません。二人の出会いを上記のように設定したのは、この恋を美化するためだったと思われます。当時は仏教などの影響で、恋愛観が厳しくなりつつありました。また貴婦人は、異性に恋されるような隙は見せないのが美徳でした。そのため作者は、色恋でなく「縁」を感じさせる「相似」を想いのきっかけとしたのです。また、桐壷帝が「息子をかわいがってあげて」と頼む場面を挿入し、藤壷に非がなかったことを強調しています。

5日

みな、さし退(の)け
さする中に、（中略）
ことさらにやつれたる
けはひしるく見ゆる車二つあり。

第9巻　葵

現代の「葵祭」は5月15日、それに先立ち斎王(さいおう)（斎院(さいいん)）がみそぎをする「御禊の儀」は5月4日ですが、旧暦では4月の大イベントでした。この文は、御禊の日に起きたトラブルです。

その日の見物(みもの)は、光源氏も加わる斎院のパレードでした。本妻・葵は見る気ゼロでしたが、侍女らにせがまれ急遽出かけます。貴族の観覧は用意した桟敷で見るか、牛車を停め、その中から眺めるかの二択。出足の遅れた葵一行は、権力ずくで他の牛車を退(ど)かせ、見やすい場所をせしめようとしました。しかしその中に明らかに貴人のお忍びとわかる、品のよい車が2台あったのです。このあと、その乗り手が光源氏の恋人・六条御息所と判明。葵側の従者らが色めき立って、牛車どうしのケンカである「車争い」が起きます。平安貴族と言えば雅な印象ですが、牛車に従う下人らは荒くれ者。主君の権力を笠に着ての暴力は、彼らの大好物だったのです。

6日

さすがに、つらき人の御前渡り（おまへわたり）の待たるるも心弱しや

第9巻　葵

今日は、「車争い」を六条御息所の立場から見てみましょう。衆人環視の中、本妻・葵の一行が自分の車に狼藉を働いたのです。ただでさえ光源氏との仲がしっくりせず、深く悩んでいた御息所は、この仕打ちに「もう帰ろう」と思います。しかし混雑で牛車を動かせません。そこへ「パレードが来た」と聞いた御息所の、揺れる心境がこの文です。「つれない恋人が目の前を通る瞬間を、さすがに待ってしまう」。のちの生霊（いきりょう）事件の始まりです。

ハーレムの実態と悲喜こもごも

7日

大夫監（たいふのげん）とて、肥後国（ひごのくに）に族（ぞう）ひろくて、かしこにつけてはおぼえあり、勢ひいかめしき兵（つはもの）ありけり。

第22巻　玉鬘

玉鬘十帖（22～31巻）のヒロイン・玉鬘。幼くして都落ちし、田舎で美しく育ちました。そして危機に直面します。土豪が圧迫求婚してきたのです。その名は大夫監。宮廷から位を授与されるほどの有力者で、地盤は肥後国（現熊本県）、一族は数も多く、しかも武士でした。古代社会は警察・法律の実効力が弱体ですから、こんな集団の要求を拒む術はありません。

という訳で都へ夜逃げ……というのが玉鬘の物語ですが、面白いのは大夫監の求婚理由です。「こんな荒くれ者にも好き心があり、美女を集めたいと思っていた」。つまりはハーレム願望ですが、その根幹にあるのは「色好み」、都人の精神だったのです。確かにハーレム維持は大変なもの。平安文学でもテーマの一つで、光源氏などカリスマ性のある男性が、痛い目を見つつハーレムの主に育っていきます。現代人は多妻というと、欲望ドロドロをイメージしがちですが、制度化するには文化・洗練を要したのです。

8日

面(おもて)の色かはる心地して、
恐ろしうも、かたじけなくも、
うれしくも、あはれにも、
かたがたうつろふ心地して、
涙落ちぬべし。

第7巻　紅葉賀

光源氏は父帝の愛妃・藤壺を思慕し、不義の子・冷泉を儲けました。ある日のこと。秘密を知らない帝が赤子を抱いて光源氏の前に現れ、「子は多く儲けたが、こんな幼い頃から見たのはそなただけだ。そのせいだろうか、そっくりに思える」と言ったのです。そのときの光源氏の反応が、この一文です。「気持ちがくるくる変転して、涙が落ちそう」というほど動揺しては、父帝にばれそうなものですが、それについては本文は語りません（だからこそ深読みが面白いのですが）。

そして、続く文章がさらに秀逸です。若宮・冷泉が発声し、笑う様があまりに美しいので、「我ながら、この子に似ているのなら大したものじゃないか自分？」と光源氏は内心思った、というのです。光源氏が美貌を自覚している描写は数カ所見られ、各々が重要な意味を持っています。とはいえ「親ばか＆ナルシスト」と、端的に読んでも面白い箇所です。

9日

宰相(さいしゃう)、常(つね)よりも光添(ひかりそ)ひて
参りたまへれば、
うちまもりたまひて、
「今朝はいかに。
文(ふみ)などものしつや」

第33巻　藤裏葉

幼なじみ・雲居雁と結ばれた夕霧（光源氏の子)。真面目な彼は孝行を重んじており、毎日父に挨拶に行く習いでした。この文は7日に初夜を迎えた翌朝、日課どおり参上した夕霧に、光源氏が「今朝はどうだ、文は送ったか？」と尋ねている場面です。夕霧の「常よりも光添ひ」た様子に、新婚の喜びが滲みます。

光源氏と夕霧は、別居の父子です。当時、子は母のもとで育つことが多く、母の父母（つまり祖父母）との同居が普通でした。光源氏の場合、夕霧の母・葵が早逝したため、葵の実家との縁が絶えてしまっています。また光源氏は常日頃、愛妻・紫上といることが多いため、夕霧を遠ざけることになりがちでした。

そんな訳で、何となく疎遠なこの父子。特に夕霧は父の厳しい教育を恨み、「愛されてない」と泣いたこともあります。しかしこの結婚を巡っては、光源氏、こまごまと世話を焼き、花婿衣装さえ調達するのです。意外とパパ……と何だかほのぼのします。

10日

もとの御契り過(あやま)ちたまはで、
愛執(あいしふ)の罪を晴(は)るかし
きこえたまひて、一日の出家の
功徳(くどく)ははかりなきものなれば、
なほ頼ませたまへとなむ。

第54巻　夢浮橋(ゆめのうきはし)

ここから4日間にわたり、源氏物語の最終巻「夢浮橋」巻を見ていきます。薫と浮舟、二人の過去を知った横川僧都(よかわのそうず)。薫の恋着の強さを見て、浮舟を出家させたことを悔い、手紙をしたためます。

この文はその手紙の中で、最も重要な箇所です。還俗(げんぞく)（俗人に戻ること）を勧奨している／していないという、正反対の2説が存在します。一見、「夫婦の縁を過(あやま)たず、浮舟に愛執する薫の罪を晴らしてあげて、出家は一日だけでも功徳だから、それを頼りになさい」という意味に見えます。一方で、「高僧が還俗を勧めるのか？」という疑問も、むべなるかなです。

当時の世情に目を向けると、一条天皇の后・定子は、一度は出家するも帝寵あつく再び参内、皇子女を儲けました。これを同時代の藤原実資(さねすけ)が「出家、のち還俗」と記しており、還俗があり得たことがわかります。浮舟も、高位の夫・薫や、庇護者・横川僧都が還俗を支持したら、拒む術はなかったと言えましょう。

11日

すこし外（と）ざまに向きて見たまへば、この子は、今はと世を思ひなりし夕暮れにもいと恋しと思ひし人なりけり。

第54巻　夢浮橋

　昔、引越しを経験しました。「あと数日でここを去る」と思った瞬間、「あの店、もう一度行きたい。あ、ここも」等、再訪したい場所がどっと湧き、巡るのが大変でした。そのとき想起したのが「浮舟」巻。入水を決意した浮舟が、あの人かの人と、恋しい人を思い返すくだりです。「すべて、いまひとたびゆかしき人、多かり」という文章、言い得て妙と卑近な感心をしたものです。

　この一文は浮舟が、異母弟と再会する場面です。死を決意した夕暮れ、とても恋しいと思った弟。幼い頃は乱暴で「嫌い」と思っていたのに、成長するにつれ互いを大事に思うようになった、宇治にも母がよく連れて来た……と思い出が次々よみがえります。「薫に見つかりたくない」と思う浮舟も、薫が遣わした弟を見ては、動揺を禁じ得ないのです。恩愛をも断ち切る出家。しかし、薫、弟、そして母の記憶が感傷を招き、その困難を浮き彫りにします。浮舟、最大の試練の瞬間です。

12日

急がるる心の、我ながら
もどかしきになん。
まして、人目はいかに。
と、書きもやりたまはず。

第54巻　夢浮橋

「ついに薫が！」と、感慨必至のくだりです。入水したと思っていた浮舟の生存を知り、薫は矢も楯もたまらず文を送りました。「貴女のさまざまな罪は許してあげる」と相変わらずの上から目線ながら、切々たる真情表明は、胸を打ちます。
「急がるる心」は、とにかく早く会いたいと「焦ってしまう気持ち」。「自分でももどかしいので」「はた目にどう（見られるだろうか）」と、書き終えぬ文に筆の走りが窺えます。思えば薫という人は、いつもこうです。浮舟の異母姉・大君に人生初の恋を感じた際も、彼女の死後、妹・中君にのめり込んだときも、失恋しかけてやっと行動を開始しました。浮舟は大君・中君より身分が低く、容易に愛人にできたせいもあって、なおさら常に余裕ある態度だったのです。「それがやっと正面から！」と、読者の心は盛りあがります。しかし浮舟は受けて立たず、かと言って拒否もしません。物語は急転直下、絶望滲む終焉を迎えるのでした。

13日

人の隠し据ゑたるにやあらんと、
わが御心の、思ひ寄らぬ隈なく、
落としおきたまへりし
ならひにとぞ、本にはべめる。

第54巻　夢浮橋

『源氏物語』は、「最古の近代小説」とよく言われます。しかし執筆年代は千年前。要素の古代性は無視できません（P.99）。一方で、きわめて近代的な特徴も備えています。第一部から第二部、第三部へと、テーマが深化し成長していること、類型的だったキャラ造型やストーリーが、複雑かつリアルになっていくこと、美化の仮面を除去したことなどです。何よりも、ラストのこの一文。これが「近代小説性」を増幅させています。

出家したものの、未だ悟りきれぬ浮舟。それを「男がいるのか」と邪推する、当初は出家志向だったはずの薫。生き悩む二人が再び出会い、そして……と、メロドラマ的に盛りあがるかと見えた物語は、「と写本にございました」とぷつんと終わります。

究極に写実的な締め方とも、余韻を狙った斬新な手法とも、さまざまに解釈できる最終章。実に近代的で、しかし紛う方なき古典文学である、比類ない作品がここにあります。

14日

袖濡るる
露のゆかりと思ふにも
なほうとまれぬ
やまとなでしこ

第7巻　紅葉賀

古文の授業で、助動詞の活用を暗記した方は多いでしょう。今日はそれが無化されるようなお話です。光源氏と藤壺との間に秘密の子・冷泉が、表向きは桐壺帝の子として誕生しました。現代人は不倫と捉えるところですが、諦めの境地で生きていた平安人は、「避けがたい運命」と考えます。

この文は、密かに文を送ってきた光源氏に、藤壺の返した詠歌です。「涙で袖が濡れるのもこの子のせいと思うにつけても、やはり『疎まれぬ』この子」。この助動詞「ぬ」を打消しと捉えるか完了と見るかで、意味が逆転します。前者なら「憎みきれない子」となりますし、後者なら「憎んでしまう子」です。この解釈は古来侃々諤々議論されてきたところで、筆者も未だ悩み続けていますが、現時点では後者説に傾いています。文法的に同形であるのは、当時なら「常識として」意味が迷わず通じたのでしょう。そして当時の貴婦人なら、後者の方が雅だったかと考えます。

15日

女君、ありつる花の露に
濡れたる心地して
添ひ臥したまへるさま、
うつくしうらうたげなり。

第7巻　紅葉賀

藤壺への叶わぬ想いに鬱屈した光源氏が、引き取って育てている紫君（藤壺の姪）を訪ねたところです。姫は物に寄りかかり身を横たえていました。その様は「うつくし（小さく可愛い）」と書かれ、撫子（なでしこ）の花に例えられて、童女性が強調されています。同時に「女君」という呼称が使われ、前回の登場時よりは大人びて、健やかな成長も感じさせます。

撫子を「ありつる花（さっきの花）」と言っているのは、直前の場面を踏まえた表現です。光源氏と藤壺が、二人の間に誕生した秘密の子・冷泉を、撫子にたとえ歌を詠み合ったのでした。名が「撫でた子」を連想させる撫子は、別名「常夏（とこなつ）」。「常＝床（とこ）」が男女関係を思わせることから、子を成した男女の間でよく詠まれたのです。子を授かったのは縁があったから。しかし光源氏と藤壺は、今生では、縁が食い違ってしまいました。そんな暗いストーリー中ひと筋の光明が、将来性あふれる紫君なのです。

16日

「あはれとだにのたまはせよ」
と、おどしきこゆるを（中略）
ものも言はむとしたまへど、
わななかれて、
いと若々しき御さまなり。

第35巻　若菜下

『源氏物語』は、「醜聞は女にも責がある」としています。女君は全員、強引に迫られ心ならずも縁を結ぶので、それが女性のせいとはひどいと見えるでしょう。しかし作者には平安人なりの価値基準があり、姫たちの言動はそれによりジャッジされています。

この文は、決定的にダメな例。頃は4月中旬、葵祭が近づき、御禊の準備で侍女たちは多忙でした。その隙に忍び込んだ男性（柏木）に、光源氏の妻・女三宮が口説かれるシーンです。宮の反応が「若々し（幼稚）」だったため、柏木のリミッターが外れてしまい、「一線越え」に至った、と作者は責めます。

この「レディの態度・言葉による男性への威圧」、平安京ではそれなりに機能したようです。御簾という薄い垂れ物を不可侵とすり込み、ソーシャルな障壁にまで昇華していた、特殊な社会ならではと言えましょう。作者が称える藤壺、紫上、玉鬘らは、威厳・品格で殿方を圧倒し、名誉と世間体を守り抜いています。

17日

艶(えん)なるほどの夕月夜に、道のほどよろづのこと思(おぼ)し出(い)でておはするに、形(かた)もなく荒れたる家の木立(こだち)しげく森のやうなるを過ぎたまふ。

第15巻　蓬生

赤鼻の姫君・末摘花。光源氏とはその須磨・明石流離中に、音信が絶えてしまいました。しかし彼女は宮家の古風な教えを守り、ひたすら耐えて待ち続けます。その甲斐あって光源氏とヨリが戻る、きっかけを語るのがこの文です。4月、数日降り続いた雨がまだパラつく中、光源氏は今や珍しくなった忍び歩きに出ました。艶なる夕月夜、藤の香に誘われて顔を出すと、みごとな松。「おお、ここは」と記憶がよみがえり、惟光(これみつ)を派遣したのでした。

column

生活様式

「年ふりた木立」こそ家格の真価

平安貴族は庭マニア。四季折々の草木を植え、丹精して子孫に遺していました。年季が入った木立は、旧家の証。落ちぶれた常陸宮家（末摘花の父）も庭木は見事であり、光源氏の目を惹きつけた訳です。

18日

「尋ねてもわれこそ問はめ道もなく
深き蓬(よもぎ)のもとの心を」と
独りごちてなほ下(お)りたまへば、
御さきの露を馬の鞭(むち)して
払ひつつ入(い)れたてまつる。

第15巻　蓬生(よもぎふ)

高度な文化を享受していた平安貴族。しかし彼らの社会は自助が当然で、稼ぎ頭を亡くすと容易に没落しました。令嬢は特に無力で困窮し、女房勤めや下方婚に身を落としたのです。
『源氏物語』に描かれるよるべない姫は、まだいいほうかもしれません。『今昔物語集』などはさらに悲惨で、路傍に窮死する姫君や、荷物運びの下女兼夜伽女(よとぎおんな)にまで墜ちる様が書かれています。

現実がそんなだからこそ、貧しい姫と公達のロマンスは人気でした。『源氏物語』でも若紫や空蟬、末摘花が、「王子サマに救われるヒロイン」です。特に「蓬生」は、末摘花唯一の見せ場。叔母が「ウチの侍女にしてやれ」と騙そうとしても、頼りの乳母子に去られても、亡き父の教えを気高く守り続けるのです。

この文は、彼女がついに報われるとき。卯月、長雨の晴れ間の夕月夜に、露払いの惟光を先に立てた光源氏が、雫に濡れるのも厭わず、蓬をかきわけ再訪してくれたのでした（P.4）。

19日

藤壺の宮、
なやみたまふことありて、
まかでたまへり。

第5巻　若紫

光源氏にとって運命の恋人であり、父帝の妃である藤壺が、病に罹ったので療養のため実家に里下がりした……という一文です。このあと、光源氏との一夜があり、藤壺の懐妊へとつながる、ストーリー上の最重要ポイントです。

光源氏と藤壺は、宿命的なペアに造型されています。実際、年の頃もお似合い（平安時代、初妻はたいてい姉さん女房です）。光源氏の祖父・按察使（あぜちの）大納言が、あと一刻み出世していたら、母・桐壺更衣がもう少し有利な立場で入内できていたら。光源氏はその資質で皇太子位を勝ち取り、皇位へと順調に歩を進めて、傍らにいたのは藤壺であったかもしれません。

ただ現実は、そうはいきませんでした。光源氏は臣下へ降ろされ、藤壺は桐壺帝に入内――それでも運命は二人を逢わせようとする、という場面です。藤壺の諦念がミステリアスにも魅力的で、ロマンスとしても秀逸なくだりです。

20日

人の聞かぬ間に、「まろがはべらざらむに、思し出(おぼい)でなんや」と聞こえたまへば、「いと恋しかりなむ。（中略）」とて、目おしすりて

第40巻　御法

死期を悟った紫上。平常を装うものの、人がいない時、匂宮に「私がいなくなったら思い出してくれる？」と尋ねます。匂宮は養女・明石姫君の子、いわば孫に当たる少年。当時の慣習で紫上が育ててきたおさな子は、「とても恋しいはず」と答え、目をこすり涙を誤魔化します。その様子がとても可愛かったので、紫上も思わず微笑んでしまい、その目からも涙が落ちたのでした。

さて紫上の死後、このやんちゃな若宮は、彼女が愛した紅梅と桜を殊に大事に面倒を見ることとなります。死を悲しむとはいっても、そこは子供、「桜の周りに几帳立てたら風から守れる！」等と工作に気持ちが向き、年末の節分には「魔除けを頑張る！」と走り回ります。そのエネルギッシュな言動は、もはや立ち直る気力もない光源氏の、老いと退場の間近さを浮き彫りにします。のちに匂宮、宇治十帖（45～54巻）で相も変わらぬやんちゃぶりを見せますが、その口から紫上が語られることはありません。

4月

Apr.

21日

理解はできるが愛せはしない夫サイド視点

「なぞや。かくかたみに
そばそばしからで
おはせかし」と、
うちつぶやかれたまふ。

第9巻　葵

4月中旬、葵祭にそなえての御禊の日。光源氏の本妻・葵が、恋人・六条御息所を侮辱するという事件を起こしました。報告を受けた光源氏は、急ぎ御息所を慰めに駆けつけますが、対面もできず追い返されてしまいます。気持ちはわかると思いつつも不愉快な光源氏。うんざりと呟いたセリフがこれです。「まったく。互いにツンケンして」。

現代人が「お前の浮気のせい！」と捉えてしまいがちな逸話です。しかし平安は多妻が当たり前、「妻妾どうしは互いに思いやりを」という時代でした。「そばそばし」も、最大の悪役・弘徽殿大后の代名詞であるほど、レディにとっては好ましからざる性格です。これを機に、光源氏の心は双方から離れていきます。

なおこの後、葵は御息所の生霊にリベンジされて死去、六条も葵を死なせた責で都落ちと、双方相打ちで舞台を去ります。代わって本妻の座を射止めるのは、「人柄のいい」紫君なのでした。

22日

「久しう削ぎたまはざめるを、今日はよき日ならむかし」とて、暦の博士召して時刻問はせなどしたまふ

第9巻　葵

葵祭当日の出来事です。「今日は吉日だろう」と光源氏が、養育している少女・紫君の、髪先を切りそろえてあげています。暦博士を呼んで時の吉凶も調べさせており、当時の人が髪に抱いていた呪術的な重みが感じられます。

なお、この場面では紫君の髪が、「手こずるほど多い」「ふつうの人なら短いはずの額髪さえ長い」と語られます。美女＝長髪・多毛の時代。紫ちゃんの超絶美少女ぶりを表すエピソードです。

23日

はかなかりし所の車争ひに人の御心の動きにけるを、かの殿には、さまでも思(おぼ)しよらざりけり。

第9巻　葵

光源氏の恋人・六条御息所が、本妻・葵を強く恨み、生霊となって苦しめているくだりです。と聞くと「男をめぐる怨恨」を連想するかもしれません。しかし原典をよく読むと、それは的外れだとわかります。「牛車の駐車場所をめぐってのちょっとした争いで、御息所の心が傷ついたのを、葵側はそんな重大事だとは思っていませんでした」。車争いという些細な諍いが原因だったこと、しかし御息所は深く傷ついたことが語られています。

この文のとき、葵は出産間近でした。平安人の観念では、こういう弱り目には怪しいモノが出没します。葵もいろいろと取り憑かれ、それらは加持祈禱で抑えたものの、どうしても離れないモノ（御息所の生霊）が一ついました。あれこれ試みますが調伏できません、というのも当然のこと。葵側はあの車争いのことなぞ重視しなかったため、それが原因とは考えなかった訳です。イジメた側はイジメたことも覚えていない、というところでしょうか。

24日

御息所の車押しさげられたまへりしをりのこと思し出でて、「時による心おごりして、さやうなることなん情なきことなりける」

第33巻　藤裏葉

光源氏と紫上が初めて共に葵祭へ出かけたときから過ぎること18年。40歳、32歳の熟年夫婦になった二人が、葵祭当日にパレードを見ている場面です。賑わいの中、光源氏がふと呟きます。「目下の権勢に驕ってそんなふるまいをするのは、情けを欠くことであった」。昔の車争いを思い出しての一言です。

平安人の感覚では、「際立って高貴なお方（六条御息所）に、葵はなんてひどいことを」というのが本旨です。そして「両者の遺児の今を見ると、夕霧（葵の息子）はしがない一官人。だが秋好（六条の娘）は現・皇后。逆転した」と述懐されます。

イジメた権力者と気の毒な被害者の上下関係が、子の代には逆転したというエピソード。平安人には「スカッとネタ」だったようで、他の箇所でもしみじみ回想されます。「親の行いは子に跳ね返る」と考えるのが平安人。読者の令嬢がたは「気をつけよう」と、我が身を省みたことでしょう。

25日

「博士ならでは」と聞こえたり。
はかなけれど、ねたき答（いら）へと思（おぼ）す。
なほこの内侍（ないし）にぞ、
思ひ離れず這ひ紛れたまふべき。

第33巻　藤裏葉

ついに雲居雁と成婚に至った夕霧。それを機に女性関係を大清算しました。「妻」は持たぬようにしてきた夕霧ですが、この時代の貴公子なので愛人はいます。彼女らと自然消滅した訳です。

唯一勝ち残ったのが藤典侍（とうないしのすけ）。内侍（女官）でバリキャリの彼女は、葵祭の日に大役を勤めていました。すると夕霧から「長く逢ってないね」という和歌を贈られたのです。典侍はピシッと「その理由は貴方がご存じでしょ、賢い博士さま」と切り返しました。その返事が（小癪な）と気に入った夕霧は、彼女とはフェイドアウトせず、その後も「這ひ紛る（内々に通う）」ことにしたのです。

藤典侍は光源氏の腹心の家来・惟光の娘です。作者が彼女を夕霧と縁づけたのは、「忠義な善玉キャラへのご褒美」。その子女は雲居雁の子らより優秀と書かれ、光源氏派コネで養子先にも恵まれます。中でも六女は後に第三皇子・匂宮の本妻となり、「いずれは后?!」という地位まで出世するのでした。

26日

道異（こと）になりぬれば、
子（こ）の上（うへ）までも深くおぼえぬにや
あらん、なほみづからつらしと
思ひきこえし心の執（しふ）なむ、
止まるものなりける。

第35巻　若菜下

『源氏物語』中、最も字がきれいな女君は六条御息所です。光源氏の運命の女性・藤壺や、作者のお気に入り・紫上は、むろん標準以上の名筆。しかし「匂ひ」が少ない、仮名が脱力系などと、ちょっぴりケチがつけられています。

　問題は、秋好中宮です。六条の一人娘にもかかわらず、その腕前は一段下らしいのです。この時代、書道は親から習うものでした。また、相手の字を見る機会が多いほど、筆跡は似てゆくのが自然でした。能書（のうしょ）とも母似とも言われない筆跡の秋好。それはつまり、母・六条が娘の教育に不熱心で、文（ふみ）を交わす回数も少なかった（愛が薄かった）ことを意味します。

　光源氏47歳の葵祭の頃。紫上に六条の死霊が取りつき、「死後の今は子のことより、貴方（光源氏）への愛執が勝る」と語りました。母より女として生きた六条御息所。「出家して救って差しあげたい」と泣く秋好の、一方通行愛が悲しいエピソードです。

27日

かしこまりたるさまにて、
御答(いら)へも聞こえたまはねば、
心ゆかぬなめりと
いとほしく思(おぼ)しめす。

第7巻　紅葉賀

光源氏と本妻・葵は、いま一つ気が合いません。光源氏の父・桐壺帝は、「左大臣（葵の父）は何年も尽くしてくれている。それを思いやれないお前ではなかろうに」と訓戒します。そして続くのがこの文です。「光源氏さまが恐縮し言葉も出ずにいらっしゃるので、帝は『葵が心に染まぬのだろう』と可哀想にお感じになります」。双方の親が愛情をもって結婚を決め、舅・姑が婿・嫁をも大事にし、当人らもそうとわかっている。にもかかわらず「夫婦の相性はどうしようもない」という場面です。

平安貴族の結婚は、男はアタックする、自由に出歩ける、女は待つ、外出しない、という性質から、男性の立場が強くなりがちでした。とはいえ男性には男性の苦労があります。特に貴人はしがらみ上「愛さなくてはならぬ妻」が存在するものでした。桐壺帝がここで「いとほし（可哀想）」と感じているのは、当時の第一級男性ならではの共感なのです。

28日

**采女（うねべ）、女蔵人（にょくらうど）などをも、
かたち、心あるをば、
ことにもてはやし
思（おぼ）しめしたれば、よしある
宮仕人（みやづかへびと）多かるころなり。**

第7巻　紅葉賀

光源氏の父・桐壺帝について述べた場面です。桐壺帝は年配だが「女への興味が失せない人だ」と語られて、さらに付け加えられるのがこの文です。「采女（うねめ）・女蔵人（にょくろうど）という下級女官などでさえ、美貌で才気のある者を格別に愛で、お取立てになる」。何たるセクハラ社長と思われるかもしれませんが、本文は以下のように結論します。「なので優れた宮仕え人が多い時代であった」。桐壺帝の「女好き」を好意的に評価しているのです。

当時の価値観では、美貌・セクシーさは「才能」の一つでした。女性だけでなく男性も、容姿の良さで抜擢される役職があったほどです。子供の死亡率が高かったため、出産が有難がられたせいもあるでしょう。とはいえ、この「色好み」性、光源氏は「極上のレディに対してのみ発揮する」程度であり、その子・夕霧は完全な堅物となっています。「古き良き時代」の美徳になりつつあったと言えるでしょう。

29日

予言の成就へ、ついに踏み出す明石姫君

御参りの儀式、
人の目おどろくばかりの
ことはせじと思(おぼ)しつつめど、
おのづから世の常の
さまにぞあらぬや。

第33巻　藤裏葉

皇后にして国母となる――明石姫君（光源氏の娘）は、物語中最も崇高な運命を負う女性です。身分制の平安社会、多くの人が「先行き知れた」人生を歩みましたが、女児にはこんな逆転ホームランがあり得ました。超セレブな光源氏（天皇の子）に目が行く現代読者は見逃しがちですが、この姫を育てあげる母・祖父母など中下流の面々には、当時の人の夢が詰まっているのです。

光源氏39歳の4月20日頃。ついに姫君入内の日が到来しました。「儀式は簡素に」とよろず控える光源氏ですが、それでも「自然と並々以上になる」のが、さすが最高権力者です。姫に思い入れている読者たちには、胸のすく晴れ舞台だったことでしょう。姫の生母・明石君は（自分の存在がキズになっては）と、万事につけ養母・紫上を立ててふるまいます。明石君が徒歩で行く宮中を、紫上は輦車で出てゆく。その描写には、夢が実現する喜びと身の程を知る悲しみが、絶妙な加減で漂うのです。

30日

これもうちとけぬるはじめなめり。ものなどうち言ひたるけはひなど、むべこそはとめざましう見たまふ。

第33巻　藤裏葉

「めざまし」という語は、受験生の泣きどころです。参考書などにはたいてい懇々と、「不愉快な／すばらしい、両方の意味を持ち、原義は『目が覚めるよう』」云々と書いてあります。平安人にとっては「二つの意味」ではなく、「めざまし」という一語でした。それがよくわかるのがこの一文です。

場面は、明石姫君が皇太子に輿入れした数日後。光源氏の本妻・紫上と、側妻・明石君の初対面です。子を儲けた「出過ぎ者」だということで、明石君をライバル視し続けてきた紫上ですが、これを機に「打ち解け」ます。その際、明石君の言動を見て、紫上の抱いた感想が「めざまし」です。目下の相手のさすがな実力を見て「ザラッと来る感じ」と言えましょう。紫上のトップ妻としての優秀さは、他の妻たちとうまくやれることで、明石君とも節度ある友情を築きます。のちに紫上の死の前後には、明石君がつかず離れず、物心共に支えとなるのでした。

1日

さと光るもの、紙燭(しそく)をさし出(い)でたるかと（中略）。蛍を薄きかたに、この夕(ゆふ)つ方(かた)いと多くつつみおきて、光をつつみ隠したまへり

第25巻　蛍(ほたる)

光源氏が養女に迎えた玉鬘。その美や才智が話題になると、たちまち求婚者が増えました。中でも一番の貴公子が蛍兵部卿宮(ほたるひょうぶきょうのみや)（蛍宮(ほたるのみや)。光源氏の弟）です。ある夏の宵、雅やかに訪ねてきて、几帳ごしに美辞麗句でかきくどき始めました。

その時まるで灯火のような、でも涼やかな光が辺りを照らし、玉鬘を一瞬浮かびあがらせます。明かりはすぐに消えましたが、姫の美貌は宮の脳裏に刻まれた……という筋書きです。

実はこれ、光源氏の計略です。蛍をたくさん薄絹に包み隠しておき、タイミングを見計らって放ったものでした。この時代は通い婚で、男性が来なくなると自動離婚ですから、女性サイドも必死なのです。親や乳母が音頭をとって姫を「演出」し、殿方の想いをせっせと煽ったのでした。ただし光源氏は、玉鬘の実の親ではありません。彼女の美質をアピールしているうちに……。ハラハラどきどきのロマンスの始まりです。

2日

思ふやうはべりて、大学の道にしばし習はさむの本意はべる

第21巻　少女

光源氏が元服した息子・夕霧を「大学で勉強させる」と述べる場面です。大学とは、式部省（儀式等を司る役所）に属する大学寮のこと。漢籍を学び、行政文書を扱う弁官など、スペシャリスト官人となるコースを歩みました。ただし平安中期には、長き刻苦精励の割に報われぬキャリアパス。学者の家系の中下流貴族が学ぶ「イケてない」機関となっていました。

紫式部が理想の為政者・光源氏に大学を推させたのは、父が漢学者で自身も漢籍から多くを学んだ自負によると思われます。貧しい学者が夕霧の教師に取り立てられ、名誉も収入も得る姿は式部の願望でしょう。とはいえ彼女でも、学者らのズレた態度やヘンクツさを、見過ごすことはできませんでした。物語は光源氏や頭中将など「お坊ちゃま教育」を受けた貴公子が、より「使える」人材である様を描いています。育ちという文化資本の強みを、学者の娘なればこそ痛感したのかもしれません。

3日

光り輝くヒーロー、誕生！

前(さき)の世にも御契りや深かりけん、世になくきよらなる玉の男御子(をのこみこ)さへ生(む)まれたまひぬ。

第1巻　桐壺

光源氏誕生の場面です。父は天皇、母は桐壺更衣、この二人が深い愛で結ばれた上に、美しい子供まで授かったというめでたさを、「前世でもご縁が深かったのか」と推論しています。これは仏教の考え方で、夫婦仲や親子関係は前世の行いの結果とされていました。ちなみに当時の貴人たちは、一般に女児の誕生を喜びましたが（後宮戦略に必須だから）、むろん皇室のみは男児を希求します。皇位継承権ある皇子を産めた更衣は、「さぞかし前世で善行を……」と見られたのです。

なお、「きよら」の語源は「きよし」。つまり「気品ある美」を意味します。類義語の「きよげ」（P.79）より格上の語で、気品に加え華麗さもある最上級の美。陽光のごとき照り輝きぶりと思ってください。乳児が「照り輝く？」と怪訝に思うかもしれませんが、当時の暮らしは今より遥かに原始的です。肉づきのよさや肌のなめらかさなど、本能を魅する健康美を指したことでしょう。

4日

聖の帝の世に横さまの乱れ出で来ること、唐土にもはべりける。

第19巻　薄雲

ヒマ人と思われがちな平安貴族。が彼らには彼らなりの政治哲学があり、そのために日夜「仕事」をしていました。場面は、天皇が譲位を望むシーン。天変地異が続いたので、「失政への天の咎め（天譴）か？」と悩んだのです。それに対して光源氏が「聖帝の世にも災害はあった、中国でも」と反論、翻意させました。

問題は、平安人の言う天変地異が、疫病・災害だけではなかったことです。日や雲の異常に著名人の死（老齢者含む）、鳥が神社に飛び込んだ等も指しました。ちなみに988年には「熒惑星（火星）、軒轅女主（しし座レグルス）を犯す（接近する）」という天文現象があり、「天変だ！」と騒ぎになっています。この折「対策（熒惑星祭）」を命じられたのが陰陽師・安倍晴明です。

あほらしく見えますが古代の政治、大半は祭祀でした。この文の場面では14歳の天皇が「私は罰が当たって死ぬのか」と漏らしており、不安と重責がうかがわれます。

5日

五日には（中略）、宮より御文（ふみ）あり。白き薄様（うすやう）にて、御手（て）はいとよしありて書きなしたまへり。

第25巻　蛍

縁起を重視した平安人。5月5日は当然、重要な「端午節会（たんごのせちえ）」でした。菖蒲（しょうぶ）を飾り、その根の長さを比べ、菖蒲・蓬で薬玉（くすだま）を作って贈り合います。「その芳香が邪気を祓う」と信じられていたのです。ヒロイン・玉鬘には求婚者の蛍宮から、流麗な筆跡の恋文が来ました。菖蒲の根の白色に合わせ、白い紙を用いていたとあります。季節・色にこだわる平安人ならではのセンスです。

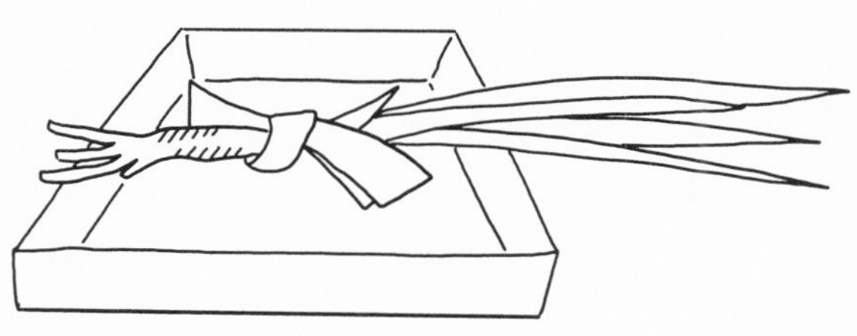

6日

光る源氏、名のみことごとしう、言ひ消(け)たれたまふ咎(とが)多かなるに（中略）隠(かく)ろへごとをさへ語り伝へけん人のもの言ひさがなさよ。

第2巻　帚木(ははきぎ)

2巻「帚木」冒頭の一文です。1巻「桐壺」は重厚な宮廷ものでした。帚木は一転、ゴシップ誌めいた文体となっています。訳せば、「『光る源氏さま』だなんて、煽り文句ばかりハデだけど実はダメなところ多いって噂なのに（略）、隠してらしたこんなコトまで暴露しちゃう私、口が過ぎるわよねェ」というところ。2巻最初のこの語り出しは、4巻の末尾でしめくくられており、まとめて「帚木三帖」と呼ばれます。

この3巻の筋書は、「中流の女と貴公子（光源氏）との恋」です。当時の感覚では、格下の女とセレブが付き合うのはヒンシュクものでした。したがって帚木三帖は、ややスキャンダラスな読み物だったと思われます。

『源氏物語』全54巻が、今の巻順に整理されたのは後世です。時系列に添った順番となっていますが、本来の書かれた順や対象読者は違ったのかも。そう思わされる書き出しの文章です。

7日

わが心得（え）たることばかりを、おのがじし心をやりて、人をばおとしめなど、かたはらいたきこと多かり。

第2巻　帚木

「帚木」巻のメインイベントは、光源氏と空蟬の恋物語です。が、その前置きとして、「雨夜の品定め」と呼ばれる場面が置かれています。五月雨の晩、宮中で四人の男性が女性談義をするというくだりです。この議論は「帚木」巻の約半分を占めます。

作者はなぜ、これほど長い女性談議を設けたのでしょうか。それは後々解説するとして、ここでは内容の「キレ」に触れましょう。言ってみれば、男たちが女について愚痴る、過去の恋愛体験を打ち明けるなど、ひたすらおしゃべりするだけなのですが、文章がいちいち秀逸で、読めば読むほど味が出てきます。今日から5月22日まで、男たちの内緒話をたっぷりお楽しみください。

取り上げた一文は、光源氏の親友・頭中将のセリフです。「それぞれの人間が、自分の得意なことだけ鼻にかけて、できない他人を見下したりする。実に見苦しい」。誰もが心当たりのある、鋭くも耳が痛い言葉です。

8日

中将待ちとりて、
この品々を
わきまへ定めあらそふ。
いと聞きにくきこと多かり。

第2巻　帚木

「雨夜の品定め」、いよいよ開幕です。

長雨続く5月は物忌（ものいみ）の時期。光源氏も帝の警護のため、宮中に宿直し続けです。退屈をまぎらそうと親友・頭中将が、「女にも上中下があり、中（なか）の品（しな）の女が個性的でよい」と「品定め」を始めました。そこへ同僚二人が訪ねてきて、中将が喜んで迎え入れ、オンナの品評に花が咲く、という流れです。「聞き苦しい話ばかり」という作者のコメントが笑いを誘います。

「品」とは階層、グレードのこと。「定め」は論議や品評のことで、平安貴族は「春秋の定め（春と秋の優劣を論じ合うこと）」を筆頭に、知的なゲーム「定め」が大好きでした。

この「女性の品」の定めでは、中の品の女性がクローズアップされ、さまざまな体験談が披露されます。「光源氏が中流女性に興味を持つきっかけ」と位置づけられ、人妻・空蟬とのロマンスを切り拓きます。

9日

女性の可能性をひらいた平安の貴族社会

むすめなどの、おとしめがたく
生(お)ひ出(い)づるもあまたあるべし。
宮仕へに出で立ちて、
思ひかけぬ幸ひ
とり出(い)づる例(ためし)ども多かりかし。

第2巻　帚木

「雨夜の品定め」で、中の品（中流貴族）の女性が高評価されているくだりです。「大勢の娘が侮りがたく育つ。彼女らは宮仕えに出て幸運を射止める者も多い」と語っています。身分制度が厳然とあった平安社会。その中で、枠を超えた出世が可能だったのは中の品の女性です。財力ある親の手で教育され、侍女になった彼女らは、しばしば貴公子の子を産みました。和歌や楽器、書道などのスキルを生かし、活躍する人も多かったのです。

column

時代背景

平安の才女を輩出した「中の品」

受領(ずりょう)とは、地方の国府に赴任した最高責任者のこと。都では中流貴族層で、「田舎者」と嘲笑される一方、担当国では徴税を任され巨富の蓄積が可能でした。上を目指して子女に教養をつけさせた受領階級は、紫式部や清少納言ら平安女流文学の担い手を多数輩出したのです。

10日

式部を見やれば、
わがいもうとどものよろしき
聞こえあるを思ひて
のたまふにや、とや心得らむ、
ものも言はず。

第2巻　帚木

男性四人が女性談義をしている中、彼ら同士が抱える人間関係の火種が、図らずもチラリと見える場面です。「父親は老いて太って気難しげ、兄も不細工、そんな家の娘に会ってみたら予想外にイイ女だった。こんな場合、それだけでグッとくる」。そんな話をしながら式部丞を見やったので、式部丞は（わが家をあてこすってるのか）と気づき、黙っている、と述べています。自分の姉妹（「いもうと」は姉と妹の両方を指す）が「美人だ」と言われるのは誇らしいでしょうが、同時に「父や兄がアレなのになぁ」と仄めかされては、面白かろうはずがありません。

この場面をよりこじれたものにしているのが四者の身分です。光源氏と頭中将が圧倒的に上、左馬頭がそれに次ぎ、言われている式部丞は最下位なのです。発言者は頭中将か左馬頭ですが、「一番の弱者がイジられている」ことは変わりません。仲間内の楽しい宴席でも、心のささくれゼロとはいかないものですね。

11日

かしこしとても、一人二人世中(よのなか)をまつりごち知るべきならねば、上(かみ)は下(しも)に助けられ、下は上に靡(なび)きて、事ひろきに譲ろふらむ。

第2巻　帚木

この一文は、硬派な組織論です。「極めて優秀な人であっても、朝廷を一人二人で担うことはできないから、上の者は下に助けられ、下の者は上に従って、支え合うから治まるのだろう」と述べています。

なぜこんなお堅い言葉が、女性談義のただ中に出てきたのか。発端は、「つき合うだけならよいが伴侶にと思って捜すと、これという人は見つけ難い」という愚痴でした。続けて「男だって真の逸材はなかなかいないが、男の社会は大勢で補い合うから何とかなる」と、上の一文をまじえて語られます。最後に、「でも妻は、家庭という狭い世界のトップだから、不出来な人だと務まらないことが多い」という結論に落ち着くのでした。

大集団では凸凹が均されるから、総体の機能は維持される。だが小グループは、キーパーソンの欠点で揺らぎかねない。式部女史、さすがの達見です。

12日

女性作者は女への批判が手厳しい

「あはれ」とも
うち独りごたるるに、
「何ごとぞ」などあはつかに
さし仰ぎゐたらむは、
いかがは口惜しからぬ。

第2巻　帚木

この一文は、家事能力オンリーの主婦を批判しています。動きやすく髪を耳にかけ、化粧もせず「女を捨てている」妻。家の外の世界には無関心で知識もなく、話の相手は務まりません。（世間のこと、仕事のモヤモヤ、妻にこそ聞いてほしい！　が、この女にゃわからんだろうな）と思う夫が独り、「ああ」と溜息をつくと妻が「あ？　何？」と口のぽかんと開いた顔を上げる。「こんな残念なことあります？」という描写が辛辣です。

13日

結論：これが理想の妻!?

あまりのゆゑ、よし、心ばせ
うち添へたらむをば
よろこびに思ひ、
すこし後(おく)れたる方(かた)あらむをも
あながちに求め加(くは)へじ。

第2巻　帚木

男たちが「理想の妻とは」を論じている「雨夜の品定め」。いろいろ一般論を並べた末に、述べられるのがこの一文です。「今はもう、美貌の妻が欲しいだなんて言わない。ただただ、心が穏やかで真面目な人を、と思う」と前置きした上で、この文章が口にされます。「プラスαの教養や機転がちょっとあったら『ラッキー！』と思い、不出来な点も無理に直させようとは思うまい」。左馬頭という、経験豊富な中年男がたどり着いた境地です。

若い頃、異性に求めるものは足し算傾向で、「アレができる人」「コレがいい人」と求めがち。左馬頭はそんな年代をとうに通過しており、ミニマリストです。「ただ人柄が良ければいい」「加えて特技がちょっとあればめっけものだし、欠点はスルーする」。

なかなか含蓄ある言葉です。こんな心境に至るまでに、左馬頭という男に何があったのか。「雨夜の品定め」は一般論を脱却し、各自の思い出話へ移っていきます。

14日

いかでこの人のためにはとなき手を出(い)だし、遅れたる筋(すじ)の心をもなほ口惜しくは見えじと思ひ励みつつ、(中略)心も怪(け)しうはあらずはべり

第2巻　帚木

年長者だけに豊富な恋バナを持つ左馬頭の話に、しばらく耳を傾けてみましょう。この一文は、昔の恋人について語っている場面。「『この人（左馬頭）のためなら』と無い手段も工夫してやり遂げ、苦手なものも『残念な女と思われたくない』と努力して、（中略）気立ても悪くない女でした」。文句のつけどころのない女性ですが、「器量がいま一つだった」「私も若かったので、魅力的な女の方へつい目が行って……」と左馬頭は言います。

実はこの話の直前に左馬頭は、芸術論を一席ぶっています。「二流どころは、派手な作品を作るぶんには誤魔化しが利くが、普通の品を手がけると、名手との差は歴然」だというのです。「女も同様で、若いとき目がくらんだ美女たちは二流。見た目が悪くとも、実直で深く愛してくれた彼女こそ真の伴侶だった」としみじみ語る左馬頭。思い出補正もあるのでしょう。が、思い返すほど沁みる彼女のよさに、「いと、あはれ」と憂いに沈むのでした。

15日

雯の夜に募る淋しさ

いみじう霙（みぞれ）降る夜、これかれまかりあかるる所にて思ひめぐらせば、なほ家路（いへじ）と思はむ方（かた）はまたなかりけり。

第2巻　帚木

左馬頭の昔の恋の話は、まだまだ続きます。長らく付き合った女性と大喧嘩して、その家を飛び出してしまった左馬頭。怒りに任せてしばらく無視していたけれど、「ある冬の深夜、同僚たちが一人また一人と退庁していく中、考えるに『わが家』と思える場所は他になかった」と言っています。かくして左馬頭は、「なま人悪く爪食はるれど（少々バツが悪く爪を自然と噛んでしまうが）」彼女のもとへ向かいます。人情味あふれるひとコマです。

16日

すきたわめらむ女に心おかせたまへ。

第2巻　帚木

「好き者でなびきやすい女に注意なさいませ」。経験豊富な左馬頭が、当時17歳の光源氏に忠告するセリフです。「お若い今は、魅力ある女とのときめく恋に惹かれるでしょう」「そういう女は浮気して、夫の世間体を損なうのですよ」という忠告がシビアです。この逸話の直後、光源氏は人妻・空蝉と知り合い、この忠言に深く頷くこととなります。またのちには光源氏自身が、息子の夕霧に女の説教をするようになり、「歴史は繰り返す」のです。

column

平安文化

悪い意味とは限らぬ「好き者」

好き者とは、芸術や季節、異性などの魅力を解し、優れたそれらを愛好する人のことを言います。好色、情に流されやすい等の欠点とセットになっているのが難点です。が、審美眼と豊かな感性を要するため、貴人であるのは間違いありません。

5月

May.

実はのちのちまで影響するエピソード

17日

まだ世にあらば、はかなき世にぞさすらふらむ。

第2巻　帚木

ここで光源氏の親友・頭中将が思い出話を始めます。素直でかわいい女性を愛し、女児も授かった。が彼女は、中将の本妻に脅され行方をくらましてしまった、というのです。この場面で「常夏（とこなつ）の女」と呼ばれている彼女は、のちに「夕顔」巻で光源氏と巡り合い、数奇なロマンスを繰り広げます。また女児・瑠璃君（るりぎみ）（のちの玉鬘）は、成長後22～31巻で活躍します。

そんな重要キャラの「常夏」ですが、頭中将には「痴（し）れ者（愚か者）」と評されています。照れや自己卑下の混じった言い方ではありますが、低評価です。当時の結婚は、逢うも切れるも自由。夫との仲を維持するコミュニケーション力も、逆境で凛と立つ「姫の誇り」もなかったということで、妻・女の力量を疑われたのでしょう。「（彼女が）まだ生きているなら困窮しているだろう」。頭中将がさらっと口にするこのセリフに、当時の結婚の不安定さ、意外とシビアな世相が滲みます。

18日

よきかぎりをとり具(ぐ)し、
難(なん)ずべきくさはひ
まぜぬ人は、
いづこにかはあらむ。

第2巻　帚木

「よい特質だけを備えていて、欠点のない人など、どこにいるでしょうか」というこの文章。約600年後にイギリスの劇作家シェイクスピアも、「神は我々を人間にするために、何らかの欠点を与える」と書いています。古今東西普遍の真理と言えましょう。

この名言、発せられた場面が男性たちの女性談義「雨夜の品定め」という点が笑いどころです。「完璧な女なんていないよー」などという居酒屋会話の中からも、名言（迷言？）は生まれるという証左で、世の酒好きを励ましてくれることでしょう。

とはいえ、さすが紫式部先生、当たり前といえば当たり前のこのセリフだけでは終わらせません。直後に「天女に恋をしたら、神々しくご立派で、これまた困っちまう」というセリフを添えています。「人間には欠点がある」「だから嫌なのだが、かといって欠点なき存在には惹かれない」が本旨なのです。人と人を結びつけるのは心のあや。作者の慧眼が光るワンシーンです。

19日

極熱(ごくねち)の草薬(さうやく)を服(ぶく)して、いと臭(くさ)きによりなむえ対面たまはらぬ。

第2巻　帚木

「超絶高温の薬草を服用し、たいそう悪臭であるゆえ、わが夫君への拝謁は遠慮つかまつる」。こう訳せば雰囲気が伝わるでしょうか。平安朝のコメディ場面です。このセリフを吐いたのは、雅であるはずの貴族令嬢。ただし、学者の娘でプロ級の漢学を身につけており、大仰で格式ばった話し方をします。また内容も「（療養のため）ホットなニンニク湯を飲んで臭くなった」というあけすけなもの。平安レディは食べる・立つ等の動作さえ「下品」と隠したほどですから、こんな場面は爆笑されたことでしょう。

　これは、一番格下の式部丞が語る過去の恋バナです。本筋とは関わりのないこぼれ話ですが、生活感あふれる魅力的な挿話です。作者の紫式部はこの賢女同様、中流貴族で学者の娘、豊かな学識の持ち主でした。そのためこの逸話は、紫式部研究の上でも重視されています。また、それなりに良好な仲だったらしい賢女夫婦が既に別れていることから、当時の婚姻の流動性が窺えます。

20日

すべて男も女も、わろ者は、
わづかに知れる方(かた)のことを
残りなく見せ尽くさむと
思へるこそいとほしけれ。

第2巻　帚木

2月22日（P.66）でも触れましたが、平安貴族は遠慮の塊です。『源氏物語』には、楽器や舞の名手が多々登場しますが、さんざんせがまれた果てに少しだけ、見せる／聞かせるのが常のことです。『うつほ物語』なぞ主役は琴の名手なのに、演奏を固辞し続け、長編小説が過ぎていきます。随筆の『枕草子』でもご主君・定子さまが、村上天皇の女御だった芳子(ほうし)を「賢ぶって即答はしないが古今集の和歌すべてを言えた」と称えています。

平安の宮廷といえば佳人才子が、知性・教養を競い合うマウンティング社会ではありましたが、そのやり方は現代人が思うより、遥かに抑制的で神経戦でした。思わせぶりに「凄さをチラ見せ」するのが好まれたのです。都というムラ社会で生きていた彼らには、角を立てぬ交際が理想だったのでしょう。「男でも女でも未熟者は、少ない手持ちを全部見せつけようとするから哀れだ」。そう語っているこの文は、そんな空気を今に伝えています。

21日

夢中になるあまり、周囲が見えなくなり

歌詠（うたよ）むと思へる人の、やがて歌にまつはれ、（中略）すさまじきをりをり詠みかけたるこそものしき事なれ。

第2巻　帚木

「雨夜の品定め」では、和歌論も語られています。平安貴族にとって、和歌は必須の教養。有名な古歌を踏まえ、掛詞や縁語を駆使せねばならなかったのです。優れた歌人は高く評価され、生来の身分を超えた交際が可能でした。

そのため、のめり込む人も出てきます。この文のように「歌に自信ある人が、没頭してしまいタイミングも考えず詠みかけてくるの、実に迷惑」、そんなトラブルもよく起きたのでしょう。

column

平安文化

貴族を悩ます「返歌の作法」

歌は贈られたら返歌するのが基本。返しは早いほど評価され、遅いと嘲（あざけ）られました。従って相手が返歌に困るTPOで詠みかけるのは、空気を読めない困り者。宇治の姉妹（大君と中君）も、匂宮の忍び歩きがバレないよう、「返歌せず」で空気読み力を発揮しました。

22日

いづ方（かた）に
寄り果つともなく、
はてはてあやしきことどもに
なりて明かしたまひつ。

第2巻　帚木

「帚木」巻の半分に及ぶ「雨夜の品定め」。この場面はなぜ、こんなに長いのでしょう。定説では「超上流の光源氏が、中流女性に目を向ける動機を作るため」とされています。その他には「習作の短編を押し込んだ」説もあります。各自が恋の思い出を語るという体裁で、昔書いた作品を添加したというのです。芸術論や箴言（くんげん）、理想の女性像は、作者の思いを代弁させたものでしょう。

ともあれ品定めは終了。ラストがこの文です。「結局結論は出ず、しまいにはぐだぐだになり夜を明かした」。夜っぴいて女性談議にのめり込み、ロレツがだんだん回らなくなり、杯盤狼藉（はいばんろうぜき）たる朝がくる。そんな「男子の生態」が見えるようではありませんか。

『源氏物語』を英訳したロイヤル・タイラー氏が、こんな体験談を書いていました。「雨夜の品定めを大学で講義したら、男子学生が『先生、僕らが先日バーで話してたこととそっくりです』と言いに来た」。普遍的な青春のひとコマと言えましょう。

5月
May.

23日

梅雨の晴れ間の一夜の夢

ほととぎす、
ありつる垣根のにや、
同じ声にうち鳴く。
慕ひ来にけるよ、と
思さるるほども艶なりかし。

第11巻　花散里

11巻「花散里」は、映画のように抒情的な短編です。父・桐壺帝の逝去後、逆境にある光源氏が、とある夏の宵の数時間をしっとり過ごす様が描かれます。旧暦5月20日頃のこと。光源氏は儚い恋の相手（この巻にちなみ花散里と呼ばれる）に会いに出かけました。道中、一度だけ逢った女の家を見かけ、恋歌を贈ってみましたが、向こうは既に心変わりしている気配。なので予定どおり花散里の家へ行き、静かな時を過ごした……という話です。

現代人的には（恋人を訪ねる途中に他の女と?!）とびっくりしますが、当時は実に気軽に寝ていたようです（令嬢以外）。とはいえ女性は「お堅さ」が美徳となりつつあったようで、乗り換えた軽い女はせっかくの縁を逃し、誠実な花散里は光源氏の心をしっかりゲットした、という話になっています。それを象徴するのが、この文のほととぎす。軽い女の家で鳴いていたのが、光源氏を慕ってついて来て、花散里の庭で美声を響かせているのです。

24日

神代（かみよ）より世にあることを記しおきけるななり。日本紀（にほんぎ）などはただかたそばぞかし。これらにこそ道々しくくはしきことはあらめ

第25巻　蛍

現代では作家は文化人であり、過去の「文豪」たちの名や作品は、敬意を込めて語られます。しかし昔は、物語への評価は低いものでした。平安後期に書かれた『続本朝往生伝（ぞくほんちょうおうじょうでん）』は、一条朝の人材を列挙していますが、紫式部の名は挙げていません。当時尊重せらるべき書物は、政治の教訓となる歴史書・漢籍・日記、芸術といえば漢詩と和歌でした。新興のエンタメであった物語の中でも、作り物語（フィクション）は特に下級のジャンル。歌物語の方が、名歌が詠まれた経緯の記録として、評価され愛されていたのです。虚構がウソと見られる時代でもありました。

そんな中、紫式部は源氏を書いたのです。漢籍や和歌にも通じた彼女が、あえて作り物語を選んだのは、その可能性を信じたからに違いありません。「古代からの出来事を記録したものだ。歴史書など一面でしかない。物語にこそ真実が書かれているのだ」。光源氏のこの言葉からは、作者の自負心が迸（ほとばし）っています。

25日

白き薄物の御衣着替へたまへる
人の、手に氷を持ちながら、
かくあらそふを
すこし笑みたまへる御顔、
言はむ方なくうつくしげなり。

第52巻　蜻蛉

冷蔵庫・冷凍庫なき時代の氷——清少納言が「削り氷に甘葛」を「貴」と称えたほど、夏にはレア・貴重だった品です。蓮の花盛りの頃、この氷を手に登場するのが、光源氏の孫・女一宮。今上帝の長女で母は后・明石中宮、一品を授与された至尊の皇女です。が、文字どおり「登場した」だけ。冷泉院の女一宮（母・弘徽殿女御）と作者自身が混同したのか、歌舞伎の義経公の如く美貌を見せただけなのか、物語一の謎キャラです。

column

生活様式

今も昔を涼を呼ぶ「氷」の保存法

氷の貯蔵施設「氷室」。標高が高く、山や木々の陰となる涼しい場所に、穴を掘り屋をかぶせて造りました。冬、池で自然凍結した氷を規定のサイズに切って貯め、夏まで保たせるのです。京都市氷室町に残る3基の穴は『延喜式』にある「愛宕郡栗栖野氷室」跡と言われます。

26日

やむごとなく心ことにて
さぶらひたまふ。限りあれば、
「宮の君」などうち言ひて、
裳ばかりひき懸けたまふぞ、
いとあはれなりける。

第52巻　蜻蛉

『枕草子』には、主君・藤原道隆の豪放磊落さが書かれています。そんな道隆が、珍しくもしんみりこう発言しました。「この侍女たちは全員が令嬢だ、大事にしておやりなさい」。何と「あはれなり」と嘆息と共に言っているのです。それくらい姫が侍女に「身を落とす」ことは哀れまれました。一方で、その姫が高貴であればある程、侍女にできれば家の自慢に。かくして当主の死去した家や、立場が弱い名家は草刈り場となり、姫たちは「兄弟の出世」等と引き換えに、泣く泣く宮仕えに出たのです。

この一文に登場する「宮の君」もそんな姫。驚くなかれ、式部卿宮という、親王筆頭の家の令嬢です。当然、皇后候補でしたが父が死に、継母に下方婚させられそうになって、「それよりマシ」と侍女になったのです。その破格の出自ゆえに、目下の象徴「裳・唐衣」の、唐衣はさすがに免除され、裳だけは着けて勤務しています。姫の零落を象徴する身なりです。

27日

御方違(かたたが)へ所は
あまたありぬべけれど、
久しくほど経て渡りたまへるに、
方塞(かたふた)げて、ひき違(たが)へ外(ほか)ざまへと
思(おぼ)さむはいとほしきなるべし。

第2巻　帚木

さて、ふたたび「帚木」巻。雨夜の品定めの翌日、光源氏は「方違え」で空蟬と出会います。天地の8方角を巡行する天一神(なかがみ)、この神がいる方角は「塞がっている（行ってはならない）」とされました。それゆえ、貴人が突然泊まりに来たり、深窓の令嬢も外泊したりするため、思わぬロマンスが生まれたという訳です。

一方、当時の結婚では夫と同居できるのは「勝ち組」だけ。「キミの家の方角、塞がってる」は見えすいた言い訳で、実際は他の妻と……も日常茶飯事でした。この一文は、他の行く先は数知れずのモテ男である光源氏が、本妻・葵の家に方塞がりを承知で来た場面。葵やその家人が「ご無沙汰だった上によそへ！」と思うのが可哀想で、あえて無駄足を踏んだ訳です。のちに光源氏と対抗する男性・鬚黒は、「情おくれ（情に欠け）」る人で皆の反感を買い、その家は衰退に向かいました。対して光源氏は「気配りの人」。ムラ社会・平安京を勝ち抜けた要因が仄見えます。

28日

風涼しくて、そこはかとなき
虫の声々聞こえ、
蛍しげく飛びまがひて
をかしきほどなり。

第2巻　帚木

都といえば平安人にとりこの世の中心。「宮処（みやこ）（宮のありか）」というとおり皇居の所在地で、天下を統（す）べる場所とされていました。とはいえ時代は千年前。首都といえど東西約4.5km、南北約5.2kmのこぢんまりサイズです。しかも中心部を外れれば、野や畑が広がるのどかさでした。この一文は、夏の夜、光源氏が中河（都の東端の川）のほとりにある家を方違えで訪問。田舎めいた庭作りの半ば別荘のような居館で、納涼している際の情景です。

5
月

May.

29日

恋の始まりは「焦らし」から

「昼ならましかば、のぞきて見たてまつりてまし」とねぶたげに言ひて顔ひき入れつる声す。ねたう、心とどめても問ひ聞けかし

第2巻　帚木

方違え先の女主人・空蝉は育ちがよく、宮中で話題になったほどの女性です。気をそそられた光源氏は、彼女の部屋の近くで耳を澄ましました。すると自分が話題になっています。侍女らが夢中で「噂どおりイケメン！」と大絶賛です。ただし肝心の空蝉は無関心。「昼だったら拝見したけど」と言い捨てて、寝具をかぶってしまったのでした。光源氏、「妬(ねた)し（小憎らしい）」「もっと興味持てよ」と歯噛みします。

『源氏物語』の善玉レディは、男を忌避するのがお約束。仏教の影響で恋を愛執と見るようになり、また物語が教育的娯楽で、姫君を正しく育てるツールだったからです。空蝉も恬淡(てんたん)たる態度により、ヒロイン性を獲得したのでした。と小難しく考えずとも、楽しく読めるのが源氏物語。モテ男が初めて袖にされ、「なんだよコイツ」とヒロインを意識した……少女マンガの定番シーンですよね。千年経ても通用する、優れた小説技巧です。

30日

老いた成金夫、下方婚の若妻

常はいとすくすくしく
心づきなしと思ひあなづる
伊予（いよ）の方（かた）の思ひやられて、
夢にや見ゆらむと
そら恐ろしくつつまし。

第2巻　帚木

光源氏と図らずも契った人妻・空蝉。予期せぬ事態に動転した彼女の、心理状態を描写するのがこの文です。「ふだんは気に食わない男と見下している夫のことばかり思い出されて、夫が夢で見てしまうのではと、ひたすら気が咎める」。

空蝉の、夫・伊予介に対する低い評価が何とも不穏当です。実はこの二人は年の差婚、そのうえ格差婚でした。空蝉は中納言という上流貴族の令嬢で、「いずれは妃に」と育てられたのです。一方、夫は中流貴族の受領。5月9日のコラム（P.144）でお話ししたように、現代なら「成金」というニュアンスに近い、都では嗤（わら）われがちな地方官です。

空蝉は父を亡くして零落し、親ほども年配の受領の後妻となった身でした。夫から主君のように崇められながら、日頃は夫を蔑んでいた若い妻。しかし不本意にも罪に落ちた今、とにかく夫が恐ろしい……という心理を、この文は淡々と書いています。

31日

いみじき武士(もののふ)、仇敵(あたかたき)なりとも、見てはうち笑まれぬべきさま

第1巻　桐壺

3つで母、6つで祖母を亡くした光源氏は、宮中で父帝により育てられます。この少年について物語は、「猛々しい武士や仇敵でさえ、見たら頬が緩むような」魅力、と述べています。

平安時代は社会の機構が現代より緩やかでした。律令という法体系はありましたが、その遂行面では「自力救済」の色が濃かったのです。たとえ権利を有していても、執行できるだけの手勢がいなかったり、権力者に擁護してもらえなかったりすると、あっさり黙殺されました。そんな時代、相手がメロメロとなって言うことを聞いてしまうような「あいぎゃう（愛敬）」は大きな強みであり、その人固有の「能力」と見なされたのです。

この能力をふんだんに持つ光源氏は、最大の政敵・弘徽殿大后でさえ、「えさし放ちたまわず（遠ざけ難い）」存在でした。大后はのちに光源氏を窮地に追いやりますが、彼女の憎悪は源氏に魅せられるがゆえに、より濃厚な「愛憎」へと育っていったのです。

1日

いと暑き日、東(ひむがし)の釣殿(つりどの)に出(い)でたまひて涼みたまふ。(中略)大御酒(おほみき)まゐり、氷水(ひみづ)召して、水飯(すゐはむ)など、とりどりにさうどきつつ食ふ。

第26巻　常夏(とこなつ)

「とても暑い日、光源氏さまは東の釣殿に出て涼まれます。(中略)お酒や氷水を召しあがり、配下の者らは水飯などをわいわい食べます」(P.5)。平安貴族の納涼風景です。釣殿とは、庭の池の上に張り出している四阿(あずまや)です。そして山奥の氷室(ひむろ)から、冬季に貯蔵された氷を取り寄せて咽喉を潤している――究極セレブならではの贅沢です。とはいえこの暑気払い、実は深刻な行事だったのかもしれません。ほぼ同時代の『うつほ物語』には、「極熱の頃」には誰も内裏へ参上しないとあります。つまり公務員が出勤を控える事態です。鎌倉時代の『徒然草』でも、「家は夏に合わせて建てろ」「冬はどんなところにも住める」と述べています。都人にとって夏の暑気は「天災」なみに辛かったようなのです。

寒さは財力があれば重ね着・炭火で凌(しの)げたが、暑さには雲の上人もお手上げだったということでしょう。寝殿造りをはじめ日本の伝統建築が危ういほど開放的な理由が腑に落ちる場面です。

2日

「いかなる風の吹き添ひて、
かくは響きはべるぞとよ」とて
うち傾(かたぶ)きたまへるさま、
灯影(ほかげ)にいとうつくしげなり。

第26巻　常夏

この場面では、和琴という楽器をトピックに、夕顔の遺児・玉鬘と光源氏のラブ＆エレガンスが花ひらきます。

きっかけは、玉鬘の部屋を訪ねた光源氏が、置かれている和琴に気づいたこと。触れると調弦が見事で、よく鳴ります。弦楽器を嗜む方には、玉鬘の腕前・熱心さがピンと来るでしょう。日本古来のこの楽器の奥深さを光源氏が語りつつ奏でると、慎ましい玉鬘も思わず近寄ってしまい、「(貴方が弾くと）どうしてこんなに鳴るのかしら？」と首を傾げます。その姿が灯に照らされて愛らしい、と語っています。

作者の紫式部自身、箏の琴を人に教えるほどの腕前でした。この場面は、音楽への愛・造詣を共有する二人が、琴を通じ心を通わせゆく様を夏の夜と共に描きます。千年前、古代に分類される平安時代に、楽の趣味はこれ程の洗練に到達していたのかと、感銘必至な場面です。

3日

そのころ尚侍(かむ)の君まかでたまへり。(中略)例のめづらしき隙(ひま)なるをと聞こえ交はしたまひて、わりなきさまにて夜(よ)な夜な対面したまふ。

第10巻　賢木(さかき)

光源氏と敵方の姫・朧月夜の、困難ゆえに燃える恋を描く場面です。朱雀帝に尚侍(ないしのかみ)(高級女官)として仕える朧月夜。帝の愛人でありながら、心は光源氏にあり、「滅多にないチャンス」と連絡を取り合い、無理を重ね夜な夜な逢っている、という一文です。これは、当時の姫君としては極めて奔放な態度なのです。他の女性たちは「何度もせっつかれて、やっと」応えるくらいの控えめさがスタンダード。「聞こえ交はす(やり取りする)」という表現には、朧月夜のアグレッシブさが滲んでいます。作者は、こうした「はしたなさ」を良しとしません。朧月夜には世の物笑いになり末は尼になるという、当時は恥とされた運命が与えられます。

続く場面では二人の仲が露顕し、光源氏は須磨での謹慎に追い込まれます。しかし敵方の娘である朧月夜も失墜し、彼女の家は皇位に絡むチャンスを失いました。中長期的に見れば光源氏派には、得点にもなる「親バレ」だったのです。

4日

明々白々な書きぶりの恋文、流出！

浅緑(あさみどり)の薄様(うすやう)なる文(ふみ)の
押し巻きたる端(はし)見ゆるを、
何心(なにごころ)もなく引き出(い)でて
御覧(ごらん)ずるに、男の手なり。

第35巻　若菜下

19世紀末、日本を探検した旅行家イザベラ・バード。彼女は宿で体験した障子穴からののぞきについて、苦々しげに書き残しています。現代日本人ならバードに共感・同情するでしょう。しかし日本の家屋は伝統的に、紙と木で造られるものでした。プライバシーという概念はついぞなく、「椀と箸　持って来やれと　壁をぶち」等と、聞こえる／のぞかれること前提に集住していたのです。平安貴族も事情は同様で、互いに配慮し合って生活し、同時に垣間見を娯楽としていました。

となると、垣間見への対策も心得となります。この一文は光源氏が妻・女三宮の褥(しとね)（座布団）の下から、密夫(みっぷ)・柏木の恋文を発見する場面。光源氏は当然怒りますが、同時に思慮のなさに呆れます。「筆跡も変えず、言葉もぼかさず書くとは」。人に見られてもバレないようトラップを掛けて書け、という訳です。柏木、時に31、2歳、当時としては壮年。若気の至りでもない失態でした。

5日

限りとて
別るる道の悲しきに
生かまほしきは命なりけり

第1巻　桐壺

天皇から過分に愛された桐壺更衣。光源氏3歳の夏、心労が祟って病身になり、療養のため実家に下がろうとします。更衣が死期を悟って帝へ語る、最後の言葉がこの和歌です。この時代、女性が先に詠いかけるのは異例。しかも内容も「生かまほし（生きたい）」と、生への執着をあらわにしたものです。仏教の教えに従って恬淡と生きることをよしとする平安において、二重にイレギュラーな歌なのです。更衣の真意は、のちに明かされていきます。

6日

母の死に、遺されたおさな子は

何ごとかあらむとも
思(おぼ)したらず、さぶらふ人々の
泣きまどひ、上も御涙の隙(ひま)なく
流れおはしますを、あやしと
見たてまつりたまへるを

第1巻　桐壺

ハンガリーの作家デーリ・ティボルの著作に、『ニキ〈ある犬の物語〉』があります。社会主義時代、ある男性が突然失踪しました。妻はのちに夫が投獄されていると突き止め、ようやく面会を果たします。帰宅後、愛犬にまとわりつかれた彼女は、夫の無事を言葉で伝えても犬には理解できないことに気づき、泣き出してしまいます。すると犬は彼女を慰めようと、懸命に舐めてきた……という話です。哀切な状況において、言葉で交感することもできない事実が、悲しみをいっそう掻き立てます。

桐壺更衣が逝去したとき、その一粒種・光源氏は3歳でした。数え年なので、満年齢に換算すると1歳4か月～2歳6か月です。「何事かも理解できず」、侍女らや父帝の悲嘆に暮れる様子を「変だなと見ている」子。その様子を作者は、「あはれに、いふかひなし（言う甲斐無し）」と評しています。童子の無心さ、言葉の無益さに、切なさがいや増す場面です。

7日

**公(おほやけ)ざまの心ばへばかりにて、
宮仕への程もものすさまじきに
（中略）自然(じねん)に心通ひそむらむ
仲(なか)らひは、同じけしからぬ
筋(すち)なれど、寄る方(かた)ありや**

第35巻　若菜下

『源氏物語』1巻「桐壺」では愛妃を亡くした桐壺帝が「然るべき姫たちを入内させるが、愛妃と同格の人はなく、すっかり厭世的になった」と語られます。このくだり、「出仕させ手をつけた挙句ガッカリとは、なんとひどい君主か」と見えるでしょう。しかしこの時代は、帝の方にも「娶(めと)る自由」はなかったのです。

ここで取り上げるのは「妃といえど義務としてのご寵愛しか頂けなければ心虚しく（中略）他の男と惹かれ合ってしまうのは、けしからんが無理もない」という一文。この時代、天皇と貴族は結婚で身内になる同盟関係でした。有力貴族の娘たちと帝は、当初から「婚姻が義務」の仲。桐壺帝は愛妃を想いつつも、次々と姫らを迎えねばならず、姫の方も他の選択肢はなかったのです。この文章にも「結婚はお互い義務だけど、気が合わないから辛いよね」という雰囲気が滲みます。平安人が密通や不仲夫婦に同情的だったのは、その苦労を知っていたためかもしれません。

8日

なやましければ忍びて うち叩かせなどせむ

第2巻　帚木

「具合が悪いので、こっそり叩かせでもしましょう」。平安の医療が垣間見えるセリフです。貴族というと、映画などによく取りあげられるヨーロッパものをイメージする方が多いようです。フランス革命は18世紀の末。貿易は全地球規模で行われ、医療もワクチンが開発されるなど科学的に飛躍しつつあった時代です。

対して『源氏物語』が書かれたのは、西暦1000年前後。生活水準は遥かに低く、特に医療はほとんど呪術でした。祈禱や「まじなひ」が手厚い治療と見なされ、有難いお経をお札に書いて病人に食べさせたりしていたのです。「叩かせる」行為のほか、脚を揉ませる、患部を押さえさせる療治もありました。按摩ですから、一応ましな方だったと言えるでしょうか。

ちなみに『源氏物語』は後世、漆器の定番モチーフとなり、名場面を描いた蒔絵が多々作られました。それらは欧州へ運ばれて人気を博し、それこそマリー・アントワネットに愛されたのです。

9日

帚木（ははきぎ）の心を知らで園原（そのはら）の道にあやなくまどひぬるかな

第2巻　帚木

方違え先で逢った人妻・空蟬に光源氏が贈った和歌です。「帚木（のような貴女）の真意がわからないので、園原で恋路に迷っています」。園原とは信濃（現長野県）の地名。そこに立つ「帚木」と呼ばれた大樹には、不思議な伝説がありました。遠くからは見えるが寄ると見えないというのです。光源氏は、嫌うようではない、でも断固と逃げる空蟬をこの木に例えたのです。

帚木伝説はファンタジーではありません。園原は東山道の難所・神坂（みさか）峠を擁する地。『今昔物語集』には「この峠で強欲な受領が滑落したがキノコを採って生還した」と書かれています。その逸話で強調されているのは、谷の深さや巨木の多さ。つづら折りの山道なので高所からは見えた帚木も、近づくと地形や木々に遮られ、見えなくなるのです。都の貴族らは歌学として無数の古歌を暗記していました。その中には、地方の特色を詠んだ歌も多く、当時なりに地理の勉強にもなっていたのです。

10日

王者だが天皇にも大臣にも向かない?!

国の親となりて、
帝王の上(かみ)なき位(くらゐ)にのぼるべき
相(さう)おはします人の、
そなたにて見れば、
乱れ憂ふることやあらむ。

第1巻　桐壺

個人が持つカリスマを「能力」に分類していた平安時代。そんな時代に重視されていた相談相手が「人相見」です。顔を見て性質・運命を占う職業で、平安人視点では「科学的な」技術者でした。最愛の妃が遺したおさな子のたぐいまれな資質に気づいた天皇は、喜びつつも危惧せずにはいられませんでした。皇子の場合、優秀さゆえに「皇太子に！」と担ぎ出されかねません。太平なイメージが強い平安時代も、前期には荒っぽい政変がたびたび起き、皇太子が廃されたこともありました。その記憶は未だ薄れていなかったのです。

悩んだ帝は息子を「高麗の相人」に観相させます。その結果がこの「帝王の相があるが、即位すると国が乱れるかもしれない」でした。相人は続けて、「かといって、臣下で終わる人とも見えない」と述べます。実に謎めいた予言です。平安の読者は興味を掻き立てられ、主人公の行く末に気を揉んだことでしょう。

11日

紀伊の守、国に下りなどして、女どちのどやかなる夕闇の、道たどたどしげなる紛れに、わが車にて率てたてまつる。

第3巻　空蟬

空蟬の継子・紀伊守が任地へ発ったことが語られます。夫の伊予介も赴任済みで、館は女所帯に。そこで弟・小君が牛車に光源氏を隠し、連れてきたのです。上流貴族がメインの本筋とは一味違う生活感にあふれています。彼らのような受領は次の人事でも任官することを目指し、家人として、人事権のある高位貴族に仕えていました。伊予介も光源氏の家人であったようで、のちに都へ戻った際は真っ先に光源氏のもとへ挨拶に来ています。

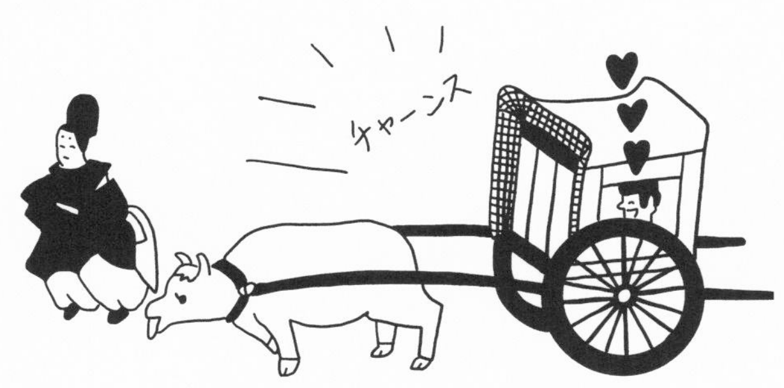

12日

言ひ立つればわろきによれる容貌(かたち)を、いといたうもてつけて、このまされる人よりは心あらむと目とどめつべきさましたり。

第3巻　空蟬

中の品（中流貴族）の女、空蟬の魅力がわかるのが、彼女の挙動を描写したこの文です。「容姿を一つ一つ述べ立てれば、（痩せすぎ、はれぼったい目、老けている等）悪く聞こえるが、横の美女より奥ゆかしい立ち居ふるまい」と書いています。つまり、若く美人だが騒々しく下品な軒端荻(のきばのおぎ)（空蟬の継娘）より、不器量だが上品な空蟬の方が目を惹くというのです。ただ光源氏は、健康美を発散する軒端荻の方も「これはこれでイイ女だな」と興味を覚え……このあと話は思わぬ方向へ転がっていくのでした。

ちなみにこのとき、空蟬と軒端荻は碁に興じていました。そのくつろぎぶりが光源氏には新鮮だったのです。超セレブゆえ普段目にするのは、彼の存在を意識して身構えている女性たちでしたから……。「こんな無心なとこ見ちゃって気の毒だな」と思ったり、「垣間見は初めて」と明記されたりする光源氏。「世評は派手だが割と品行方正」な、ややお堅いヒーローなのです。

13日

「この障子口（さうじぐち）にまろは寝たらむ。風吹き通せ」とて、畳ひろげて臥す。

第3巻　空蟬

平安文学に現れる貴族たちは、極めて教養豊かです。和歌を即興で詠み交わし、舞楽をたしなみ、筆跡・着こなしの美を競う。そのため映画の宮廷もののような、ゴージャスライフをイメージしがちです。が、実際には格段に原始的な生活ぶりでした。この一文は貴族の少年が、畳（重ねた筵（むしろ））を敷き、ごろ寝同然に寝入る姿です。「お屋敷」もがらんとした空間を、紙や布で仕切っただけのものでした。洗練と粗野の同居…それが平安時代です。

14日

一昨日(おととひ)より腹を病みて

第3巻　空蝉

3巻「空蝉」は光源氏が、ふだんなら接点のない中流女性と、思わぬ恋をする小編です。ややお下品なコミカルさや、生活感あふれる端々は、本編にはない魅力を放っています。

この文は「光源氏、間一髪！」というシーン。人妻・空蝉の寝所で一夜を明かし、そっと出ようとしたら侍女に遭ってしまったのです。「まずい」と戸口へ急ぐと、何と、相手もついてくるではありませんか。これはバレると観念したところ、相手は源氏を長身の同僚と見誤り、しかも「私、一昨日からおなか壊して」「空蝉さまが呼んだから来たけど、もうダメ」と、戸から飛び出しトイレへ駆け去ったのです。この侍女の叫ぶ「あな、はらはら（ああ、おなかが、おなかが）」があけすけです。

平安の恋は「忍び」主義。闇にまぎれ人知れず訪(おとな)うのが美学でした。真逆にドタバタなこの場面、つまりは光源氏の失敗談です。レディたち、さぞや笑い転げたことでしょう。

15日

かの薄衣(うすぎぬ)は
小袿(こうちき)のいとなつかしき
人香(ひとが)に染(し)めるを、
身近(みちか)く馴らして見ゐたまへり。

第3巻　空蟬

空蟬と光源氏に、軒端荻（空蟬の継娘）。三者の縁が交錯する、儚い恋愛短編です。

光源氏は空蟬を忘れられず、ある晩寝所へ忍びました。気配を察知した空蟬は、「過ちは重ねまい」と決意していたため、衣を残して抜け出します。軒端荻と寝た光源氏は人違いに気づいて言い繕い、空蟬の衣を拾って去ることに。翌朝三人はそれぞれに思い乱れるのでした。

この一文は「恋の余韻」シーン。貴公子が恋人の薄衣(うすぎぬ)を眺めて物思いに沈むという、そのまま絵画のような場面です。形見が小袿(こうちぎ)一枚であるのが、空蟬の揺れた心を表すようで、仄かに香る官能性と豊かな詩情が見どころです。

なお現代の読者は「軒端荻が気の毒」と思うようですが、平安は夜這いや勘違いも一つの縁。「軽薄な軒端荻が物思いで成長した」と、プラスの経験値あつかいしています。

16日

忍びがたければ、この御畳紙(たたうがみ)の片(かた)つ方(かた)に、空蟬の羽(は)におく露の木(こ)がくれて忍び忍びに濡るる袖かな

第3巻　空蟬

文(ふみ)（手紙）は平安の恋に必須のツール。が、別れの証となることも。人妻・空蟬を諦めた光源氏は、畳紙(たとうがみ)（メモ用紙）に和歌をしたためました。あえて「貴女宛じゃない」という体(てい)で書いたのです。受け取った空蟬も、別れの決意として返歌しませんでした。ただし心を抑えかねて、もらった畳紙の隅にこう書いたのです。「隠れて袖を涙で濡らします」と。互いに相手宛とはせず心を吐露した歌。ここに、ひと夏の恋は終わったのです。

column　平安文化

和歌のお作法「詠まれたら詠め」

姫は男に声も聞かすべきでないというのが、平安の常識です。その例外だったのが和歌でした。贈られたら、速攻その場で返すのが正しいお作法。代返の侍女が側にいない場合には、姫が小声で返歌することもあったのです。

17日

「かの白く咲けるをなむ、夕顔と申しはべる」

第4巻　夕顔（ゆふがほ）

『源氏物語』を読んでみたいという方におすすめなのが、この「夕顔」巻。夏に道端に咲いていた夕顔をきっかけに出会い、秋につかの間激しく愛し合うけれど、モノノケのせいで怪死、初冬に法事が行われる……と、タイムスケジュールがはっきりしていて、内容にまとまりがあるためです。夕顔は、貴族とは無縁の庶民的な花。夏の夕べに咲き、たちまち閉じます。はかない恋、そして謎めいたヒロインを象徴する花です。

column　平安文化

夕顔の庶民性

夕顔の花と、名前も見た目も似ているのが朝顔、昼顔、夜顔です。ただ、他の３つはヒルガオ科で、唯一、夕顔だけがウリ科で食用にできるのです。食べ物への執着を下品とする上流貴族にとって、夕顔は「下賤な花」。夕顔が庶民的と言われるのは、そのためです。

18日

かたほなるをだに、乳母（めのと）やうの思ふべき人はあさましうまほに見なすものを、ましていと面（おも）だたしう

第4巻　夕顔

超高貴な光源氏と謎の女性・夕顔（中流貴族）の恋。平安の常識ではこんな二人、接点がまずありません。そこで作者が創造した理由が「乳母の病気見舞い」です。

平安の貴人は誕生と同時に、乳母を複数名つけられました。実親の役割は、尊い血筋や品格ある教育を与えること。幼い主君に授乳し、養育するのは乳母らの仕事でした。乳母という職は社会的地位が意外と低く、なることを恥じる空気もありました。したがって貴顕の家でも、乳母は比較的低い出自だったのです。

かくして、そのような乳母を見舞うべく、光源氏はふだんなら立ち入らぬ五条あたり（庶民街）の小家を訪ねました。乳母は感激し、また久々に会えた喜びに涙が止まりません。そこで出るのがこの一文。「不出来な人間でさえ、その乳母などは無理やり『ご立派』と見なす」、ましてや光源氏さまのような方ですから、と述べています。育てた主君への乳母の愛が泣ける一文です。

19日

ありつる扇御覧ずれば、
もて馴らしたる移り香
いと染み深うなつかしくて、
をかしうすさび書きたり。

第4巻　夕顔

乳母を見舞うため庶民街を訪れた光源氏。垣に咲く夕顔を摘ませたところ、隣家の侍女が「これに載せて」と扇を献上してきました。「よい香りで和歌がきれいに書かれた」扇。光源氏が返歌をしたことから、隣の女主人・夕顔との恋が始まります。

ロマンスを招いた扇。この小道具は、古代日本が世界に誇る発明品です。中国から来た「団扇」を開閉可能に改良したもので、逆輸出され大陸にも広まりました。近代には西欧へも伝わって、レディたちの愛用品となり、「ジャポニズム」を牽引したのです。

機械がなかった時代、扇は風を起こす大事なツールであり冷房でした。平安貴族には、顔を隠すエチケット用品でもあり、ぱっと何か書けるメモ用紙代わりで、当シーンの如くお盆でもありました。「あふ（逢ふ）ぎ」という表記から人を結ぶ縁起物ともされ、後世には末広がりのめでたい紋となります。扇絵という絵画ジャンルも生みました。日本文化に深く根づいた民芸品です。

20日

あまえて、「いかに聞こえむ」など言ひしろふべかめれど、めざましと思ひて随身(ずいじん)はまゐりぬ。

第4巻　夕顔

今日は『源氏物語』の技巧の妙をお話ししましょう。この一文は「つけあがって、なんとお返事しましょうなどと言い合っているようですが、不愉快なと思って護衛は帰って参りました」という内容。光源氏から手紙をもらった夕顔とその侍女たちが舞いあがっている様子なので、護衛（手紙を運んだ使者）はうんざりした、という場面です。この文章、二通りに読めます。一つは「実際」女性たちがはしゃいでいた、というもの。もう一つは、護衛が（浮かれ女ども）と「勘違いした」という可能性です。前者なら夕顔はあだっぽい女、後者なら浮かれて見えるのは誤解だった（実は夕顔には動揺する理由があった）と解釈できます。そしてこの巻、どちらで読んでも味がある話に書かれているのです。『源氏物語』は、全編がこのような技法で書かれています。読者は好み・経験に照らして、「自分だけの読み方」ができるのです。

21日

げに、若き女どもの透影（すきかげ）見えはべり。褶（しびら）だつものかごとばかりひきかけて、かしづく人はべるなめり。

第4巻　夕顔

平安女性は身分が高いほど、家の奥に身を隠しているものでした。すると男性たちの関心は、その「けはひ」に向けられます。この文章は一見庶民的な家に「実はレディがこっそりお住まいかも?!」という場面。「褶（しびら）」という簡易な礼装パーツを着けた女性が複数いることから「侍女たちだな、女主人が奥にいそうだ」とわかる訳です。ポイントは「透影（透けて見える人影）」。御簾という薄いバリア越しだからこそ、好奇心がより刺激されるのです。

22日

かの空蟬のあさましくつれなきを、この世の人には違ひて思す

第4巻　夕顔

平安の世では、「恋はプライベート」。スキャンダルで評判を損なうと白眼視されますが、噂にさえならなければ実に自由、むしろ「味わうべき楽しみ」であったようです。『源氏物語』は姫君むけのお読み物なので、「女が旺盛だなんてトンデモナイ！」という建前を貫いていますが、それでも当時の実態は仄見えます。男は迫るもの、女は焦らすものというルールをベースに、「惚れさせる」勝負が繰り広げられています。

この一文はその真骨頂を示すもの。空蟬と呼ばれた女性が逢瀬の後にも「超つれないので、光源氏は『そこらの女とは違う』と惹かれた」と言っています。落とせたなら終わりにできたアソビなのに、と負けじ魂からハマっていく男ゴコロです。続く文ではアテ馬の軒端荻に言及し、「すぐなびく彼女は後回し」と語ります。

恋冷め＝別れの平安世界。空蟬は心理テクで光源氏を振り回し、終身扶養をゲットしたのでした。

23日

さま異(こと)なる夢を見たまひて、合(あ)はする者を召して問はせたまへば、及びなう思(おぼ)しもかけぬ筋(すち)のことを合はせけり。

第5巻　若紫

宿命の恋人であり父帝の妃でもある藤壺との一夜の後のことです。光源氏の行く末を暗示する、第二の予言がくだされます。

第一の予言は、高麗の相人（P.176）によるもの。破格の位がふさわしいが、天皇でも太政大臣でもなさそうな……という、ミステリアスな将来が示された訳です（むろん将来が明々白々では、物語が盛りあがらない訳ですが）。

そしてこの一文では霊夢により第二の予言、「ありえないこと」が告げられた、と語ります。しかし作者は、内容をここでは明かしません。それどころか「これから大きな不幸に遭う」と、夢解き人に言わせるのです。

この霊夢、おそらくは「わが子が天皇になる」という内容だったと思われます。あえて曖昧なままとして、もう一つ「不幸の予言」を追加する作者。読者の興味を引っぱっていく、筋運びのテクが光ります。

24日

夕立して、なごり涼しき宵のまぎれに、温明殿（うんめいでん）のわたりをたたずみ歩（あり）きたまへば、この内侍（ないし）、琵琶をいとをかしう弾きゐたり。

第7巻　紅葉賀

夕立が降り、なごりで涼しい夏の宵。光源氏が温明殿（うんめいでん）（内裏にある神器を祀る建物）あたりを散策していると、源典侍（げんのないしのすけ）が琵琶を見事に弾いていました。

この多情な老女官と、光源氏・頭中将という美青年二人とのコミカルな三角関係は、7巻「紅葉賀」内の一挿話です。「老女の恋」は、平安前期の『伊勢物語』では雅の位置づけでした。それが『源氏物語』では嘲笑されているところに、女性観の変遷がうかがわれます。

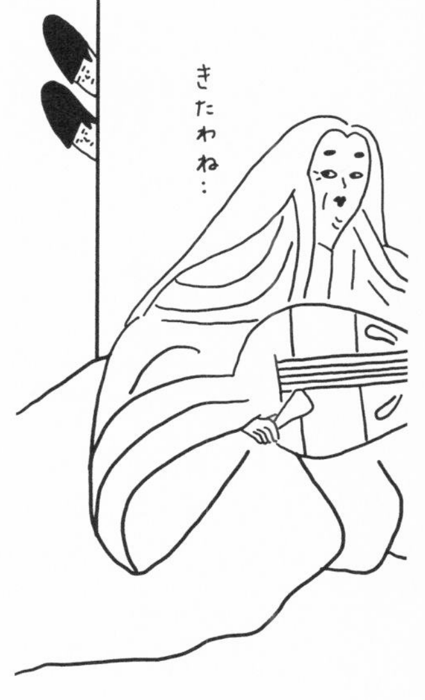

25日

いみじう怒れる気色にもてなして、太刀を引き抜けば、女、「あが君、あが君」と向ひて手をするに、ほとほと笑ひぬべし。

第7巻　紅葉賀

この大騒ぎラブコメの発端は、老いてなおお盛んな源典侍に、若く美しい光源氏が言い寄ったこと。（なぜこの年まで色気づいているのだろう？）と不思議に思い、誘ってみたら相手が乗ってきて、逃げられなくなったという次第でした。噂を聞いた頭中将は、持ち前の女好きと光源氏への対抗意識から、自分も典侍の愛人の一人になります。そしてある晩、二人は典侍の部屋でハチ合わせ。悪戯っ気を出した頭中将が「たいそう怒ったふりをして太刀を抜いたところ、女は動転して『わが君、わが君』と合掌」、それが爆笑ものだった、と語っています。

宮仕え女性には恋多き女が珍しくなく、天皇や皇子に愛された伊勢、兄弟である皇子２人と熱烈恋愛して共に死別した和泉式部など、歌人としても名を馳せた女性たちがいました。『源氏物語』では批判されている源典侍も、琵琶の名手で才気にあふれており、平安宮廷の華やぎを感じさせます。

26日

この御仲(なか)どものいどみこそ、あやしかりしか。されどうるさくてなむ。

第7巻　紅葉賀

光源氏と、親友かつライバル頭中将の、関係性を表す文章です。「このお二人の挑戦し合いっぷりったら、呆れたものでしたねェ。でも煩わしいので以下省略」という、語り手のトボケた口調が軽妙です。作者は光源氏を、最高の貴公子として造形しました。血筋・容貌・才能すべてが至高の男性です。頭中将はその引き立て役として創られています。普通の男性としては文句なく優秀ですが、光源氏と比肩するとややアラが見られるのです。平安の宮廷は事なかれ主義で、左右2グループで競うコンテストでも、「ギリギリまで争った上で左が勝つ」がしきたりでした。光源氏・頭中将対決もその定石どおりで、「頭中将が頑張るけれど、結局は光源氏が上」という、予定調和的な勝負ぶりが描かれます。

今回、源典侍を巡って争った二人。のちには絵合（絵のコンテスト）で激突し、出世でも火花を散らします。でも同時に比類なき親友でもある。平安人が理想としたライバル関係でした。

27日

She sprang from the bed, threw a fragile gauze mantle over her shoulder and fled silently from the room.

第3巻　空蟬

1925年ロンドン。『源氏物語』は新たな読者層を獲得しました。大英博物館で学芸員を務め、中国・日本の古典を愛読していたアーサー・ウェイリー（Arthur Waley）が、『The Tale of Genji』の刊行を始めたからです。それ以前の英訳が部分訳だったり、日本学の大御所バジル・チェンバレンが「退屈で日本語史の資料でしかない」と酷評したりしたあとで、ウェイリーはほぼ全編の訳出を成し遂げ、また「過去の小説中屈指の名作」と当初から見抜いて、『源氏』の世界文学化に道を拓きました。その英訳の特徴は、読者が自然と読めるようにしていること。「彼女（空蟬）はベッドから跳ね起きた、そして紗の薄絹マントを肩に投げかけ、部屋から静かに逃げた」というこの文は、まるで英国の時代劇です。そしてGenji the Shining One（光源氏）は、「香水沁みた薄いスカーフ」に空蟬をしのぶのです。生涯来日しなかったウェイリーには独自のHeian世界が自身の内にあったのかもしれません。

28日

すまじきものは宮仕え?!

いかで、
かかる世の末に、この君を
わがむすめどもの
使ひ人になしてしがな

第15巻　蓬生

宮仕えの原義は「御屋」で使われること、つまり豪家での使用人勤めです。平安貴族は男子の場合、官人になるのが基本なので、キャリアパス＝宮仕えでした。女子の場合……これが大問題だったのです。平安の姫の最上ステイタスは「生涯ご主人さま側でいること」。唯一の例外は「帝への宮仕え」つまり妃になることですが、究極目標は后（天皇の本妻、皇族の一員）なので、脱・宮仕え志向と言えます。ましてやそれ以下の宮仕えは……5月26日（P.161）で触れたとおり、「身を落とす」に近かったのです。

そんな空気を映すのがこのセリフ。赤鼻の姫君・末摘花は宮家の姫ですが、親が死んで困窮にあえいでいます。すると親に遺恨を含む人が「いかで（何とかして）末摘花を、ウチの娘らに宮仕えさせたいものだ」と、舌なめずりして寄ってきたのでした。

清少納言は『枕草子』で「宮仕え、すべき！」と主張しましたが、これは世の中の逆を行く発言。ある意味痛々しい声だったのです。

29日

双六をぞ打ちたまふ。手をいと切におしもみて「小賽、小賽」と祈ふ声ぞ、いと舌疾きや。

第26巻　常夏

生まれ・育ちの難を血筋と努力で克服し、玉の輿に乗るヒロイン・玉鬘。その反面教師が近江君です。似た育ちながら性格は真逆で、双六というバクチっぽいゲームに夢中。「小賽」とおまじないを叫ぶ口調は異様に早口、とダメダメです。声や言葉遣いは、御簾越しの対面が多かった平安レディにとり、最も目立つ箇所。『源氏物語』内でも人々は、相手の身分を声でほぼ特定できており、育ちや教養がバレるポイントでした。声を抑えて話せば誤魔化せるのにと、作者はお説教をかまします。この手の「烏滸（愚かな）」キャラがいびられる様は、現代人にはえげつなく見えますが、平安貴族にはいびるに価する「野蛮」だったのでしょう。

ただこの場面、それなりに魅力的なのが面白いところです。父・頭中将が近江君を見て「似てる」と落ち込むくだりは、双方のキャラの相乗効果で思わず笑ってしまいます。近江君の一本気やほとばしる生命力も、現代人には輝いて見えるところです。

30日

「空(そら)に焚くは、いづくの煙(けぶり)ぞと思ひわかれぬこそよけれ。富士の嶺(みね)よりもけにくゆり満ち出(い)でたるは、本意(ほい)なきわざなり」

第38巻　鈴虫(すずむし)

仏像の開眼(かいげん)供養が行われる日。主催は出家した女三宮です。侍女たちがお香を焚き、扇であおいで拡散していました。それを見た光源氏が「どこで焚いているのか、と思うくらいがよい。焚き過ぎはよくない」とたしなめた場面です。催しの支度を整えるのは、主催者とその侍女たちの役目。人海戦術で挙行する時代だけに、主君は全体を俯瞰してしっかり指揮せねばなりません。幼稚で統率力のない女三宮を、夫・光源氏が補完したひとコマです。

column　平安文化

富士山の軌跡と平安文学

物語の祖『竹取物語』によれば、「帝が遣わした使者が、大勢の侍(さむらい)を連れて登った」ことから、「士(つわもの)に富める山」と命名された富士山。『竹取物語』『源氏物語』『更級日記』が揃って噴煙に言及しており、活動期であったことが読み取れます。

Autumn

7月 Jul.

8月 Aug.

9月 Sep.

1日

されど、よそなりし
御心まどひのやうに、
あながちなることはなきも、
いかなることにか

第4巻　夕顔

のちに晩秋の嵯峨野で光源氏と「野宮の別れ」を迎える六条御息所。彼女は六条あたりに住む超セレブです。加えて光源氏よりかなり年上でした。世間からの注目度も高く、人聞きを気にして取り合わない彼女を、光源氏は猛アピールの果てに口説き落としたのですが……。「しかし結ばれる前のご惑乱のように、熱烈なご様子が今はないのは、どういうことでしょうか」とナレーターは、優雅にも不穏に語ります。

のちに生霊死霊と化し光源氏の妻らを苦しめる、強烈キャラの登場シーンです。彼女は後世、「女の愛執」のシンボルとなり、能楽『葵上（あおいのうえ）』や日本画家・上村松園（うえむらしょうえん）の『焔（ほのお）』など、傑作誕生にひと役買いました。「夕顔」巻の段階では、作者にまだ明確な構想がなかったのか、その素性やバックグラウンドは曖昧です。しかし男の求愛中の熱情と、成就後の盛り下がりが点描され、不幸の兆しが見えているのでした。

2日

中将（ちゅうじゃう）の君、御供（とも）に参る。
紫苑色（しをんいろ）のをりにあひたる、
薄物（うすもの）の裳（も）あざやかに
ひき結ひたる腰つき、
たをやかになまめきたり。

第4巻　夕顔

ラブシーンは作品の華！『蜻蛉日記』の道綱母（みちつなのはは）は、養女に言い寄る男を丹念に描写し、清少納言は『枕草子』で、逢瀬にも美学を求めました。とはいえ平安のラブ観は今とは異なります。

この文は、光源氏が恋人・六条御息所の屋敷を、秋霧にまぎれ立ち去る場面です。牛車までお供する侍女の中将（ちゅうじょう）、その衣装は「季節に合った紫苑色で、薄い裳を結った腰つきが魅力的」でした。光源氏は中将を口説き、彼女はサラリとかわして、そこへ侍童が庭の花を献上しました、まるで絵のようです、と続きます。（え、相手は六条じゃないの?!）と思いますよね。「本命の侍女とも？　ドキドキ！」という成行き、平安的にはアリだったようです。上記の道綱母も養女の求婚者が「自分をも口説く」様を情趣たっぷりに書き留めました。妻の侍女と関係を持つ、妻亡きあとその姉妹を愛するという例も多く見られます。個人という概念が薄かった時代、女性は実家ぐるみで恋愛していたのです。

3日

ものの情(なさけ)知らぬ山がつも、花の蔭(かげ)にはなほ休らはまほしきにや

第4巻　夕顔

平安貴族のものの見方を、端的に表した一文です。「情のない下層民も、美しい花には惹かれ、『その木陰で憩いたい』と思うのだろう」と言っています。これは、光源氏の魅力を描写しています。この後に「光源氏さまを見知っている者は、自分の愛娘や自慢できる姉妹を、『下女なんぞでもよいからお仕えさせたい』と思わずにはいられない」と続けています。

凄まじいほどの褒めっぷり、かつ階級差別ですが、これが当時当たり前の感性です。『枕草子』の清少納言は、女主人・定子皇后に傾倒していましたが、そのベースにあるのも「后」への憧れです。皇室ブランドや高い身分は絶対的に仰ぎ見られ、反面、低い地位・血筋は徹底的に見下されました。背景にあったのが、前世の概念です。仏教により、「前世で善行をするとこの世で高位・美貌に、悪行はその逆」と信じられていました。天皇の子かつ美形の光源氏は、宗教的にも至高の存在だったのです。

4日

急ぎ来（く）るものは、
衣（きぬ）の裾（すそ）を物にひきかけて、
よろぼひ倒れて
橋よりも落ちぬべければ

第4巻　夕顔

平安貴族といえば、丈なす黒髪、裾を曳く衣装といった優雅なイメージ。しかし当然ながら、平安人も「生活」をしていました。この一文は、侍女が「急ぎ来て裾を引っかけて転び、橋から危うく落ちそうになったので」怒って毒づく場面です。この場合の橋とは、高床式の棟と棟の間に架けた通路のこと。常設の立派なものとは限らず、板を仮に置くだけの「打橋」もありました。転んだり怒ったり、建築も素朴だったり。それが平安のリアルです。

5日

すこし雲隠るるけしき、
荻(をぎ)の音(おと)も、やうやう
あはれなるほどになりにけり。
御琴(こと)を枕にて、
もろともに添ひ臥(ふ)したまへり。

第27巻　篝火(かがりび)

平安の照明は日、月、灯火。熱帯夜にも明かりはほしい、でも火はイヤ……という当然の心理から、好まれたのが篝火(かがりび)です。金属製の火籠(ひかご)に割った木材を入れ、庭先に設置して照明としました。当然、手作業にはトンと向きませんが、夏の暑気に苦しむ平安人には、「涼しく、をかしき」光と喜ばれたのです。

そんな「篝火」巻のこの文は、残暑の7月5日頃の夕月が、すでに没した場面。「空にうっすらと雲がかかっている風情や荻の葉風の音も、おいおいしみる時節になった。（光源氏と玉鬘が）琴を枕にして一緒に寄り臥している」と語ります。

この二人、実は禁断の仲。光源氏は昔、玉鬘の母・夕顔を愛し、その縁で遺児・玉鬘を養女としました。が、母と娘、双方と縁を結ぶことは、「国つ罪」に当たる古来の禁忌。『源氏物語』はこの手のタブーに厳格で、一線を越えさせることはありません。結ばれ得ぬ美男美女が琴を枕に添い寝する。危うくも濃艶な情景です。

6日

わが心ながら、
なほ人には異（こと）なりかし、
さばかり御心もて、
ゆるいたまふことの
さしも急がれぬよ。

第46巻　椎本（しいがもと）

周囲から「あの子どう？」と推されると、憎からず思っていてもなぜか一歩引いてしまう、そんな恋があります。人には天邪鬼なところがあるのでしょう。そんなヒネた心が大きな不幸を生む、それが宇治十帖（45～54巻）の世界です。そもそもは、仏教への関心深い薫が、宇治に住む八宮に師事したことが端緒でした。仏教は「執を持つな」という教え。恋との相性は最悪です。そのため薫は、宮の娘に惹かれてもそうとは言いにくく、宮も縁談は持ち掛けられません。三竦（すく）みならぬ二竦みです。

均衡を破ったのは、宮の不調でした。自分亡きあと、よるべない娘たちはどうなるか。案じた宮は薫に「後見（うしろみ）」を依頼しました。この時代、それは縁談に近似します。薫もそれは察知しますが、「自分は変わり者だなあ。お許しを頂いたのに」と、グズグズしてしまうのです。薫には、不義の子という秘密がありました。両親が恋で破滅したことも、その心を屈折させてしまったようです。

7月

Jul.

7日

秋、男女の星が出逢う星祭

七月七日も、
例に変はりたること多く、
御遊びなどもしたまはで、
つれづれにながめ暮らし
たまひて、星逢ひ見る人もなし。

第41巻　幻（まぼろし）

現代の七夕は未だ梅雨、これから暑さが増す季節感ですが、平安には初秋の行事でした。これは旧暦だからで、現代にすれば8月半ば頃に当たります。さて、七夕の目玉は「牽牛（けんぎゅう）・織女（しょくじょ）伝説」です。中国から伝わったこの話は、当然、平安貴族の大好物でした。特に女性には、逢瀬の間遠さを恨んでみせる格好の口実。裁縫の上達を祈る乞巧奠（きこうでん）も行われ、賑やかなお祭りだったのです。

これはそんな祭日に触れた一文です。「例年と違って催しもせず、終日物思いに沈んでお過ごしになり、牽牛・織女の再会を眺める人もいない」と、紫上を追悼する光源氏が描かれます。

彼女の死去は7月または8月の14日で、一周忌も迫っています。興味深いのは法要を支度しながらの、光源氏・夕霧父子の会話。「せめて御子がいれば」「私自身の宿世（すくせ）の拙さだろう」というやり取りです。確かに平安の観念では、子宝は夫婦の「前世の契り」の証。理想的に見えた夫婦の思わぬ欠落が見えるくだりです。

8日

惟光（これみつ）、いささかのことも御心に違（たが）はじと思ふに、おのれも隈（くま）なきすき心にて、（中略）しひておはしまさせそめてけり。

第4巻　夕顔

源義経と弁慶、ドン・キホーテとサンチョ・パンサ……。主従コンビの仲らいは物語の魅力の一つ。『源氏物語』でも光源氏とその乳母の子・惟光の関係性が、特にこの「夕顔」巻で光ります。「惟光は光源氏さまのご希望に最大限添おうとして、自身も隙のない好色者でもあるし、（中略）無理算段して夕顔に逢わせてのけたのだった」というこの一文。惟光の実家の隣に謎のレディ（夕顔）が住んでいて、光源氏が興味を持ったので、惟光が奔走、仲を取り持つことに成功した、という場面です。その際、「惟光自身も好き者なので」とあり、「隣家の侍女集団にちょっかい出しつつ渡りをつけた（ちゃっかりイイ思いもしたらしい）」のです。惟光というキャラの可笑しみと、LOVEをエンジョイする当時の空気が伝わってきます。公務から恋まで硬軟にわたって、光源氏の傍らに影のように寄り添い、でも摘まみ食いもしっかり楽しんでいる。脇役キャラの面目躍如たる惟光です。

9日

いとあさましく
やはらかにおほどきて、
もの深く重き方(かた)はおくれて、
ひたぶるに若びたるものから
世をまだ知らぬにもあらず

第4巻　夕顔

『源氏物語』の冒頭に集中している恋の短編。そこへ一人ずつ登場する新ヒロインを、私は「平安のボンドガール」と呼んでいます。中でも本巻の「夕顔」は人気キャラ。この一文はその人となりを述べています。「呆れるほど従順でおっとり、思慮深さ・威厳は劣り、ひたすら若びた様子だが処女ではない」。ちなみに容姿は別の箇所で、「美貌ではなく、ほっそりと儚げ。特に優れた点はなく、ただただ可憐」と書かれています。そんな彼女に光源氏は（もう少ししっかりしてほしい）と思いつつも、「共に居てとにかく寛げる」、その安らぎに溺れてしまったのです。

　のちにわかることですが夕顔は、光源氏の義兄・頭中将と、かつて結婚していた女性でした。しかし頼れる身内もなく、本妻からは脅迫され、怯えて失踪してしまったのです。今度は光源氏と出会った訳ですが、名乗りもせず、素性も語らず、ただ静かに生きていたのでした。

10日

抜群の資質を持つ主人公、好一対をなす女宮

世の人、光る君と聞こゆ。
藤壺ならびたまひて、
御おぼえもとりどりなれば、
かかやく日の宮と聞こゆ。

第1巻　桐壺

主人公のニックネームについて語る箇所です。別の箇所では命名者を高麗の相人とし、箔づけしています。藤壺の方も光源氏と同等に帝の愛を得ていることから、「輝く日／妃の宮」と併称されました。この物語で「光る」「輝く」と形容されるのは、第一級の人物のみです。当時、「日と月」は天皇と皇后の例えでもありました。まさに「運命のペア」感がある二人ですが、実際は義理の母子。波乱含みの先行きが予想されます。

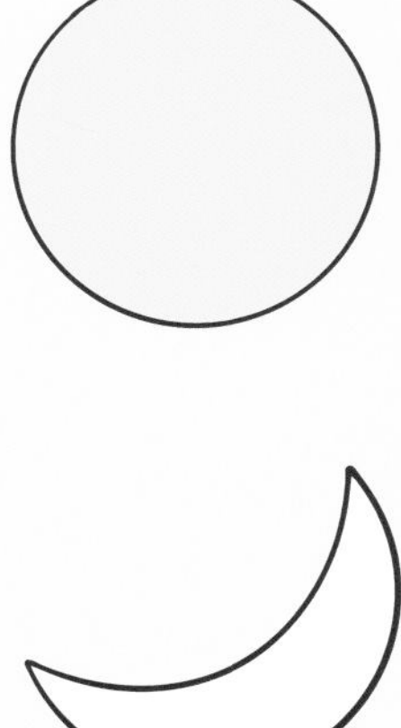

11日

七月にぞ后ゐたまふめりし。
源氏の君、宰相になりたまひぬ。
（中略）参りたまふ夜の御供に、
宰相の君も仕うまつりたまふ。

第7巻　紅葉賀

政争劇かつ心理ドラマとして「これぞ見せ場！」という場面です。当時、妃は大勢いましたが、后（皇后：中宮とも呼ぶ）は原則一人でした。中国から輸入した法律に従い、帝の本妻は后ただ一人、とされたのです。そのため后は、政治的・心理的に重い地位でした。后に選ばれた妃は実家へ一度帰り、儀式ののち盛大な行列をお供に、華やかに宮中入りする習いでした。

7巻「紅葉賀」は、老女とのラブコメを挟みつつ、終盤は本筋にカムバックします。このとき光源氏19歳。密かな想い人・藤壺が后に立つのです。補佐を命じられた光源氏は宰相（参議）に昇進、藤壺が参内する行列に従わねばなりません。皇位から排除された光源氏が、藤壺の皇子・冷泉（実は光源氏の子）を帝位に押しあげ、陰の帝王となっていくには必要なステップです。しかしそのためには、藤壺の立后を間近で見ることに――幸も不幸も極大という、光源氏の人生を象徴する場面です。

12日

最後の悲恋は田舎蔑視発言から

筑波山を分け見まほしき御心は
ありながら、端山の繁りまで
あながちに思ひ入らむも、
いと人聞き軽々しう
かたはらいたかるべき

第50巻　東屋

「筑波山に分け入りたい（常陸介の継子・浮舟を手に入れたい）気持ちはあるが、そんな下々に執着するのは人聞きが悪い」。『源氏物語』最後の恋は、この一文から始まります。薫の浮舟に対する見下しきった視線。受領（赴任する地方官）という階層は、長生きしジリジリ出世しても最終到達点が五位（稀に四位）。元服の年に四位の薫には「あまりにも下衆」でした。ただ、だからこそ恋に卑屈な薫も、関係を開始できた……という皮肉です。

column

物語解釈

「常陸介」が意味するもの

『源氏物語』では、空蝉の夫・伊予介ものちに常陸介となっています。受領の赴任先には4ランクがあり、常陸国は最上位の「大国」で、しかも格の高い親王任国（親王が名目トップの国）。ヒロインの浮舟に多少箔をつけた設定と、一応はなっているのです。

13日

同じことと内々(うちうち)には思ふとも、よそのおぼえなむ、へつらひて人言(い)ひなすべき。

第50巻　東屋

金銭的な後ろ盾を必要としたのは、貧困女性だけではありません。上流貴族の貴公子であっても、出世レースを勝ち抜くには財・コネはあるほど良し。史実の藤原師輔(もろすけ)や兼家(かねいえ)は、父の在世中でも受領の婿となり、富・子をふやして天下をつかみました。

彼らより立場が弱いのが、浮舟と婚約した左近少将(さこんのしょうしょう)です。大将（近衛府長官）だった父はすでに故人。不如意な結婚を解消し、すぐさま常陸介の娘をというあたりに、計算高さが滲みます。

成金と蔑視される受領にとっても、毛並みのよい婿は大歓迎。トントンと話がまとまったところで、浮舟が継子と聞いた少将は、さっさと実子に乗り換えました。その際の言葉がこの文です。「継娘に取り入ってまで介に媚びたいのかと世間に言われる」。継娘の婿じゃ介に貢いでもらえない、という本音を、貴族社会最強の口実「人聞きが悪い」で糊塗(こと)した訳です。成婚後は、浮舟に再び食指を動かした少将、俗物ですがしたたかな生きざまです。

14日

めでたからむ御むすめをば、
要（えう）ぜさせたまふ君たちあらじ。
賤（いや）しく異（こと）やうならむ
なにがしらが女子（をんなご）をぞ、
いやしうも尋ねのたまふめれ。

第50巻　東屋

浮舟の母・中将君（ちゅうじょうのきみ）。もとは八宮家の上臈でした。大臣家の近親で、相当の出自です。宮のお手がついて浮舟を産んだときには、「なし崩し的に奥方になれるかも?!」と夢みたことでしょう。しかし宮に捨てられ、受領の後妻になって都落ちしたときから、身分コンプレックスが吹き溜まります。

一方、夫の常陸介の方は、自分やその生きる世界を見下していることが態度に出る妻が不満でした。自分との子らから浮舟を隔離し、「令嬢」とかしずくのですから愉快なはずありません。

そこへ降って湧いた浮舟の破談。財産めあてにすり寄ってきた婿候補が、浮舟を振ってわが娘を選んだのです。胸がすいた常陸介は嫌味たっぷり妻に言い放ちました。「あなたのご立派な娘御より、それがし如きの賤しく不出来な愚女をご所望ですと」。

常陸介は二心なく妻を守る男で、中将君もその点は深く感謝しています。絆ふかい夫婦、唯一の火種――それが浮舟でした。

15日

二心（ふたごころ）なからん人のみこそ、めやすく頼もしきことにはあらめ。わが身にても知りにき。

第50巻　東屋

浮舟、破談。母・中将君は浮舟の乳母と嘆き合います。しかし「では、かねてからご打診のある薫さまと……」と乳母が言い出すと即座に却下しました。その理由がこの文です。「二心のない人だけが望ましく頼もしい。身に沁みて知りました」。

中将はかつて主君・八宮の愛を受け浮舟を出産。しかし宮に疎まれて居たたまれず、浮舟を連れ常陸介の後妻となったのです。

その辛い経験から中将は言います。「八宮は優雅な貴人だったが、私を妻と思ってくださらなかった。常陸介は中流で粗暴だけど一途」。身の程つりあう人と結婚するのが一番だ、と。

ところがこのあと超セレブの匂宮や薫、その前に跪く常陸介以上の男たちを見た中将は、完全に宗旨替えするのです。二心あっても愛人扱いでもよい、このようなお方と……と。そして自身を娘と同一視するかのように、「玉の輿に乗って上流貴族となる浮舟」という夢を目指し、猪突猛進を始めるのでした。

16日

「ありと見て手にはとられず
見ればまた
行く方もしらず消えしかげろふ
あるかなきかの」と、
例の、独りごちたまふとかや。

第52巻　蜻蛉

終盤の主人公・薫を象徴するシーンです。和歌は「いると思っても手に取れず、見ると思えば消えた蜻蛉よ」という意。「あるかなきかの」は古歌の引用で、出典は諸説ありますが、だいたいにおいて世の無常を噛みしめる歌意です。「いつも通り、独り言を仰るそうですよ」の「いつも通り」は、薫というキャラが登場時から、一人悩み自問自答する人だったことを指します。

現在27歳の薫は、当時としては壮年に当たります。表むきは光源氏の末子として出世を続け、今上帝の愛娘を妻として、華々しい人生を享受しています。しかし裏では実は不義の子で、三姉妹との恋はみな実らず、女一宮・宮君との新たな出会いも不発、満たされず煩悶し続けています。そのクセである「独り言」は、抱える孤独の象徴です。実は薫には子がいません。もしかしたら作者のポリシーで、不義の子は血が絶える運命なのかもしれません。儚い虫・蜻蛉を見つめる孤影に、やり切れぬ悲哀が漂います。

17日

大臣(おとど)も、(中略)
御心落ちゐ果てたまひて、
今は本意(ほい)も
遂げなんと思(おぼ)しなる。

第33巻　藤裏葉

出家、それは「世を捨てる」行為。髪という美しい飾りを断ち落とし、仏道修行の世界に入るのです。平安人にとっては社会的な死であり、周囲が号泣して引き留め惜しみました。

出家の意志を「本意」と呼びます。平安人は輪廻など、仏教の世界観を信じていました。よりよい来世へ転生するには善行を積まねばなりません。そのために出家を、という訳です。光源氏も当時の意識高い系ですから、「本意」は長く深く温めていました。

かと言って出家や僧尼に対するイメージが、ポジティブ一辺倒でなかったのも面白いところです。特に女性の出家には独特の忌避感があったようで、『源氏物語』内では尼姿を「ゆゆし(不吉な)」として、見ることさえ嫌っています。男性も「僧は恨みの心が深い」などと、ネガティブに評されています。真の意味で「聖」になるにはどうしたらいいのか。作者はこの物語を書きながら、自分でも模索していたのかもしれません。

18日

空前絶後の地位は、どこから?!

その秋、太上天皇（だいじやうてんわう）になずらふ御位（くらゐ）得たまうて

第33巻　藤裏葉

平安の文学や歴史をスリリングにしているもの、それは皇位の継承です。政権を握るのは帝の親族なので、最有力貴族であっても、妃となる姫がいない、皇子が生まれない等で凋落します。反面、一時は落ちぶれた宮さまや、何と臣下に降りた源氏だったとしても、そこは運しだい。即位や皇籍復帰の可能性が、ごくわずかながらあったのです。1巻で皇子から降ろされた光源氏の将来が鳥肌モノなのも、このギャンブル性ゆえでした。

6月10日（P.176）に「群を抜いた傑物だが、皇族と人臣、どちらの長でもない」と、摩訶不思議な予言をされた光源氏。その種明かしが、33巻「藤裏葉」のこの文です。「太政大臣を経て、准太上天皇（じゅんだいじょうてんのう）（準・上皇（じょうこう））へ」。謎めいた言葉と制度の間隙を縫う、実にトリッキーな予言成就でした。作者はこの地位をどう考案したのか。『後漢書（ごかんしょ）』や初の女院（にょいん）・詮子（せんし）、初にして最後の准太上天皇・小一条院（こいちじょういん）（1017年）等の説が唱えられています。

19日

「このごろの上手にすめる千枝、常則などを召して作り絵仕うまつらせばや」

第12巻　須磨

『源氏物語』でさりげなく重要なのが絵画です。中下流貴族には絵を特技として売りにする者がおり、上流貴族や姫君が画才で名を残すことも珍しくありませんでした。光源氏はもちろん絵画も得意。須磨への追放は不幸でしたが、その風光明媚にインスパイアされ、画術を進化させます。見ていて心うたれ、「名人絵師に彩色させたい」と、ため息をつく側近たち。このとき描いた絵巻類が、のちに光源氏の最強武器となるのです。

column

平安文化

平安の絵師は分業システム

千枝と常則は、村上天皇（10世紀中葉）の頃に実在した絵師。この場面から、リーダー格絵師が墨の線だけで描いたものに、技術屋の絵師が作り絵（彩色）をするという、当時の絵描き事情がうかがえます。

20日

なつかしうめでたき御さまに、世のもの思ひ忘れて、近う馴れ仕うまつるをうれしきことにて、四五人ばかりぞつとさぶらひける。

第12巻　須磨

官位剝奪された光源氏が、須磨で蟄居しているときの有様です。「光源氏さまの慕わしく魅力的なご様子に、側近らは現実の辛さも忘れ、親しくお仕えできることを喜びとして、四、五人ほどが常に近侍している」。この家来たちは中流貴族層。腹心である惟光・良清（よしきよ）のほか、親族と決別してついて来ることを選んだ右近将監（うこんのぞう）という男が名指しされます。政変の折に光源氏から離反した者は多かったのですが、身を捨てて従った者もいたとわかります。

また光源氏が流謫（るたく）先に須磨を選んだのも、熟慮の結果です。この国の国司（いわば県知事）が子飼いで、差し入れや庇護を惜しまず、また付近に荘園（私有地）があって、彼らも依然忠実に勤めていたからです。当時は貴人でも失脚すると、荘園が地代・労役を出さなくなったり、窮乏から衰弱死に至ったりするものでした。しかし光源氏には慕ってくる部下が未だいたため、彼らに支えられ、逆境の時代をしぶとくサバイブしているのです。

21日

真面目な夕霧少年が、玉鬘に?!

蘭(らに)の花のいとおもしろきを持たまへりけるを、御簾(みす)のつまよりさし入れて、「これも御覧(ごらん)ずべきゆゑはありけり」

第30巻　藤袴(ふぢばかま)

異世界転生、学園もの……現代エンタメにジャンルがあるように、古典にも「型」があります。その一つが「求婚譚」。美女が男に取り合われる話です。おそらく古代の巫女王と、外来の神・君主の婚姻譚が淵源でしょう。こんな人気ネタ、源氏の作者は逃しません。新キャラ・玉鬘を創り出します。これは夕霧が蘭（藤袴）を贈り想いを明かす場面。「あれ雲居雁一筋では？」なんて言うだけヤボ。読者は姫が皆をベタ惚れさせ、フラレた男が悲嘆する様が見たいのです。

22日

「こち参らせよ」とのたまひて、
渡りたまはむことをば
あるまじう思(おぼ)したるを、
正身(さうじみ)はた、さらに
思ひ立つべくもあらず。

第13巻　明石

須磨・明石に蟄居して2回目の秋を迎えた光源氏。寄寓先の明石入道から、娘（明石君）との縁談を打診されます。光源氏は「『では参上させよ』と仰って、ご自身が通うなど論外」という態度。ところが娘はプライドが高く「参上なんてあり得ない」。男が出向くか、女が来るかという、恋の駆け引きの場面です。

この時代は通い婚がスタンダード。レディたるもの、生家でツンと待つのが当然でした。唯一の例外が後宮です。中国の制度を採り入れて、帝が頂点の体制になっていたため、「召された妃が参上し『勤務』をする」スタイルでした。そのせいもあって自分から出向くことは、召人(めしうど)（お手つき侍女）めいた安い女に見えたのです。ただ面白いのは明石君の場合、身分が低く侍女相当だったことです。身分は中流なのに、親に大事にされ過ぎ自己評価が変になっている娘……その箱入りぶりが逆に光源氏のお気に召すことになるという、男女の複雑な心理なのです。

23日

「月頃はつゆ人に気色（けしき）見せず時々這ひ紛れなどしたまへるつれなさを、この頃あやにくに、なかなかの人の心づくしに」とつきしろふ。

第13巻　明石

須磨・明石で流謫していた光源氏が、帰京も間近な頃の話です。契った土地の娘・明石君のもとへ光源氏が連日通うので、家来たちが「『時おりそっと通う薄いお情けだったのに、ここへ来て急におアツくなるとは、女にはかえって辛いよな』と突つき合」っています。光源氏がこれまで、明石君に時々しか逢わなかったのは、都に残した紫上への義理立てでした。しかし帰京が決まったら、明石君への思いも募った……という訳です。恋愛倫理が現代とは違うことで、逆に人の本性が見える心地がします。傍観者である従者らの、野次馬な態度も味を添えます。

地元の娘と都の貴人との儚い恋は、『古事記』の赤猪子（あかいこ）＆雄略（ゆうりゃく）天皇、平安時代には宮道列子（みやじのれっし）＆藤原高藤（たかふじ）の例があります。稀有な出世があり得る夢の恋でした。『源氏物語』では明石君に、光源氏の一人娘を懐妊するという運命的なヘルプを与え、同時に彼女の苦悩も描いて、奥行きある玉の輿譚に仕上げています。

24日

御車をはるかに見やれば、なかなか心やましくて、恋しき御影（かげ）をもえ見たてまつらず。

第14巻　澪標

明石から帰京した翌年の秋、光源氏は住吉大社へ詣でます。そこで明石君とたまたま再会するという感動の場面です。ただし平安は、男女の対面自体がレアだった時代。この邂逅も、光源氏一行の豪華な行列を明石君らがひっそり望見し、あとで和歌をやり取りしたという「だけ」のもの。「だけ」ですが平安視点では大事件なのです。「光源氏さまの御牛車を遠くから見れば、本来なら心慰むはずなのにかえって苦しくて、恋しいお姿も拝見できない」。身分差に打ちのめされる明石君です。

この場面では、光源氏の子らも比較されます。葵が遺した息子・夕霧は行列に美々（びび）しく連なって讃嘆を集め、一方明石君の娘は存在さえ知られていません。それが後の巻では、明石姫君は皇后となり、夕霧は臣下でジリジリ出世するのみ、と大逆転。平安的には「住吉神の御利益」によるスカッとホームランですが、現代人的には「血統・ジェンダー格差」が興味深い話です。

25日

「御庄(みさう)の田畠(たはたけ)などいふことのいたづらに荒れはべりしかば、故民部大輔(みんぶのたいふ)の君に申し賜りて、さるべき物などたてまつりてなん、領(らう)じ作りはべる」

第18巻　松風(まつかぜ)

『源氏物語』は姫君と貴公子の恋の話。そう思いきや、当時の社会問題もサラリと織り込んであります。この文はその一例。明石入道という地方豪族が、放置していた別荘を住居にしようとした際、管理人が猛抗議するセリフです。「田畑が荒廃していたので、故・民部大輔さまにお断りし対価もお納めした上で、所有し耕作しております」。故・民部大輔は、入道の舅と思われる人物。別荘と周辺田畑の所有者でした。地券の相続者（明石入道一家）が「住む！」と言い出したので、長年の占有者が焦っている構図です。管理人は、「はちぶき言」う、つまり口を尖らせて文句を並べると書かれていて、人間味あふれる態度です。

『源氏物語』の細部や脇役は、本筋ではないので美化されず、生活感・魅力を放っています。飯のタネを守らんとする管理人と、権利を盾に駆け引きする入道――田辺聖子女史が『新源氏物語』を書いた際、特に愛を込めて描いた名場面です。

26日

いたうそびやぎたまへりしが、すこしなりあふほどになりたまひにける御姿など、かくてこそものものしかりけれ

第18巻　松風

光源氏が地方で縁を結んだ女性・明石君が上京しました。3年ぶりの逢瀬。その別れ際の、明石君の心中です。「たいそうスラリとしていらっしゃった光源氏さま、少しつりあいがとれるよう（お太り）になられた、それでこそ重々しい」。

背景には、追放中は無位無官だった光源氏が今は内大臣という事情があります。平安人にとって身分は世の基本。大臣という地位は「この世の柱石」です。従って明石君が抱いた「ものものし（厳かな／立派な）」という印象には、「これほどの重鎮がわが男君」という、平安レディの心をくすぐるツボがある訳ですが、それを「肉づき」に感じるのが女性的です。久々に逢ってまた別れる際の恋情が、雅にも艶やかに書かれています。

直後の文章は「ご衣装の裾まで愛嬌がこぼれ出る、と思うのは明石君の欲目」。とろけた女ゴコロと作者のツッコミが絶妙で、何とも巧みな筆さばきです。

27日

ここにて、はぐくみたまひてんや。蛭(ひる)の子が齢(よはひ)にもなりにけるを。

第18巻　松風

光源氏が本妻格の紫上に、「身分低い妻が産んだ娘を養女にしてくれ」と頼んでいます。現代人だと「身分社会ならそういうこともありそう」と、割とスルッと読むくだりです。しかし平安中期にはこれは珍しい、ある意味「物語的な」現象でした。

光源氏は養子縁組の理由を「皇后候補に育てるため」と語っています。また42巻「匂兵部卿」では夕霧が、側妻の子を高貴な妻の養女にしています。当然かのように語られる母親ロンダリングですが、執筆当時、「母は中流貴族」の后は珍しくありませんでした。ただし平安も後期になると、「箔づけの養母」が見られるようになります。『源氏物語』が描いている雰囲気は、時代をやや先取りしていたのです。

なお光源氏は養女縁組に奔走していますが、これも当時的にはレアな父。子供は母の家の一員と見られていて、縁薄い父も多い時代だったからです。光源氏、「先進的イクメン」だったのです。

楽の調べが招くのはロマンスか亡霊か

28日

すこし寝入りたまへる夢に、
かの衛門督(ゑもんのかむ)、ただありしさまの
袿姿(うちきすがた)にて、かたはらにゐて、
この笛を取りて見る。

第37巻　横笛

柏木の遺愛の笛を形見に贈られた夕霧。その晩、夢に柏木の亡霊が出現し、「この笛は子孫に伝えたい」と告げたのでした。

光源氏が儲けた息子・薫の出生を疑う夕霧は、父を訪ねて笛と亡霊の話をします。結局、出生の件は解明できずに終わりますが、笛は光源氏の手に渡り、24年後、49巻「宿木」で再登場します。内親王の新婚の宴、その笛を吹き立てているのは新郎・薫でした。

29日

二の宮見つけたまひて、「まろも大将に抱かれん」とのたまふを、三の宮、「あが大将をや」とて控へたまへり。

第37巻　横笛

古文の授業で、敬語に頭を悩ませた方は多いことでしょう。平安人は対象の身分に合わせて敬意をレベル分けしており、対象が複数に及ぶ場合でも、自然と相応の敬意が現れます。とはいえ、さすがに子供は誤用するもの。「横笛」巻では3歳の匂宮が「宮（自分のこと）を抱き申しあげて！」と相手の動作を謙譲しており、片言の愛嬌があふれます。

取り上げた一文は、この匂宮（三宮）が、兄・二宮と兄弟げんかを始めたシーン。彼らの伯父・夕霧（大将）が匂宮を抱いて連れてきたので、二宮が「僕も抱っこ！」とせがみ、匂宮が「大将は僕のだ！」と引っぱり寄せています。「作者は子供が好きだったのだろうな」と思わされる、慈愛に満ちた描写です。このあと、2歳の薫も走り出てきて、次世代の主役二人が揃います。光源氏亡き後、その陽の部分を受け継ぐのは匂宮、陰を担うのは薫です。でも今は二人ともまだ幼子、無心に遊ぶ様が描かれます。

30日

なかなかまことの
昔の近きゆかりの君たちは、
事(こと)わざしげきおのがじしの
世の営みに紛れつつ、
えしも思ひ出(い)できこえたまはず。

第39巻　夕霧(ゆふぎり)

雲居雁と結ばれ、今も「妻」は他に持たない真面目人(まめびと)・夕霧。それが親友（柏木）の未亡人・落葉宮(おちばのみや)に恋してしまい、悲劇・騒動を経てモノにする話、それが「夕霧」巻です。ただし夕霧が粗暴だった訳ではなく、宮も「尻軽」でなく、それぞれに賢明な二人でした。そうとわかるのがこの一文あたりです。宮の母が病気療養に行くことになったので、夕霧が車等を手配してくれた、と述べた直後の文です。「故・柏木の実の兄弟たちは、かえって、日々の多忙に取り紛れ、宮のことを失念してしまっている」。そしてさらにこう述べます。「すぐ下の弟・紅梅(こうばい)は、下心を見せたので、宮に拒否された」。落葉宮の堅い性格がうかがえます。

ただし、夕霧が「いちまい上手」でした。真面目に徹して落葉宮母子の信頼を得、それから告白したのです。しかしすれ違ってしまい、宮の母の憤死、雲居雁との離婚騒動など、悲惨な醜聞に至る……絶望に満ちたロマンスです。

31日

かかる所に、
思ふやうならむ人を据ゑて
住まばやとのみ、
嘆かしう思しわたる。

第1巻　桐壺

元服と同時に結婚した（させられた）光源氏。当時の婚姻は通い婚から始まるので、母から相続した二条院に居を置きつつ、葵の館へ通います。「もっと一緒に居たい！」という気持ちが募れば、葵の家で過ごすようになって居ついたり、または彼女を二条院へ迎えたりしたことでしょう。しかし、あいにく葵とは反りが合いませんでした。二人はそれぞれ実家（親の家）で暮らします。

平安京は、道が碁盤の目状に走る計画都市。道路の端には水路が流れ、上下水道の役目を果たしていました。当時としては最先端の街なみですが、牛馬が日常的に利用されていたため、その排泄物や時には死骸が、禁じられても水路に投棄され続けました。人にとっても道ばたが普通にトイレです。そのような光景・臭いが日常の平安人にとって、広い庭を持つ邸宅は極楽に見まがう憩いの場でした。「かかる所（このようなところ）」で理想の妻と暮らしたいという思いは、切実かつ見果てぬ夢だったのです。

1日

秋景色の中、亡母の思いが明かされる

野分（のわき）だちて、にはかに
肌寒き夕暮れのほど、常よりも
思し出（おぼいい）づること多くて、
靫負命婦（ゆげひのみゃうぶ）といふを遣はす。

第1巻　桐壺

旧暦8月は野分（台風）の季節です。この一文は、野分めいた風が吹く秋の夕暮れ、天皇が最愛の妃・桐壺更衣の実家に、慰問の使者を送る場面。夕月夜を背景に更衣を悼む思いが縷々述べられます。草木のざわめきや虫の声、女官の衣擦れ、牛車の軋みまで聞こえてきそうな、情感ゆたかな美文体が魅力です。

現代人には、「使者の派遣」の重みが理解しにくいかもしれません。高貴な人ほど籠りがちだった平安貴族は、文や使いのやり取りでコミュニケーションしていました。

特に天皇は、宮中をめったに出られない立場です。そこで典侍（ないしのすけ）・命婦（みょうぶ）など「中の上」層の女官が代わって外出し、天皇と外界をつないでいました。

この場面では、更衣の母と命婦との会話を通じて、更衣一家の後宮政争に賭けた思いが明かされます。それを命婦から聞いた天皇は、遺児（光源氏）を皇太子にしたい、と改めて思うのでした。

2日

闇にくれて臥し沈みたまへるほどに、草も高くなり、野分にいとど荒れたる心地して、月影ばかりぞ八重葎にも障らずさし入りたる。

第1巻　桐壺

桐壺更衣亡き後の、実家の荒廃を描いた一文です。平安貴族は自然美あふれる庭を愛しましたが、それはつまり、手入れする余力を失くした瞬間荒れ始める庭でもありました。更衣の母は既に長らく寡婦。今回さらに娘に先立たれ、すっかり気落ちしてしまったことが、葎（つる草）が伸び、折り重なって八重にもなってしまったという庭のありさまからわかります。

この時代特有の事情もあります。平安時代は、男女の分業が当たり前の社会でした。庭作りや維持は男性の領分です。従って、男あるじ既に亡き更衣実家は、庭の責任者不在の状況。加えて人手の確保も至難でした。平安の雇用・上下関係は、主人自身の魅力や権勢によるところが大きいため、主人が死ぬと家来たちも四散してしまうのです。そんな中「娘のために」と奮闘し、庭も何とか保ってきた更衣母。もはや気力が折れ、伸び放題となった草むらに、月だけは往時と変わらず差しているのでした。

3日

御息所（みやすんどころ）は、かかる御ありさまを聞きたまひても、ただならず。かねてはいと危く聞こえしを、たひらかにもはた、とうち思（おぼ）しけり。

第9巻　葵

光源氏の本妻・葵は、しつこいモノノケに苦しみつつ男児（夕霧）を出産しました。左大臣と上皇を祖父に持つ男児だけに、祝賀イベントも盛大になります。そこへヒヤッと挿し込まれるのがこの二文。「（光源氏の恋人・六条）御息所は、このご様子を聞くにつけ、心穏やかではありません。『一時は危ういと聞いたのに、無事産んだのか、やはり』とふとお思いになります」。

後世、女の嫉妬の代表的存在となり、凶悪イメージが広まった六条御息所ですが、原典の彼女は優婉なレディです。平安の姫君特有の「人に悪意なんて持ったこともない」という箱入り育ちなのです。しかし、葵と車争いになった際ひどく侮辱され、それをきっかけに「心が動」いてしまいました。ついには生霊となり、葵を襲うに至ったのです。「うち思しけり」の「うち」は、「ちょっと／ふと」というニュアンスを表します。常識人の心が軌道を外すきっかけの、「ごくわずか」感が怖いところです。

4日

モノノケは怪異か錯覚か

御衣（そ）などもただ芥子（けし）の香（か）に染（し）みかへりたる。

第9巻　葵

「着衣に魔よけの芥子の香が浸透している」。六条御息所が生霊化を自覚する一文です。このモノノケ、取り殺された葵の周辺では、光源氏しか目撃していないのが肝です。

紫式部は「亡き人にかごとをかけてわづらふもおのが心の鬼にやはあらぬ」と詠みました。内容は、「亡き妻に『モノノケ化して今の妻を苦しめる』と言いがかりをつけているが、自分の良心の咎めでは」というもの。まるで現代の心理学のような分析です。これに従えば「光源氏は気の咎めから『葵を殺したのは御息所の生霊』と錯覚した」となります。

史実の権力者・道長は、亡兄に似た声で喋ったり、モノ憑き女性に襲われたりしました。これらの例は、「自責からの暗示」と見てもよさそうです。とはいえ、平安人は怪異を信じていました。『源氏物語』も他の箇所ではモノノケを描いています。この場面を現代的に解釈しすぎるのは、いささか不適当と言えましょう。

5日

軽々しき心ども使ひたまふな。おぼろけのよすがならで、人の言にうちなびき、この山里をあくがれたまふな。

第46巻　椎本

宇治十帖から物語内時間にして約50年前、5巻「若紫」。奇妙な父娘の噂が流れました。「貴人に嫁げ、無理なら海に飛び込め」、父が娘にそう命じているというのです。この女性・明石君は命令どおり光源氏に嫁ぎ、皇后の生母となりました。いかにもお伽話ですが、当時、親の命令には重みがあったのです。不孝は儒教・仏教の罪でした。作者が明石君に破格の出世というご褒美を与えたのは、親の無謀な命を順守した「良い娘」だからです。なお朱雀帝は父帝の遺言に背き、短期政権で終わりました。

そこで問題です。父の遺言が曖昧だったら、どうすべきでしょう？　この「椎本」巻では八宮が、「軽々しく結婚するな」「よくよくの縁でなければ、ここを出て男についていくな」と娘二人を訓戒し、急逝してしまいます。そして始まった、都の貴人・薫との恋。さて薫は「よくよくの縁」なのでしょうか。ここから恋の糸はもつれにもつれ、悲劇に向かってゆくのです。

6日

六条京極のわたりに、
中宮の御旧(ふる)き宮のほとりを、
四町(よまち)を占(こ)めて
造らせたまふ。

第21巻　少女

出世競争にほぼ勝利した光源氏が、満を持して造営する「一国一城」。六条院の登場です。「六条京極に、養女の秋好中宮がもともと所有してらっしゃるお屋敷を核として、周囲を四町占めて造らせなさいます」。四町は広さを表します。道が碁盤の目状に通っていた平安京、その1区画が1町です。身分社会ゆえ建前では、自邸の広さは位により規定されており、上流貴族の家が1町でした。その四倍ですから、光源氏の出世の程がわかります。

この六条院が面白いのは、和風の邸宅である点です。中国をモデルに国作りをした日本では、内裏（皇居）は唐風でした。帝が中核の御殿に鎮座していて、妃らが参上する形態です。六条院では妻たちは自分の棟にいて光源氏が訪ねていく、日本古来の通い婚スタイルです。外来の文物を崇めるけれど、合わないものは断固と作り変える。俗に「国風文化」と言われるとおり、中華様式をうまく日本ナイズしていた、平安貴族らしい御殿なのです。

7日

年ごろ何ごとを飽かぬことありて思ひつらむと、あやしきまでうちまもられたまふ。

第9巻　葵

本妻・葵が夕霧を産んだ後のこと。この時代のお産は非常に危険で、母か子、または両方落命する例も頻(しき)りでした。実際、葵も「ご遺言を」というところまで至り、でも回復して出産できたのです。そんな妻を前に、光源氏が思うのがこの文です。「この何年も、いったい何の不満をこの人に抱いていたのだろうと、異様なほど葵を見つめてしまう」。ふだんは絵画の姫みたいだったのに、今は飾らない姿をしている。よそ行きの顔しか知らなかった本妻の、繕わぬ様子に魅力を感ずる場面です。

二人が親がかりで結婚したのは、光源氏12歳、葵16歳頃のこと。年の差があり、双方プライドも高く、角突き合わせがちな10年でした。第一子を授かり、わだかまりも闘病・看病のなかわだかまりもとけていって……という情愛あふれるくだりです。この直後。光源氏が秋の司召(つかさめし)（中央官吏の任命式）で内裏へ出勤中に、葵は容態急変し、帰宅まで保たずに逝去しました。

8日

恋人の洗髪は目移りタイム?!

夕(ゆふ)つ方(かた)、宮こなたに渡らせたまへれば、女君は御ゆするのほどなりけり。

第50巻　東屋

匂宮は妻・中君を訪ねました。が、折あしく洗髪中。退屈した宮は辺りを散策し、浮舟に会ってしまう、という場面です。洗髪とヘアドライは『うつほ物語』の「サービスシーン」。男性が運よく目撃して、思わず押し倒し……なんてことも。『源氏物語』はそれよりあっさりしていますが、長髪もてあます姫君のしぐさは、憧れ込めて描かれます。でも「1、4、5、9、10月は洗髪不可」だったので、現代人が思う「美」ではなかったでしょう。

9日

気高くきよらに、
さと匂ふ心地して、
春の曙の霞の間より、
おもしろき樺桜の咲き乱れたるを
見る心地す。

第28巻　野分

常に「真面目」と形容される15歳の夕霧が、父の愛妻・紫上を偶然見てしまう場面です。「清ら（光り輝くよう）」という第一級の美を持つ紫上。「匂ふ」も「丹（赤）」が「秀ふ（現れ出る）」という、華と艶が放たれる様を表します。夕霧少年、完全にノックアウトされてしまうのでした。

義理とはいえ母に当たる人を「初めて見た」とは、現代人には驚きかもしれません。しかし当時は通い婚が多く、父子別居はよくあることでした。また、光源氏自身が継母と近しく育てられ、過ちに至った過去があります。脛に傷もつパパ、先手を打って、美貌の妻はガードを固めておいた訳です。実際このあと夕霧は、生涯紫上に憧れ続けました。「野分」巻、紫上の声が聞けそうで聞こえなかったり、光源氏との「睦まじさ」がチラと見えたりと、作者の「焦らし」文章テクが凄すぎるのです。純情な少年の胸を野分が荒らし去る、優雅にも刺激的な巻なのでした。

10日

かかる人々を、
心にまかせて
明け暮れ
見たてまつらばや

第28巻　野分

「野分」巻は、光源氏の妻・娘の美貌が拝める巻です。彼女らは淑女ですから訳もなく垣間見されたりしません。ここでは野分が口実となります。平安京の顔・羅城門が吹き倒されたほど、「大風」の害が深刻だった平安時代。とはいえ理想の為政者・光源氏の治世ですから甚大な被害が起きるはずはなく（というのが平安の考え方です）、風のため畳んだ屏風類の隙間から、美女たちが夕霧に見えた程度でした……というのが作者の編み出した言い訳です。各キャラは紫上＝桜、玉鬘＝山吹、明石姫君＝藤の花と、シンボル・フラワーで表されます。

嗚呼こんな方々を日々眺めたい、と夕霧は溜息を漏らします。すれば寿命も延びそう、というのが平安の健康観。実のところ女性も同様の考えで、美しいもの・ひとの拝観に熱心でした。ただ男性だと社会的規範から「貴婦人を見る」のは極めて困難。それこそ天皇や光源氏のように、後宮の主なればこそ、だったのです。

11日

女君、もの隔てたるやうなれど、いととく見つけたまうて、這ひ寄りて、御背後（うしろ）より取りたまうつ。

第39巻　夕霧

国宝の「源氏物語絵巻」。丸顔な男女、顔は「引き目鉤鼻」、斜め上から見下ろす「吹抜屋台」等は、どなたでも見たことがあるでしょう。この中で「夕霧」巻の絵は、最も緊迫した画面です。現代の目には、まったりと見えますよね。でも女性の目が吊りあがり気味で（0.001ミリ程度、たぶん）、ぬっと立っていて（姫には不作法）、手も丸出しです（レディは袖で隠すのが通例）。つまり、これは夫婦ゲンカのシーンです。「妻・雲居雁は、屏風とかの向こうにいるようだったけれど、女性からの文を即見つけ、夫・夕霧にそっと近づいて背後から取った」。

取られた夕霧も至ってのどかで、「はしたないことをなさる」と溜息をつくのみ。やはり、基本が雅な方々なのです。ただこのケンカ、影響は甚大でした。妨害により返事が遅れ、夕霧が求婚中の落葉宮邸では、「宮は捨てられた！」と誤解が発生。落葉宮の母は重病だったため、悲観して悪化、逝ってしまうのです。

12日

幸せは、手に入れた瞬間、うしろ髪が……

いまはかくて見るべきぞかしと
御心落ちゐるにつけては、
またかの飽かず別れし人の
思へりしさま
心苦しう思（おぼ）しやらる。

第13巻　明石

須磨・明石に流離した光源氏ですが、8月に晴れて帰京し妻・紫上と2年半ぶりに再会、喜び合います。この幸福な場面、作者は喜色一辺倒にはしませんでした。「今や紫上と逢っていられるのだ、と安堵するにつけても、明石で別れたあの人（明石君）の、悲しんでいた姿が心苦しく思い出される」。妻を複数持ち、その融和に腐心しなければならなかった、平安の貴人ならではの心理です。とはいえ最高に喜んでよいときに、何かが妙に気になったりする現象と捉えれば、今も意外とある葛藤な気がします。

似た心象は49巻「宿木」でも描かれます。後半の主人公・薫と帝の愛娘との縁談がまとまるくだりです。当時の男性最高の栄誉に、薫も自尊心はくすぐられます。しかし一方で「いかなるにかあらむ、心の内にはことに嬉しくも覚えず……」と、失くした恋ばかり思い出されるのです。天邪鬼なのか、幸せが怖いのか。人の心はいつの世も、十全とは行かないようです。

13日

夜一夜（よひとよ）さまざまのことをし尽くさせたまへど、かひもなく、明け果つるほどに消え果てたまひぬ。

第40巻　御法

女君は秋死ぬ。冗談のようですが本当です。最期が書かれぬキャラも多いのですが、明示されているケースでは最多が秋、それも名月の前後です。「当時は冷房もなく、夏を何とか越えた病人が秋口に力尽きて」等と考えたくなりますが、単に絵になる季節だから、と言えそうです。紫上の臨終は、まさに典型例。旧暦14日の明け方亡くなり、翌夜の火葬は月が最も明るい時期にもかかわらず涙で見えない、と描写されます。

なお、紫上は出家を切望していましたが、果たさず死去しました。これを光源氏の引き留めによるもの、つまり煩悩・未練の象徴と見る向きがありましたが、『源氏物語』は「罪」なきヒロインは出家させない、と見る方が妥当でしょう。

死を「穢れ（けが）」とみなしていた時代です。准太上天皇の夫、后の養女につき添われ、手を取られて逝った紫上は、社会的にも家庭的にも幸せなラストを得たのでした。

14日

There she is, just as she always was, but you can tell that it is all over.

第40巻　御法

「ここに彼女はいる、いつもいたのとまったく同様に、でもわかるだろう、すべては終わったんだ」。アメリカ人の日本文学研究者ロイヤル・タイラー氏の件は5月22日（P.157）で少し触れました。これはその翻訳に成る『源氏物語』の一文です。

原文は「かく何事もまだ変はらぬけしきながら、限りのさまは著(しる)かりけるこそ」。愛妻・紫上が息絶えたあと、その死顔を見つめている光源氏が、息子・夕霧に語りかけたセリフです。

物語内時間にして15年前、六条院を野分が吹き荒らした翌朝。夕霧は紫上をかいま見たことがありました。あまりの美貌に我と我が心がおそろしくなり、また真面目人(まめびと)なので恋慕の情は抑え込みましたが、以来ずっと密かに思慕してきたのです。長年の憧れが凍結された瞬間。まだ生前のままの姿に見入りつつ、しかし魂は去った事実を突きつけられた二人の悲嘆が、is（いる）とwas（いた）でキレよく描出されています。

15日

原文でも中文でも同じ白居易

凝望月色，
想象京都各人情状。
継而口吟
アールチエンリーワイグーレンシン
“二千里外故人心”

第12巻　須磨

「月を凝視し、京の各人の気持ちを想像して、朗詠を続ける、『二千里の外（ほか）の故人の心』と」。原典だと「月の顔のみ、まもられたまふ。『二千里外故人心（にせんりのほかのこじんのこころ）』と誦（ず）じたまへる」。白居易の詩を引用している部分が、中文（中国語）と同じ表記で原文に現れるのが新鮮です。「楊貴妃」や「戚夫人（せきふじん）」など中国の著名人を自然に引用していた平安貴族、唐と京は時空を超え近接していたのです。

16日

八月十五夜、隈（くま）なき月影（かげ）、
隙（ひま）多かる板屋（いたや）残りなく漏（も）り来（き）て、
見ならひたまはぬ
住まひのさまもめづらし

第4巻　夕顔

旧暦8月15日は中秋の名月。絵になる場面だけに、繰り返し『源氏物語』に登場します。なかでも印象深いのが「夕顔」巻。今日から13日間にわたってお話ししていきましょう。恋の山場は別の日に譲り、今日は舞台の庶民性に注目してみます。

このロマンスは、平安の庶民街で展開されています。粗雑な板葺きの屋根からは、月光があちこち漏れて差し込み、室内を仄かに照らしています。高価な檜皮（ひわだ）葺（ぶ）きに慣れた光源氏には、「灯火がないのに薄明るい」という意外な光景です。続く文では「ああ、とても寒い」「仕事が上手く行かないよ」などと、暮らしの不如意を嘆く会話が周囲の家から聞こえてきます。臼をごろごろ引く「騒音」も耳障り。そんな貴族にとっては耐え難い状況も「夕顔可愛さに清新」という、光源氏のメロメロぶりを語る文脈なのですが、現代の我々には、平安の庶民の暮らしぶりが新鮮な名場面です。

17日

白妙(しろたへ)の衣(ころも)うつ砧(きぬた)の音も、かすかに、こなたかなた聞きわたされ、空とぶ雁(かり)の声とり集めて忍びがたきこと多かり。

第4巻　夕顔

　中秋の名月の晩、庶民街の小家で超セレブが一般女性と一夜を過ごす。現代で映画に撮るなら、ムーディーなBGMがつく場面でしょう。紙と筆しかない平安のエンタメでは、この文のような言葉で飾られます。砧（衣板）とは、アパレル製造の道具の一つ。布を木づちで叩く際の台のことです。手作業で製糸していた時代ですから、生地類もごわごわしていました。それを柔らかくし艶を出すために、砧に載せて叩くという作業があったのです。

「そんな砧を打つ音が、あちらこちらから微かに聞こえてきて、名月の空からは渡り鳥・雁の声。秋夜の冷涼、寂しさが身に沁みる要素が多い」というこの文章。「白い服」を美化して「白妙の衣」といい、さらに「砧の音」「月」「雁」と秋の象徴を取り揃え、しみじみ風景を演出しています。注目すべきはこの情景が、漢詩の定番を踏まえていること。「漢文は男性の学問」が平安の建前ですが、実際は女性もこのように嗜んでいました。

8月

Aug.

18日

宗教行事は、人命より重い？

御岳精進にやあらん、ただ翁びたる声に額づくぞ聞こゆる。立ち居のけはひ耐へがたげに行ふ、いとあはれに

第4巻　夕顔

光源氏が夕顔と過ごした翌朝のこと。近所から「御岳精進（霊場・金峯山に参詣するための潔斎）」の気配が聞こえてきました。「老人の声と拝礼している音。立ち居も辛そうに懸命に勤めている。感動的だ」。この御岳精進、50日または100日という長期間にわたって身を清め勤行するものでした。当然負担は大きく、現役世代なら公務にも障ります。そのぶん御利益もあるとされ、大願ある人が全力投球で挑みました。

53巻「手習」では御岳精進を妨げぬよう、家から病人を搬出する光景も描かれます。死穢が生じると潔斎が台無しになるからですが、現代とは価値観が異なりますね。それほど重視されていた金峯山詣で。1007年には権力者・藤原道長が、41歳という初老の身でやりとげています。翌年、孫（のちの後一条天皇）が誕生し、その栄華が確立されたので、「霊験あらたか！」といっそう尊崇されました。

19日

いさよふ月に、ゆくりなく
あくがれんことを、女は
思ひやすらひ、とかくのたまふ
ほど、にはかに雲がくれて、
明けゆく空いとをかし。

第4巻　夕顔

夜を共にした男女が明け方、別れを惜しむ。恋が夜のものとされていた平安時代、この「後朝（きぬぎぬ）」は切ない時間でした。折からの空の美も相まって、まさに動画で撮りたくなるひととき。IT機器がない時代ですから、和歌など「ことば」で残したのです。

この文章も、その一例。「十六夜の月に誘われるように出かけようとは、女は決めかね、男が懇々説くうちに、ふと月は雲隠れ、明けていく空……美しい」。男（光源氏）が女（夕顔）に「一緒に出かけよう」と誘いかけ、その背景で空の風情が変わっていくという、短編映画のようなシーンです。

ポイントは、男が女を連れていこうとしている点。「愛しすぎて離れたくない」証しです。女は迷いまくり、男は口説きに口説いて押しまくる（これが平安の恋の定型です）。十六夜の月の、出も入りも遅いところ「いさよひ（躊躇い）」に、女の悩める様が重なる——優美な意味・語感の一文です。

20日

月夜のランデブー、密かなる目撃者

右近、艶なる心地して、来し方のことなども、人知れず思ひ出でけり。

第4巻　夕顔

夕顔に惚れ込んでしまった光源氏。「自邸に迎えようか」とさえ考え始めます。そしてある朝、夕顔を連れ出したのでした。平安の貴族女性は、基本外出しません。彼女らにとって外界は、異性や悪人、病魔など危険がいっぱいです。魅入られないよう籠って暮らせる富裕さこそ、令嬢のステイタスでした。という訳で夕顔の道行は、現代の比でない大冒険。ほぼ同時代の女性の自叙伝『蜻蛉日記』『和泉式部日記』でも、夫に逢うため牛車で出向く・男と同乗で出かけるのは、非日常感みなぎるイベントです。恋人同士から一歩進んだ、パートナーの証と言えましょう。

これほどの恋の重大事が、「二人きり」でないのが平安らしい所です。夕顔の場合、侍女・右近がついてきました。そして右近は（ああ、ロマンチック……あの時みたい）と恍惚とするのです。夕顔の元カレ（頭中将）を思い出し、オーバーラップさせているのですね。現代の目には、なかなか刺激的な状況です。

21日

何心（なにごころ）もなきさし向かひをあはれと思（おぼ）す

第4巻　夕顔

光源氏は、なぜ夕顔にここまで惚れ込んだのでしょうか。それは、平安の貴婦人が「思いあがり」を美徳としていたことと無縁ではありません。当時、高貴な姫は外出すら滅多にせず、接する人間は親族か、選りすぐられた使用人だけ。究極のタコツボで「姫！」とひたすら崇められる……当然、自己肯定感いっぱいに育ちあがります。現代なら「社会に揉まれないとわがままになる」と考えますが、平安の階級社会では、「揉まれて練れた性格」は下位者の証拠、卑屈さです。上流の女性は頭が高いものでした。

という訳で、光源氏が普通に出会った女性は、皆プライド高い貴婦人でした。この「夕顔」巻でも、六条に住む極上のレディと交際中です。しかしこの女君、重過ぎる人で……。そこへ夕顔という、底抜けにピュアな女性と知り合った光源氏。「気遣わず向かい合う感動」を知り、六条にすまないと思いつつも、すっかり溺れてしまったのでした。

22日

物語屈指のホラーシーン

すこし寝入りたまへるに、御枕上（まくらがみ）にいとをかしげなる女ゐて、（中略）この御かたはらの人をかきおこさむとす、と見たまふ。

第4巻　夕顔

夕顔が取り殺される場面です。「（光源氏さまが）眠りに落ちたところ枕元にたいそう美しい女がいて、（中略）横の夕顔を引き起こそうとする、と夢でご覧になりました」。略した箇所では、「儂（わし）が『とても素晴らしいお方』と拝見しているのに」「こんなつまらない女をお可愛がりになって」と恨み言を述べています。「いと（とても）をかしげ」と魅力的な外見なのに、言葉遣いは異様に古風でふるまいは暴力的……そのギャップが不気味な女性なのです。

23日

うたて思(おぼ)さるれば、太刀(たち)を引き抜きてうち置きたまひて、右近(うこん)を起こしたまふ。

第4巻　夕顔

刀剣。戦士には武器であり、美術品、史料としても貴重なアイテムです。古来スピリチュアルな価値も重視され、皇室のレガリア「三種の神器」にも含まれています。天皇の外出時、女官がこの剣を捧げて従う姿は、『紫式部日記』にも記録されました。

現代に伝わる名刀の多くは、武士が活躍した戦国時代以降のものですが、平安期の刀剣も伝来しています。それらに目立つのは「蜘蛛切(くもきり)」「鬼切(おにきり)」などと、土蜘蛛や鬼、つまり妖怪を退治した逸話を持っていること。ここに平安の「刀の使い道」がうかがえます。「光源氏さまは不気味さを察知されたので、太刀を抜いて置き、右近（侍女）をお起こしになった」。荒れた宿での就寝中、モノノケに襲われた光源氏が講じた対策です。構える・振るではなく、設置しているのです。侍女を起こしたのも、人の気配による邪気払いを狙っています。まだ武家の世ではなかったこの時代、刀剣の役目は霊的な護衛だったのです。

24日

風すこしうち吹きたるに、人は少なくて、さぶらふかぎりみな寝たり。

第4巻　夕顔

ホラー風味の恋愛短編「夕顔」巻の一文です。
「風が少し吹いていて、人は少なく、家来たちはみな寝ている」。現代人には単なる情景描写かもしれません。しかし平安人にはゾッとする文章なのです。

致死的な感染症が頻々と流行り、若者が死ぬことも珍しくなかった平安時代。人々は原因をモノノケや呪詛のせいと考え、それなりに対策をしていました。その一つが「ひとけ」です。大勢がいて、しかも起きて見張っている。その安心感を、平安人は「魔を遠ざけることができている」と解釈していたのです。

従って、「人は少な」いのは魔物がウヨウヨ来ている状況。加えて護衛がみな爆睡していたのです。モノノケに襲われ病人が出ている中、護衛らを呼んでも一人も現れず、詰所に来てみたらこの体たらくだったという訳で、読者らの絶望感が想像できます。実際、挽回策むなしく夕顔は、命を取られてしまったのでした。

おきてる?
おきてるわよ

25日

内裏(うち)を思(おぼ)しやりて、
名対面(なだいめん)は過ぎぬらん、
滝口(たきぐち)の宿直奏(とのゐまうし)
今こそ、と推しはかりたまふは

第4巻　夕顔

平安文学や日記には、時間が小まめに記録されています。催しや引越し等まで「時の吉凶」に従い実施していたからです。でも腕時計の類はない時代。どう時を知ったのでしょう。答えは「太鼓の音」です。宮中に漏刻(ろうこく)（水時計）があり、陰陽寮(おんようのつかさ)所属の漏刻博士が計測して、時間ごとに守辰丁(ときもり)（陰陽寮の職員）に太鼓を打たせていました。

でも、それらを聞き逃したら？　意外と有効だったのが、日・月の位置からの推定です。モノノケが出たこの場面は16日。光源氏は月光から推測し「内裏で名対面（午後9時頃の点呼）は過ぎただろう。滝口（内裏警護の詰所）の武士たちが点呼してる頃か」と、見当をつけました。とはいえ、時間の縛りは総じて緩やか。日記類には「遅刻者に使者を送り急がせた」「儀式を開始できずにいるうちに縁起のよい時が過ぎてしまった」等々の記載があります。今と比べるとのどかなものですね。

26日

凄惨にも美しい月夜の東山

十七日の月さし出でて、
河原のほど、御前駆の火も
ほのかなるに、鳥辺野の方など
見やりたるほどなど、物むつかし

第4巻　夕顔

逢瀬が一転、死別に。夕顔は魔物に襲われ急逝しました。光源氏も死穢に触れて病みますが、「最後に一目」と遺体に会いに行きます。穢れは伝染る、有害と思っていた時代ですから、蛮勇に近い決断といえましょう。思い立った光源氏も一途ですが、「そこまで仰るなら」と腹を括る、腹心の従者・惟光の献身もけなげです。そしてこの文章の場面に至ります。「十七夜の月が昇って、鴨川の辺りは、先駆けの者が掲げる灯りも控えめで、鳥辺野の方を見やると何となく気味悪い」。

背景を知らないと、ニュアンスの解りにくい一文です。鴨川は平安京の東側を流れる川。従って「都（霊的に守られた空間）は既に出た」訳です。その川原や葬送地である鳥辺野には、亡骸が日頃から放置されていました。つまり平安人的には「よからぬモノ」が、うようよしている一帯です。その「物むつかし（ゾッとする)」感、伝わるでしょうか。

27日

建都以前からの信仰の地

清水（きよみづ）の方（かた）ぞ光多く見え、人のけはひもしげかりける。

第4巻　夕顔

京都に現存する古刹・清水寺に言及した、短くも重みのある一文です。「清水の方角には光が多く見え、人の気配も濃密だった」とのこと。場面は、光源氏が夕顔の亡骸を訪ねて東山に到着したところです。ゾッとするような風景の中、彼方の清水一帯には光とひとけがあります。つまり邪気を寄せつけぬ空気を放っているのです。このあと光源氏は魂を抜かれかけて惑いますが、惟光が清水の観音に祈願、危地を脱するのでした。

28日

我にいま一たび声をだに聞かせたまへ。

第4巻　夕顔

「私に今一度、声だけでも聞かせてください」。死せる夕顔の手を握り、光源氏が発するセリフです。現代人でも大事な人の葬儀なら言いたくなるでしょう。ただし、平安ではニュアンスが違いました。実のところ、当時は「臨終」概念があやふやだったのです。のちの「若菜下」巻では紫上がいったん絶息しながら、猛烈な祈禱の効果で蘇生しています。夕顔の死の場面でも「息もせず」＝死ではありません。「モノノケに取られかけた魂は強い意思・有難い祈禱で取り返せる」、それが平安の考えだったのです。

　言ってしまえば「人体の知識が未熟」に尽きますが、脳波なりを測れる時代ではなかったため、諦めがつかなかったということでしょう。「葵」巻では死を認めず「看病」を続けたので、腐敗が始まる様子が描かれます。史実でも権力者・道長が、娘の死の際「魂呼（たまよばい）」というレアな術を試みさせています。「ご臨終です」と断定してもらえるのは、むしろ救いなのかもしれません。

29日

意外と多忙な官僚たちの東奔西走

「しか。まかではべるままなり。
朱雀院(すざく)の行幸(ぎやうがう)、
今日なむ、
楽人(がくにん)、舞人(まひびと)定めらるべきよし」

第6巻　末摘花

平安貴族といえば「怠惰」「恋と遊興に明け暮れていた」等と、歴史書にも書かれた時代がありました。近年では、彼らなりの政治観に基づいて行事や遊び（演奏）をしていた事実や、勤務時間のブラックな側面が指摘され、名誉回復（？）されつつあります。

この文章は、彼らの働きぶりが透ける場面です。8月20余日の朝、光源氏がまだ寝ているとき、親友・頭中将が訪ねてきて寝所近くまで上がり込みました。光源氏が「宮中から？」と訊いたところ、「しか（Yes)、夜勤明けの足で来た」と答えます。そして10月に行われる朱雀院への行幸という催事について、「パフォーマーの選定日は今日に決まった」と告げるのです。しかも続くセリフで「このあとまた宮中へ戻る」とのこと。夜勤明けからの連勤という訳です。なお寝起きの光源氏、昨夜は末摘花のもとで過ごし、帰宅し二度寝していたところでした。その多忙さと照らし合わせると、（色好みって、つまり体力?!）と思ってしまいます。

30日

「思(おぼ)しおきつるやうに 行ひの本意(ほい)を遂げたまふとも、 さりとて雲、霞(かすみ)をやは」など、 すべて言(こと)多く申し続くれば、 いと憎く心づきなし

第47巻　総角(あげまき)

『源氏物語』は後へ行く程、リアルで絶望的な内容となっていきます。前半は「白馬の王子様」光源氏が、身寄りのない女性も妻に迎えてくれました。しかし39巻「夕霧」では、貧しい内親王・落葉宮が、身過ぎのために泣く泣く結婚する様が描かれます。取り上げた一文も、そのような写実主義路線です。落ちぶれ宮家の長女として、誇りを抱いて生きる大君が、侍女の弁にあけすけに諭されています。「ご希望どおり出家なさるとしても、雲・霞を（吸って生きていくおつもり）？」。老いた侍女らしく現実的に、主家（と自分）の利益を考え、富裕な薫との結婚をせっつく弁。あまりの言葉に大君は「憎く不愉快」と突っ伏してしまいます。

親族間扶養が生きる術だった平安時代。庇護者のない女性は出家しても生きる術がなく、僧侶らの「具（慰みもの）」や「洗濯女」になる者もいました。宗教心と教養に満ちた貴族が、現世を「穢土(えど)」と絶望したのも、無理からぬ話と言えましょう。

8月

Aug.

31日

最も悲劇的な箇所にはあえて水差しを

またたぐひおはせぬをだに さうざうしく思(おぼ)しつるに、袖の上の玉の砕けたりけむよりもあさましげなり。

第9巻　葵

娘に先立たれた老人の悲哀を書いた箇所です。亡くなったのは光源氏の本妻・葵。嘆いているのはその父・左大臣です。彼には妻が複数いましたが、最も大事な妻は大宮であり、間に男児一人（頭中将）、女児一人（葵）を儲けていました。「大宮に他に娘がなかったことさえ残念だったのに、その葵が逝ってしまって、掌中の珠が砕けたよりも茫然としている」。

慟哭も当然のこの事態を、鋭い洞察力であえて「混ぜっ返す」のが源氏の作者です。左大臣の悲嘆に逆の要素を挿し込むのです。例えば、上皇から手厚い弔問が来る場面。光栄だ、嬉しいという感情が混じることで、左大臣はさらに号泣してしまうのです。また、光源氏が書いた挽歌を、涙目をこすりこすり読む場面。控えている若い侍女たちは、老爺のそんなしぐさを見て「悲しい中にも微笑む者があるようだ」という状態に。「悲しい悲しい」一辺倒でないからこそ、リアリティと厚みが増す心理描写です。

1日

風うち吹きたる夕暮れに、御箱の蓋に、いろいろの花紅葉(もみぢ)をこきまぜて、こなたにたてまつらせたまへり。

第21巻　少女

光源氏の理想の住まい・六条院。四季を代表する四つの町から構成され、それぞれに光源氏の妻・娘が住んでいます。この文章は、秋の町の女主人・秋好中宮が、自分の庭の美しい紅葉を、春の女王・紫上に贈った場面です。季節の草花を贈答するのは、平安貴族定番の楽しみでした。贈り方も、景勝地を模して小ジオラマ風に仕立てるなど、手芸とセンスの粋を凝らしたのです。和歌を添えるのもお約束。その内容は相手をちょっと挑発するようなものと決まっていました。秋好中宮も自分の庭の紅葉を使って、お国自慢ならぬわが宿自慢を仕掛けてよこしたのです。これに対し紫上は、3月22日（P.94）で紹介したように、春の美点を主張する和歌を詠み、春めいた情景を造り物で仕立ててお返ししました。春秋優劣論という、平安の教養人のたしなみだったディベート合戦の一変形でもあります。女性たちが美と教養を競い合い、友情も育んだ六条院。紫式部が空想した理想の空間なのです。

2日

斎院(さいゐん)は御服(ぶく)にて
おりゐたまひにきかし。
大臣(おとど)、例(れい)の思(おぼ)しそめつること
絶えぬ御癖(くせ)にて、御とぶらひなど
いとしげう聞こえたまふ。

第20巻　朝顔(あさがほ)

20巻「朝顔」～21巻「少女」前半は、光源氏と従妹・朝顔宮との交渉が描かれます。本筋とは関わりが薄く、中年の恋、家庭・世間のしがらみ、そして日常への回帰が語られる、仄かにビターな挿話です。発端は朝顔宮が服喪のため神職・斎院を辞し、結婚できる身となったこと。長年、友人以上・恋人未満だった光源氏は、格好のチャンス到来と頻繁に手紙を送ります。とはいえ光源氏、このとき32歳で内大臣。40歳から老人の時代ですから、いわば壮年の大企業重役です。正直情熱は燃えあがらず、かといって思い切るには悔いがある、そんなほろ苦い恋でした。

光源氏の「思い初(そ)めた恋は忘れない性質（癖）」は、平安男子の美徳。『うつほ物語』ではヒロイン・あて宮が、長年の求婚者・仲忠(なかただ)の、今も変わらぬ懸想を夫に語り聞かせて褒め、夫もその「心長さ」を称えています。現代人には「仲忠も今は既婚者」と引っ掛かりますが、平安人は「思いの不変」を重視したようです。

3日

げに人の言(こと)は虚(むな)しかるまじきなめり、気色(けしき)をだにかすめたまへかし、と疎ましくのみ思ひきこえたまふ。

第20巻　朝顔

日本史は、多くの時代が一夫多妻でした。ただ時代差が大きいため、読み解くには注意が必要です。平安の場合、宮仕えの女性などは「多夫多妻？」というくらいフリー恋愛でした。上流になるほど、儒教仏教のタテマエや世間体を意識して、女性に貞操を求めがちになりますが、それでも他国や後世に比べると「密通」に極めて寛容です。夫が「来ずなりぬる」後や死別後の再婚は妃レベルでも起きており、「二夫にまみえず」観念は未だ見られません。ただ、恋が自由であるぶん、離別後の女性、特に家や財産がない人は、窮死や誘拐・行方不明も珍しくなかったのです。

この文は本妻格の紫上が、光源氏の恋の噂を聞き、不安になっている場面。「仄めかすくらいしてくれればいいのに」という言い方から、浮気自体は問題でないとわかります。自分（本妻）の了解を取った上での「遊び」なのか、他の女性を本妻にするつもりの「本気」なのか。本妻の座も安泰ではない恐怖です。

4日

すべてが完璧な手紙、唯一の問題点

朝ぼらけに霧(き)りわたれるに、
菊のけしきばめる枝に、
濃き青鈍(あをにび)の紙なる文(ふみ)つけて、
さし置きて往(い)にけり。

第9巻　葵

　本妻・葵の死を嘆く光源氏。服喪しつつも悲哀・虚しさが募ります。秋も深まった日の早朝、菊に結んだ弔問の手紙が届きました。使者は通例のお駄賃なぞは要求せず、ちょいと置いてスッと霧の中へ消えたのです。その気配りやセンスに感心しつつ手紙を開いた光源氏が、送り主に気づくという展開になります。何と、葵を取り殺した生霊の主・六条御息所だったのです。なまじすべてが優れた手紙なだけにと、光源氏の嫌悪が募る場面です。

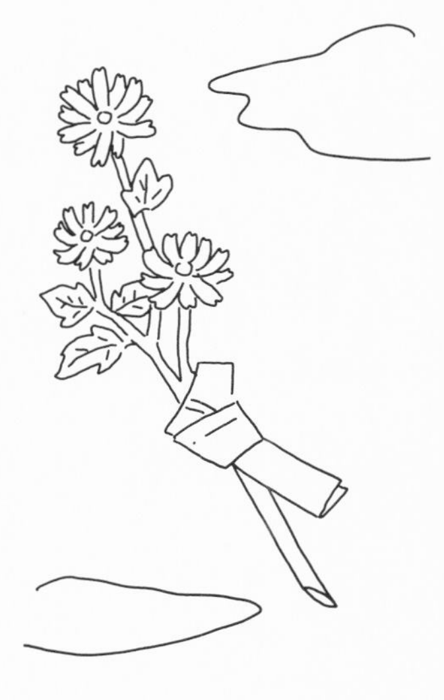

5日

「扇ならで、これしても月は招きつべかりけり」とて、さしのぞきたる顔、いみじくらうたげににほひやかなるべし。

第45巻　橋姫

二人の美女が琴・琵琶を弾き、それを貴公子が垣間見ている(P.6下)。物語中屈指の「絵になるシーン」です。源氏絵・日本画の定番画題でもあります。この場面、姉の大君と妹の中君、琵琶を／琴を弾いているのはどちらか、と論争になってはいるのですが、いずれにしろ八宮家の美人姉妹と主人公・薫との、恋の起点となるシーンです。「扇でなく琵琶の撥でも、月を招けましたわ」と、月が雲間から現れ出たことを、故事を踏まえて告げる教養ゆたかな姫。この文章の続きでは、もう一人の姫も別の故事を引き混ぜっ返します。月がさやかに照らす美貌と雅な会話、さっきまで聞こえていた見事な合奏。薫はたちまち魅了されます。

姉妹の父・八宮と薫は旧知の仲。ならば恋もトントン拍子に、とはいきません。実は薫は故・柏木の不義の子。光源氏の末子と愛で称える世人に、薫は苦悩していました。この屈折が二人の男と、浮舟を含む三人の姫を、陰影に富む恋へ巻き込んでゆきます。

6日

前半生に影を落とす、恐ろしき継母

弘徽殿女御（こきでんのにょうご）、また、この宮とも
御仲（なか）そばそばしきゆゑ、
うち添へて、もとよりの
憎さも立ち出（い）でて
ものしと思（おぼ）したり。

第1巻　桐壺

フィーチャーするのが遅くなってしまいましたが、弘徽殿女御は言うまでもなく『源氏物語』第一部の重要なキャラ。弘徽殿に住む女御は他にもいるため、この人は弘徽殿大后と呼ばれています。当時は、歴史学では古代に分類される時代で、物語というジャンルも生まれたばかりでした。源氏物語も第一部はかなりプリミティブ。「皇族筋の美貌・秀才の主人公が、苦難を経て最後は成功する」という、当時定番の勧善懲悪エンタメの筋立てで、敵役の弘徽殿大后も、コテコテの悪役に創られています。

この一文も、その性悪さを語るもの。「大后は宮（藤壺）とも険悪なので、光源氏が宮になつくのを見て、源氏への古い憎悪も再燃させた」と述べています。かつて光源氏の母・桐壺更衣をいじめ、死に追いやった弘徽殿大后。しかし更衣の死後は心を和らげ光源氏を可愛がったこともありました。それが新ヒロイン・藤壺の登場をきっかけに、再び光源氏に牙をむき始めたのです。

7日

はるけき野辺を
分け入りたまふより
いとものあはれなり。

第10巻　賢木

「はるばる広がる野に入るや否や、たいそう胸に迫る雰囲気だ」。9月7日、光源氏が六条御息所に別れを告げるため、都の西方・嵯峨野に分け入っていく場面です（P.7下）。折からの秋景色、虫の音や風の音に混じって、音楽も仄かに聞こえます。御息所が籠る野宮は、黒木の鳥居も神々しく……と続きます。秋は、作者が女君との死別・生別の場面に、好んで選択する季節です。このくだりも描写力が冴えわたり、御息所に花道を与えています。

8日

心にまかせて見たてまつりつべく、人も慕ひざまに思(おぼ)したりつる年月(とし)は、のどかなりつる御心おごりに、さしも思(おぼ)されざりき。

第10巻　賢木

今日も引き続き、光源氏と六条御息所の別れの場面。そもそものなれそめは、光源氏の猛烈な求愛でした。しかし、かなり強引に口説き落としたのちは、（光源氏自身も戸惑ったことに）恋心が冷めてしまったのです。対して御息所の方は、年上であることや世間体を気にしつつも、恋に溺れていきました。そういう過去を振り返って総括しているのがこの文章です。

「いつでも会える上、相手に惚れられていた時期は、落ち着いた心のおごりのままに、それほど愛を覚えなかった」。

別れが決定した今、相手の数々の美質が見え、自身の過ちにも気づいて後悔が募る、という場面です。恋のパワーバランスを率直に言い表してみせたこの一文。双方共に恨みを忘れ、取り重ねて愛しさが募り、しかし決定済みの出立日は淡々と近づいてきます。この「野宮の別れ」のパートは、状況も文体も往年のフランス映画のような完成度。物語屈指の名場面です。

9日

九月（ながつき）になりて、九日、
綿（わた）おほひたる菊を御覧（ごらん）じて、
「もろともにおきゐし菊の白露（しらつゆ）も
一人袂（たもと）にかかる秋かな」

第41巻　幻

３月３日の上巳（桃）の節句、5月5日の端午の節句ほどは知られていない、9月9日の重陽（ちょうよう）（菊）の節句。菊花の露を移した綿で体をぬぐって老いを拭きとり、長寿を願います。露を移すため、綿を巻きつけられた菊を見た光源氏は、次の独詠歌を詠みました。「紫上と共に一緒に長寿を祈った菊の花の上に置いた白露も、今日は私一人の袂に涙となってかかる秋であることよ」。紫上をしのんで過ごす一年、晩秋の歌です。

column　年中行事

今なお続く「五節句」

節句とは中国の陰陽五行説にもとづき、季節の変わり目に無病息災や豊作を願って行われる年中行事のこと。かつては多くの節句がありましたが、今も続いているのは1月7日の人日（七草がゆ）、3月3日の上巳、5月5日の端午、7月7日の七夕、9月9日の重陽の「五節句」です。

10日

**月も入（い）りぬるにや、
あはれなる空をながめつつ、
恨みきこえたまふに、
ここら思ひあつめたまへる
つらさも消えぬべし。**

第10巻　賢木

平安文学の『蜻蛉日記』は、藤原道綱母という女性の自伝です。現代人が読むと「夫婦が傷つけ合う、辛い結婚生活」と感じることでしょう。しかしこれは作者が公開前提で書いたものです。つまり描かれているのは「トリミング済みの夫婦仲」であるはず。歴史物語『大鏡』がこの作品を「たいそう文才のある奥方が、ゴージャスなご主人との日々を公表なさった」と、肯定的に語っているところからも、暗いネタではなかったようなのです。

この違和感は、平安の恋愛観を知ると解消できます。手がかりにこの文を読んでみてください。「月も沈んだのか、趣き深い空を眺めながら、光源氏さまが恨みなさるので、六条御息所が溜めていた不満も消えたことでしょう」。御息所は「恨まれ」ることによって、心が満たされているのです。ねちねち恨むのは愛あればこそ、ということなのでしょう。涙・なじり合いオンパレードの平安LOVE、たぶん当時は「胸キュン」だったのです。

11日

男は、さしも思(おぼ)さぬことをだに、情(なさけ)のためにはよく言ひつづけたまふべかめれば

第10巻　賢木

決別に至ってから後悔し、懸命に引き留める光源氏。恋心を断った（つもりの）御息所も、これには再び動揺します。けれど出立の時は迫り……という場面。ここにフイと挿入されるのが、吹いてしまうほどリアリスティックなこの文です。

「男はそんなに愛してない女に対しても、優しさで言葉を繕ってみせるらしいから」。別に男性に限らない気もしますが、別れスイッチが入った後ならばこそ、優しくなれたりもするものです。

とはいえこれが社交辞令ではなく、失恋のドン底に心から落ち込めるのが「色好み」たる光源氏です。そしてこの悲嘆が光源氏に、のちに福となって返ってきました。光源氏の「誠」を実感できた御息所は、わだかまりを捨て、よき友人に戻ります。死に際しては、娘を養女として託したほどです。思わぬ成行きで得られた最高身分の養女——彼女を後宮に入れることで、光源氏は当代の覇権を握るのです。

12日

何ごとも、人にもどき扱はれぬ際は安げなり。なかなか世にぬけ出でぬる人の御あたりは、ところせきこと多くなむ。

第10巻　賢木

有名人と一般人、生きるのはどちらがラクでしょうか？　迷わず「一般人」と言うのが平安貴族です。平安時代にも、裕福さや権力を「幸せ」と見る価値観はありました。しかし「気楽」という点ではこの文のように「人に注目されぬ層は安楽だ。目立つ方のご周辺は、煩わしいことが多くて」が共通認識だったのです。

それはやはり平安京の小ささと、人付き合いの濃さに起因します。貴族と呼ばれる階層はだいたい2、3千人で、勤め先はみな宮中です。当然、ほとんどが互いに親戚・姻戚か知人でした。建築も貧弱で、紙や布を壁代わりとした空間に、密集して生活しています。という訳でプライバシーは皆無、同調圧力も甚大で、場に合わぬ者は徹底的に指弾されました。源氏物語の終盤でも、皇族の匂宮が不自由を嘆く一方、貴族の薫が気安げな様子が描かれます。皇族筋の人は特に、一挙手一投足が注目され、名誉もストレスも桁外れだったようです。

13日

「いさ、見しかば
心地のあしさ慰みき、と
のたまひしかばぞかし」
と、かしこきこと
聞き得たり、と思(おぼ)してのたまふ。

第5巻　若紫

心惹かれる少女・紫君の家を光源氏が訪ねたときの話です。紫君の祖母が重病なので見舞いを述べ、ついでに「姫にも挨拶したい」と言いました。当時の常識として求婚者が訪れるのは夜。かつ姫の側はなるたけ「出し惜しみ」して、男性を焦らすのが常道です。なので侍女たちが「姫さまはもうお休みで……」と言いかけたところ、足音がして、当の紫君が出て来てしまったのでした。

紫君の子供っぽさが可愛いひとコマです。しかも祖母に光源氏を見るよう勧め、この文のセリフを言うのでした。「ほら『光源氏さまを見たら気分の悪さが収まった』って言ってらしたでしょ」と、（よいことを聞き覚えていた！）と誇らしげな紫君。「ワタクシたち殿方に興味持ったり致しません」が姫君の建前である時代、侍女たちは冷や汗タラタラになるのでした。とはいえこの場面、微笑ましいだけではありません。祖母君はもはや死の近い身。紫君のあどけなさが、周囲（と読者）には切ないのです。

14日

そのころ横川(よかわ)に、なにがし僧都(そうず)とかいひて、いと尊き人住みけり。

第53巻　手習

横川に住む「なにがし僧都」、通称「横川僧都」の登場シーンです。実は「横川僧都」という呼称、初出ではありません。物語内時間にして約50年前、10巻「賢木」で光源氏の運命の女・藤壺宮を、突然出家させた僧侶が「横川僧都」でした。宮のおじ、とあるので相当高貴な僧侶です（平安人の感覚では、生まれの良さは宗教界でも尊い価値です）。この二人は、むろん別人。重要なのは作者がなぜ、彼らに「横川僧都」という名を与えたのかです。

「僧都」は僧侶の位で、僧正に次ぐ高位。横川は比叡山の地名で、北部の最も奥まったエリアであり、「修行に専心する僧が住む」というイメージでした。そして、紫式部と同時代に、実際に横川僧都と呼ばれた高僧がいます。その著書『往生要集』が反響を呼び、中国に輸出されたほどの学僧・源信です。作者はこの人をモデルに、ヒロイン・浮舟の救済者を創ったと思われます。

15日

尼君（あまぎみ）ぞ、月など明（あ）かき夜（よ）は、
琴（きむ）など弾（ひ）きたまふ。
少将（せうしゃう）の尼君などいふ人は、
琵琶（びは）弾きなどしつつ遊ぶ。
「かかるわざはしたまふや」。

第53巻　手習

自殺を決意するも横川僧都一行に助けられ、山里で尼君たちと暮らし始めた浮舟。尼僧らは折に触れ楽器を奏で、「こんなことはなさる？」と誘ってくれます。しかし浮舟は田舎育ち。和琴も弾けぬと、夫・薫に見下されたこともあります。気持ちがどん底まで沈んでしまい、「なぜ死ねなかったのか」という意味の和歌を、手習（習字）の紙に書くのでした。

実は浮舟が育った家庭では、継父が自身の娘らに楽器をせっせと習わせていました。しかし継父本人は弾けないため、宮中の楽人を講師として雇用。現代視点ではふつうの教授法ですが、平安時代は親などの身内が損得抜きで教えるのが品格ある伝授だったのです。宮家に仕えていた浮舟の母は、謝礼めあての音楽教習を嫌悪し、浮舟は隔離して育てました。かくして浮舟は上品な、しかし楽器は弾けぬ、継父には疎まれる娘に育ちます。高貴な楽器・琴を弾く尼君の誘いは、彼女の胸を幾重にもえぐったのです。

16日

運のなかった貴婦人の人生

十六にて故宮(こ)に参りたまひて、二十にて後(おく)れたてまつりたまふ。三十にてぞ、今日また九重(ここのへ)を見たまひける。

第10巻　賢木

『源氏物語』中、最も濃いキャラ・六条御息所。その人生が回顧される場面です。「16で故・皇太子に嫁ぎ、20で先立たれなさった。30の今日、また内裏をご覧になる」。娘を抱えて未亡人となった彼女。孤高に生き、光源氏と出会って恋を知り、生霊化して本妻・葵を取り殺してしまいました。恋に破れ、名誉も失い、地方へ下ることとなった御息所が、かつて華やかに入内した皇居に別れを告げるこの場面。まさに「あはれ」です。

column　物語解釈

父娘二代にわたる復讐劇?!

臨月の葵は、数々のモノノケに苦しめられます。そのなかには、六条御息所の生霊だけでなく、御息所の父大臣の怨霊もいたと噂されます。光源氏をめぐる女同士の争いの裏には、御息所の父が、葵の父との政治闘争に敗れた暗い歴史が隠されているのかもしれません。

17日

帝、御心動きて、
別れの櫛(くし)たてまつりたまふほど、
いとあはれにて
しほたれさせたまひぬ。

第10巻　賢木

伊勢神宮――現在も多くの参拝者を集め、皇室による祭祀も続いている古き神社。平安人にも格別の聖域であり、念入りな奉仕が行われていました。特に重要なのが「斎宮」制度です。未婚の皇女を伊勢へ派遣して祭祀を担当させた習わし。送られる皇女は占いで選ばれ、任期中は結婚できず、親の服喪または天皇の交代まで帰京不可でした。「貴人は都にいるもの」と考える平安貴族にとっては、「最も貴い姫宮が女の幸せを捨て、鄙(ひな)に下り宗教生活を送る」この制度、悲壮かつロマンチックに見えたようです。『源氏物語』では9月16日、光源氏の恋人・六条御息所が、斎宮になった娘（秋好）ともども伊勢へ向かいます。派遣に当たり天皇は、別れの櫛を手ずから斎宮の髪に挿し、「都へ戻るな」と告げるしきたりでした。14歳の秋好を前に、朱雀帝は哀れみを抑えきれず、涙を流した、とこの文は語っています。のちに秋好は美しく成長して帰京し、物語の台風の目となるのです。

18日

「かの鹿(しか)を馬(むま)と言ひけむ人の
ひがめるやうに追従(ついせう)する」など
悪しき事(こと)ども聞こえければ、
わづらはしとて
絶えて消息(せうそこ)聞こえたまふ人なし。

第12巻　須磨

弘徽殿大后は物語中、最大の悪役です。光源氏・朧月夜・朱雀帝の三者納得ずくだった三角関係を荒立てて、光源氏を須磨退去にまで追い込みました。しかし、この一文を見てください。前提は、須磨で謹慎中の光源氏が、都の人々と文通していること。その書や和歌・漢詩の魅力のせいで、都人は哀憐を掻き立てられ、為政者（大后ら）に反発を持ちました。怒った大后は「咎人は、風雅を楽しんだりせず自粛生活すべき」と宣言します（当時の正論です）。加えて「馬鹿」の語源となった中国の故事を踏まえ、「鹿を馬と言うような横紙破りにへつらうな」と叱り飛ばします。この横暴に皆おびえ、文通を止めた、というくだりです。

ここの面白さは大后のセリフに理があること。深い教養も感じられます。劇作家シェイクスピアは『ベニスの商人』で仇敵シャイロックを「同情できる悪役」に書きました。紫式部も天才クリエイターの常で、大后を魅力的なキャラに創り上げたのでしょう。

19日

草むらの虫のみぞ、
よりどころなげに鳴き弱りて、
枯れたる草の下より
竜胆のわれ独りのみ心長う
這い出でて露けく見ゆ。

第39巻　夕霧

季節感豊かな暮らしをしていた平安人。それは、自然の冷酷に晒される日々でもありました。

死期近い虫の鳴き弱る声、霜に枯れた草、露に濡れた竜胆は泣けるが如く……。冬目前、豪邸でも雪・霰吹き入る時代ですから、病人は即、命を落としてゆきます。

よるべない皇女・落葉宮は夕霧に言い寄られ、娘の醜聞に胸痛めた母が急死するという事態を招きました。それでも夕霧のものになるほか生きる術はない――世の無情が沁み入る晩秋です。

20日

「かくわりなき齢過ぎはべりて、かならず数まへさせたまへ」

第5巻　若紫

『源氏物語』には、幼い紫君を光源氏が引き取る、一見誘拐と見える話が出てきます。「こんな不道徳な物語、姫君が読んでよかったの？」と思われるかもしれません。しかしよく読むと作者は、意外にきれいごとに仕立てているのです。

その一例がこの文章。紫君の母方祖母が光源氏に対し「この子が大人になったら、妻の一人に数えてください」と言っています。これは当時だと婚約成立です。のちに夕霧（光源氏の息子）が落葉宮という女性を娶ろうとするとき、「宮の母が許可したことにしてしまおう」と体裁を繕うほど、新婦親権者の意思が重要だったからです。紫君の場合このあと実父が絡んできますが、当時は娘の縁談を、父が拒んでも母が進める例が見られるほど、母方の権限が強い時代でした。

「姫を奪った」けれど親権者の許可は、きっちり得ている光源氏。当時のタブーは犯さない、つまりは王子様キャラなのでした。

21日

夕暮れの静かなるに
空のけしきいとあはれに、
御前(おまへ)の前栽(せむざい)枯(か)れ枯(が)れに
虫の音(ね)も鳴きかれて、
紅葉(もみぢ)のやうやう色づくほど

第4巻　夕顔

イギリスの劇作家ウィリアム・シェイクスピア。その作品では、情景をセリフで解説します。例えば夜明けを「見よ、茜色のマントをまとった朝が、あの東の丘の露を踏んでやってくる」という具合です。これは、当時の劇場には舞台装置がなく、景色は言葉で伝える必要があったため。それなら客をうっとりさせる美文にしよう――彼の作品が詩的に優れている所以です。

平安文学も同様です。文房具じたいが高級品で、挿絵は更に激レアだった時代。人は思いを詩にしようと苦心しました。覚えてもらえれば口伝えで、世に広まり後世に残ったからです。こうして流行ったのが和歌であり、その後に生まれた物語でした。本は貴重なので一人が読みあげ、多数が周りに集まって聞きます。その耳に快く響くよう、景色を雅に詠いあげた、その一例がこの文です。「秋の夕、枯れた草に虫の声、一方紅葉は鮮やかで……」。亡き夕顔を恋う光源氏を、彩るBGMといえましょう。

9
月

Sep.

22日

溶け合う雲と煙、そして文と和歌

空のうち曇りて、
風冷やかなるに、
いといたくながめたまひて、
「見し人の煙(けぶり)を雲とながむれば
夕べの空もむつましきかな」

第4巻　夕顔

『源氏物語』には和歌が約800首も織り込まれています。詩歌に慣れていない現代人には取っつきにくい部分です。しかし平安人には和歌こそが魅力でした。そもそも物語そのものが、歌の詞書(ことばがき)（作歌の経緯を記した文章）を、発展させて生まれたようなジャンルです。地の文（説明や描写の文）と不可分に、スルッと歌へ移ることも多々あります。

光源氏が亡き夕顔を追慕する、今日の文章を見てみましょう。「空が少し曇り、風は冷やかで、光源氏さまは沈鬱に物思いにふけり、『愛した人の荼毘の煙を雲として眺めれば、夕方の空さえ慕わしい』（と詠まれました）」。情景描写から心理、そして和歌へと自然に移行し盛りあがり、決め打ちに和歌が放たれます。小さな山場といえましょう。なお雲＝煙は、平安の和歌のお約束。「雲を見て愛しい人を思う」という日本古来の型に、仏教と共に到来した火葬が結びつき、挽歌の定番となりました。

23日

少将も見つけて、我なりけりと思ひあはせば、さりとも罪ゆるしてんと、思ふ御心おごりぞあいなかりける。

第4巻　夕顔

帚木三帖（2～4巻）の終盤、作者は物語を締めに入ります。各巻で登場したボンドガールに、それぞれ和歌を捧げるのです。この文は、軒端荻へ歌を贈った際の光源氏の胸の内。彼女は光源氏が「本命（空蟬）と勘違いして契った」という、3ヒロイン中最も気の毒なお相手です。挙句「あまり魅力的じゃなかったなあ」と、翌朝のマナー「後朝の文」さえなく放置されてしまいました。彼女はその後、親の決めた相手（少将）と結婚します。

光源氏は「こんな手紙送ったら夫にバレちゃうかな？」と思いつつ、またチョッカイをかけた訳です。そしてこの文章。「でも少将も『妻の元カレ、光源氏さまだったのか！』とわかったら、『なら仕方がない』と許すよね。そうお考えになる自惚れっぷり、けしからんですねえ」。ラストの一言は、作者のコメントです。「安いヒロイン」に対して示される、光源氏の露骨な感情。そこへツッコむ作者もあけすけで、苦笑を誘われる文章です。

24日

雁の鳴きわたる声のほのかに
聞こゆるに、幼き心地にも、
とかく思し乱るるにや、
「雲居の雁もわがごとや」
と独りごちたまふ

第21巻　少女

幼なじみの可憐な恋――夕霧と雲居雁。その姫の呼び名の元となった文章です。雲居雁の父・頭中将は、娘を妃にと考えており、怒って二人を引き裂きます。迫る別れを前に、夜空を渡る雁の声を聞き、「私みたいに悲しいのかしら」と呟く少女。錠を掛けられた戸の向こうでは、少年が涙しているという場面です。晩秋の哀感も相まって感涙必至のこの文に、作者は「恋心を知らぬでもないなんてイヤね」と続け、クールダウンをはかります。

その背景には、感性の移り変わりがありました。当時、「姫が恋するなんて育ちが悪い」という風潮になりつつあったことは、3月2日（P.74）のところでも触れました。しかし、『源氏物語』に数十年先行する『伊勢物語』では、井戸端で遊んで育った男女が結ばれる「筒井筒」は美談だったのです。それを胸ときめかせて読み育ったであろう作者は、アップデートされた感性と葛藤しつつ、でも純愛譚を書きたかったのでしょう。

25日

かくまでも
思(おぼ)しとどめたりけるを、
女もよろづにあはれに思(おぼ)して、
斎宮(さいぐう)の御事(こと)をぞ聞こえたまふ。

第14巻　澪標

「賢木」巻で光源氏と別れてから５年、六条御息所は臨終間近でした。離別の後も友人付き合いは続いており、最後とおぼしき対面に、光源氏は涙を禁じ得ません。「そこまで思ってくださるご様子に、御息所も感慨ひとしおで、娘の斎宮をお託しになる」という場面です。生々しい話をするとこの養女が、光源氏の出世の決定打となります。当時は政権を担うのに、帝との縁が必須の時代でした。娘が幼すぎる光源氏は「天皇の舅」になることができず、権力を固め切れずにいたのです。一方、ライバルの頭中将（権中納言(ごんちゅうなごん)）は、12歳の娘を妃に入れたばかり。このあと光源氏も斎宮を入内させ、二人は真っ向勝負に至ります。

出来過ぎなタイミングで得た養女。「何たる強運！」と言いたくなりますが、平安人的には運は実力、前世・現世の善行の賜物です。過去に御息所とモメた際、光源氏は真摯に向き合い、関係を維持してきました。だからこその幸運……というお話です。

9月

Sep.

26日

実はけっこうテクテクしていた姫君たち

うつくしげなる後手(うしろで)の
いといたうやつれて、
四月(うづき)の単衣(ひとへ)めくものに
着こめたまへる髪の透影(すきかげ)、
いとあたらしくめでたく見ゆ。

第22巻　玉鬘

「可愛らしげな後ろ姿でひどく見すぼらしい身なりながら、四月の単衣めいたものに入れ込んでいらっしゃる髪の透け見える姿は、まことにもったいなくすばらしく見える」。『源氏物語』中唯一の、ヒロインの出歩き姿です。当時の貴婦人は、「美しすぎて男性や神・魔に見られたら襲われちゃう」存在。それが外へ出るのですから大変です。薄い衣を頭からスッポリかぶったり、頭に載せた笠の端から布を垂らしたりと、人目を遮る手立てを講じるのです。

とはいえ、徒歩での外出じたいは珍しくなかったらしく、『蜻蛉日記』では上流貴族の妻である筆者（ただし出身は中流層）が、歩いて石山寺へ詣でています。もっとも第一級のヒロイン・葵や紫上は「外出が稀有」と書かれているので、やはり高貴であるほどレアな行為だったのでしょう。この場面で玉鬘が歩いているのも、困窮の果ての神頼みゆえでした。裏を返せば姫にとって徒歩は、苦行に当たる重労働だったと言えましょう。

27日

「人形のついでに、
いとあやしく、
思ひよるまじきことをこそ
思ひ出ではべれ」

第49巻　宿木

大君の死後、妹・中君に惹かれるようになった薫。中君の方も夫・匂宮の花心に悩むたび薫の誠実が身に沁みます。しかし中君には「匂宮の妻」という体面が既に守らねばならぬものとなっており、また身ごもってもいたのでした。薫の後見を必要とする彼女が異母妹・浮舟の存在を思い出し、薫に伝えるのがこの文です。

かくして『源氏物語』最後のヒロインが登場する訳ですが、ずっと読んできた読者は不自然な点に気づくことでしょう。姉妹の父・八宮は、中君を産んで死んだ妻を恋うあまり、髪こそ切らねど僧侶同然の生活に入ったと語られてきました。なのにここで突然、「奥様が亡くなって間もない頃、その姪に当たる侍女にお手を……」とされ、“中君と5歳差の娘”を儲けているのです。

この性格・年齢の矛盾を見ると、作者は当初、浮舟を出す予定はなかったのでしょう。なぜ急に「人形」という、水に流される存在を創る気になったのか。いろいろ考えてしまうくだりです。

28日

六条院(ろくでうのゐん)は、下(お)りゐたまひぬる冷泉院(れんせいゐん)の御嗣(つぎ)おはしまさぬを飽かず御心の中(うち)に思(おぼ)す。

第35巻　若菜下

34、35巻の「若菜」は、重厚長大な巻です。全体の約4分の1を占め、そのため上下に分割されています。内容面でも、1～33巻は王道の出世譚でしたが、「若菜」は主役のダーク面を掘り下げていきます。光源氏（六条院）の闇サイド――それは父・桐壺帝を裏切り、その后・藤壺と通じたこと。誕生した秘密の子（冷泉）の即位により、空前絶後の栄華を得たことです。

谷崎潤一郎が源氏を戦前に現代語訳した際、自主検閲で削除した皇室スキャンダル。「よくもこんな話を書けたもの」、そう思う方もいるでしょう。しかし当時は帝・后が公然と読んでいました。また、他の物語も后妃の密通を、雅なネタ扱いでたびたび書いています。要するに光源氏・藤壺の仲、平安的には「ギリギリ許容範囲」だったようなのです。しかしさすがに、皇統の継承は無理でした。跡取りなく退位する冷泉に、光源氏は無念を噛みしめます。天は許さなかった……罪は一代で抹消されたのです。

29日

「逢坂」は政治と文化の固めの地

関入る日しも、この殿、石山に御願はたしに詣でたまひけり。

第16巻　関屋

「これやこの　行くも帰るも　別れては　知るも知らぬも　逢坂の関」。平安前期の歌人・蟬丸の和歌です。盲目で琵琶に秀でていた、長年通ってくれた源博雅に秘曲を伝えた等、数々の伝説を持つ蟬丸。逢坂山の関の近くで隠棲していたと伝わります。この逢坂の関、都から東へ行く街道の要衝です。古来、天皇の譲位など政治の大事に際しては、重要な三関を閉ざす「固関」の制があり、逢坂の関はその一つでした。知人が東方へ赴任したり、東国から貢納物が来たりすると、ここまで「関迎え」に出る習いもありました。文化的には、その名が男女の「逢」瀬を思わせたため、恋歌で引っ張りだこだったのです。

16巻「関屋」。9月のつごもり、東国から帰京する空蟬と、石山寺へ向かう光源氏が、まさに同じ日・同じ時、この関でバッタリ出くわします。若き日の恋の回想、時勢の移ろい、空蟬の出家……ビターな出来事がしみじみ語られる巻です。

30日

横恋慕にほだされるのは「女らしい」?!

かたじけなくて持て行(い)きて、
「なほ聞こえたまへ。(中略)
女にては負けきこえ
たまへらむに、
罪ゆるされぬべし」など言ふ。

第16巻　関屋

「関屋」巻の続きです。とある夏の一夜、逢った光源氏と空蟬。恋人というより主従に近い関係の、それでも忘れ得ぬ仲となった禁断のロマンスから、物語時間で12年が経ちました。

光源氏は、かつてキューピッド役を務めた小君（空蟬の弟）に、恋文を再び託します。対する小君の反応がこの文です。「もったいなくてお文を空蟬に届け、『やはりお返事をなさいませ。（中略）女ならば、負けてお答えしても許容されますよ』などと言う」。

小君が恐縮しているのは、可愛がってくれていた光源氏が須磨に下った際「世間を恐れて地方へ逃げた」という、ご恩にそむいた過去があるためです。にもかかわらず今も家人として遇してくれることと、昔の恋を忘れていない心長さとに、かたじけないと感動しているのです。「ましてや女なら、人妻でもほだされて当然……」と言う小君。情や共感力を、女性には特に求めた時代だったことが、うかがい知れるひとコマです。

10月 Oct.

11月 Nov.

12月 Dec.

10
月

Oct.

1日

宇治名物をきっかけに起こる悲劇

十月一日ごろ、網代（あじろ）もをかしきほどならむとそそのかしきこえたまひて、紅葉御覧（もみぢごらん）ずべく申したまふ。

第47巻　総角

網代とは、竹・木の薄板や葦などを編んだもの。牛車に使えばお手頃な網代車となり、川に据えれば漁の道具となります。宇治川で氷魚（ひお）（アユの稚魚）を獲る網代は、晩秋〜冬の風物詩でした。

この手の遊興に無関心の薫。しかし後見を務める宇治姉妹（大君・中君）を盛り立てるため、匂宮に紅葉狩りを提案します。「中君と宮に逢う機会を」という親心でしたが、身分柄ハデな行楽になってしまって立ち寄れず、姉妹を傷つけたのでした。

2日

細（ほそ）き組（くみ）して
口（くち）の方（かた）を結（ぬ）ひたるに、
かの御名の封（ふう）つきたり。
開（あ）くるも恐ろしうおぼえたまふ。

第45巻　橋姫

出生の疑問に悩む薫は、仏道志向を深めていました。そして仏法の友・八宮邸で、二つの出会いを体験します。一つは宮の美貌の娘たち、大君と中君。もう一つは宮家の侍女・弁です。弁は柏木（薫の実父）の乳母子で、薫に事の真相を明かし、証拠の品も手渡します。「細い組紐で口を結い、柏木の名の封がついている」証拠入りの袋。中身は、柏木と女三宮（薫の母）が交わした恋文で、薫に言及したものもありました。

この時代、不孝は仏教的罪です。従って親を責めるという発想はなく、逆に「実父を知らぬ」罪が消え安堵するところです。とはいえ、父の衰弱死・母の出家を負って生まれた苦悩は深く、未だに幼げな母・女三宮に相談できぬ重荷も募ります。加えて「こんな秘密、人に喋られてはいけない」。薫は弁やその女主人、大君・中君と、親しくなろうと決意しました。それは本心か、恋の言い訳だったのか。かくして陰鬱なロマンスが始まるのです。

3日

まことにやむごとなく重き方(かた)は
ことに思ひきこえ
たまひけるなめり、と見知るに、
いよいよ口惜し

第9巻　葵

頭中将という人物は、実に困ったキャラです。光源氏の親友・義兄・好敵手で、正編（光源氏が主役の部分、1～41巻）ほとんどで活躍します。なのに定まった呼び名がないので、若年時の役職である「頭中将」をあだ名にせざるを得ません。彼はこの場面では、光源氏の本妻・葵の追悼に登場します。彼にとっては唯一の同母きょうだいに当たります。子供が母方で育つこの時代、異母きょうだいには他家意識を持ちがちだったので、実質ただ一人のきょうだいだったと言えましょう。

そんな葵が急逝し、頭中将も悲嘆の底にありました。ただ彼にとって意外だったのは、光源氏の悲傷ぶり。夫婦仲が良くないと知っており、自身も政略結婚で苦労しているだけあって、光源氏に同情していたくらいだったからです。「重々しき妻としては、大事に思ってらしたのだな」と悟った頭中将。そして悲しさ惜しさがさらに募る……という、やり切れなさを語った一文です。

4日

作り事めきてとりなす人ものしたまひければなん。あまりもの言ひさがなき罪避（さ）りどころなく。

第4巻　夕顔

帚木三帖のラスト部分です。「主役が立派すぎて不自然という批判があり……」と前置きした作者はつらつら述べます。「（この物語を）フィクションかのように言う方がいるのでね。だからってご醜聞まで暴露してしまった私、悪い女ですねえ」。この三帖が番外編とわかる文章です。ただ、実際には虚構なのに「フィクションかのよう」というのがクセ者。作者の遊び心と、「ある種の真実を書いているのだ」という、ひそかな自負の現れです。

5日

二条院(にでうのゐん)は近ければ、
まだ明(あか)うもならぬ程におはして、
西の対(たい)に御車寄せて下りたまふ。
若君をば、いと軽(かろ)らかに
かき抱きて下ろしたまふ。

第5巻　若紫

今回は屋敷に焦点を当ててみましょう。1巻「桐壺」で光源氏の母・桐壺更衣が死去し、光源氏の成人後はその住まいとなった美邸。それが二条院です。光源氏はこの屋敷に、妻・葵は入れませんでした。理想の女性と住みたいと思っており、夕顔にのぼせた一刻は彼女を迎えようと考えます。そして今日取り上げた文のとおり、実際に迎え入れたのは紫君でした。光源氏は須磨へ落ちる際、彼女に所有権を譲ります。

光源氏が豪邸・六条院を建造すると、二条院は物語からしばし消えました。そして34巻「若菜上」、女三宮の降嫁で居場所をなくした紫上が再度本拠地とし、40巻「御法」、ここで逝去します。

相続したのは紫上の養女の子・匂宮です。48巻「早蕨」では匂宮が中君を迎え、二条院は再び「真に愛する女性との住まい」に戻りました。しかしストーリーが宗教色を強めていく中、52巻「蜻蛉」を最後として、物語から静かに消えていくのです。

6日

「書きそこなひつ」と恥ぢて隠したまふを、せめて見たまへば、かこつべきゆゑを知らねばおぼつかないかなる草のゆかりなるらん

第5巻　若紫

書道お稽古中の紫君。「書き損じちゃった」と恥じて隠すのを、光源氏が押して見てみると、一首の和歌が……という文章です。紫君の可愛らしいこと！　和歌も光源氏への返歌になっており、地頭の良さが感じられます。義務教育なき時代、教育は親が授けるものでした。光源氏という書の達人が親代わりとは心強い限り、さぞかし上手になるだろうと、明るい未来を感じさせる場面です。

column

平安文化

セレブの娯楽「手習」

手習とは、この場面のように「字を習うこと」。ただ『源氏物語』の中では、思いつくまま字や絵を形にする遊びや暇つぶしを、手習と呼ぶ場面が多く見られます。教養が問われる上、紙も高価な時代、それを娯楽にできるのは極上のセレブのみでした。匂宮も浮舟にさらさらと手習をして絵を描いてみせ、田舎育ちの浮舟を魅了しています。

7日

北方(きたのかた)も、母君を憎しと思ひきこえたまひける心もうせて、わが心にまかせつべう思(おぼ)しけるに違(たが)ひぬるは口惜しう思(おぼ)しけり。

第5巻　若紫

母の死後、祖母に育てられた紫君。祖母は死に際、孫の未来を光源氏に託しました。紫君の実父には有力な妻（北方）がいたため、継子いじめを恐れたのです。紫君は極秘裏に光源氏の屋敷に引き取られました。継子の失踪を聞いた北方。その内心がこの一文です。「（紫君の）母を憎んでいた心も消え、『この子を思いどおりにできる』と思っていたのに、当てが外れて残念」。素直に読めば北方も悪い人ではなく、引き取りに積極的だったように見えます。紫君は実父のもとでも幸せになれたのかもしれません。

ただ平安の世相を踏まえると、北方の大勢の実子が気になります。娘たちが紫君と同年輩だからです。将来彼女らに縁談が来る頃、紫君はちょうどライバルに。相続でも実父に愛された子がごっそりもらえるご時世です。美貌の紫君が実子より目立ったら「思いどおりにできる」北方、どう出るか……。不穏な言葉遣いが解釈に幅を生み、読み解く楽しみを倍加しています。

8日

ものよりおはすれば、まづ出でむかひて、あはれにうち語らひ、御懐に入りゐて、いささかうとく恥づかしとも思ひたらず。

第5巻　若紫

光源氏の養女となった紫君の、無邪気な態度が描かれる場面です。「光源氏さまがいらっしゃると、紫君はすぐ出てきて向かい合い、しみじみと会話して、お膝に座りっぱなし、まったく恥ずかしがらない」。引き取ったばかりの子供がすぐなついたという、ほっと安心できる一文です。そしてこの巻の他の箇所を踏まえると、奥行きが増す文章なのです。『源氏物語』の中でも特に重要な「若紫」巻。その中では、本妻・葵の姿が点描されます。光源氏が部屋に入ってきても、なかなか現れない葵。父・大臣がせっつくのでやっと出てきますが、まるで絵姿のように端座していて、心の距離は増すばかり……という冷たさです。

むろん葵は成人女性で、童女とは住む世界が異なります。高慢なほどの「男に媚びない」態度は、平安レディにはむしろ美徳。とはいえ完全無欠な妻も疲れるよね、と言いたくなる読者を包み込むように、紫君の心柔らかさ、稀有な純真さが描かれるのです。

9日

物語内で語り継がれる伝説の催事、挙行!

朱雀院の行幸は
神無月の十日あまりなり。
(中略)上も、藤壺の見たまはざらむを飽かず思さるれば、
試楽を御前にてせさせたまふ。

第7巻 紅葉賀

重要な出来事が目白押しで、各キャラの個性も濃く描かれている7巻「紅葉賀」。第一部(1 ～ 33巻)全体を視野に入れつつ読むと、布石の妙や人情の奥ゆきが沁みる箇所です。挙げた文は、10月10余日に予定されている行幸(帝の外出)にそなえ、その試楽(リハーサル)が開かれたと語るくだりです。

リハというと現代では、「当日のための練習」を指しますが、平安期には試楽じたいが本番なみに盛大な催しでした。本番は、神仏のために演じられたり、外出しないレディたちには見られなかったりしたため、リハを本番レベルで挙行したのです。「試楽と本番、両方を見る人が飽きぬよう」と、当日とは別の衣装を使って演じるものでした。その本気度がわかります。

特に今回のリハーサルは、「桐壺帝が愛妃・藤壺に見せてやりたくて」開いたものでした。舞で活躍する光源氏を、見物する藤壺の胎内には……という、心理模様がスリリングなイベントです。

10日

源氏中将は青海波をぞ舞ひたまひける。片手には大殿の頭中将、容貌、用意人にはことなるを、立ち並びては、なほ花の傍らの深山木なり。

第7巻　紅葉賀

光源氏と、親友にしてライバルの頭中将。二人の優れた貴公子が、試楽で二人舞「青海波」を舞う場面です。「頭中将は容姿も態度も抜きん出た方ですが、光源氏さまに並ぶとやはり、桜の横の樹木に見えてしまいます」。

頭中将は父が左大臣、母が内親王という、身分も血筋も並外れた青年で、何かにつけ光源氏に張り合います。恋でも仕事でも、学問、芸事でもです。対する光源氏は余裕しゃくしゃく、取り合わぬスタンスですが時には本気になってしまいます。そして両者の対決は、第一部の末「藤裏葉」巻まで継続し、「光源氏も頭中将も最高位まで出世した」「でも光源氏の方が上回った」で、大団円を迎えます。つまり、青海波のときの構図が貫かれた訳です。

現代人にはウヤムヤな勝負に見えますが、太平の平安社会では予定調和的な対戦が好まれました。優位は揺らがない、でも競い合って両者とも向上していく。それが王朝の理想だったのです。

11日

春宮（とうぐう）の女御、かくめでたきにつけても、ただならず思（おぼ）して、「神など空にめでつべき容貌（かたち）かな。うたてゆゆし」とのたまふ

第7巻　紅葉賀

悪役・弘徽殿女御も試楽で光源氏の青海波を見ています。「皇太子（光源氏の異母兄）の母である女御さまは、光源氏さまがこんなに立派なのにつけても落ち着かず、『神なぞが気に入って神隠ししそうな容姿ね。ああ気味悪い、縁起でもない』と仰る」。罵言で敵の魅力を告白してしまう、それが彼女のご愛嬌です。

弘徽殿が光源氏やその母・桐壺更衣と敵対したのは、嫉妬のせいだけではありません。後宮を制し息子を皇太子にすることは、自家の権勢に直結する政治課題であり、妃の重要任務だったのです。この巻の時点では光源氏は、既に皇籍から降ろされており、皇太子も弘徽殿の子に確定済み。とはいえ光源氏が傑出しているので、弘徽殿は懸念を拭いきれず……という場面です。実際、彼女の子・朱雀帝の治世は、光源氏とその肩を持つ世論に揺すられ、安定を欠く時代となりました。危険を端から感知していた弘徽殿女御、政治家として優秀さも、そのラスボスたる所以です。

12日

「今日の試楽(しがく)は、青海波(せいがいは)に事(こと)みな尽きぬな。いかが見たまひつる」と聞こえたまへば（中略）
「ことにはべりつ」
とばかり聞こえたまふ。

第7巻　紅葉賀

『源氏物語』中、屈指の「深読みしたくなる場面」です。「桐壺帝（光源氏の父）が愛妃・藤壺に『今日のリハーサル、光源氏が舞った青海波が一番だったな。どうご覧になった？』と話しかけたので（中略）、藤壺は『格別でございました』とだけ申しあげます」という、この記述。一見、天皇と妃の睦まじい会話です。ただしこの二人、父娘ほども年が離れており、藤壺は継子・光源氏に想いを寄せられて密通、罪の子を懐妊中なのです。

むろん、そんなこととは知らぬ（はずの）桐壺帝は、光源氏の活躍に大喜び、その感想を藤壺と語り合いたいのです。藤壺がひと言しか返事をしないのも、その胸中、読者には察せられます。では桐壺帝、本当に知らなかったのか……については、作中では語られていません。だからこそ、7巻「紅葉賀」巻の冒頭を、ぜひ注意して読んでみてください。背筋にぞくぞく来る心理ドラマとなっています。

かざしの紅葉(もみち)いたう散り透(す)きて、顔のにほひにけおされたる心地すれば、御前(おまへ)なる菊を折りて左大将さしかへたまふ。

第7巻　紅葉賀

「冠飾りの紅葉が散って、光源氏の顔の輝かしさに圧倒された感じなので、左大将が菊に挿し替えた」。これは行幸当日、光源氏が青海波を舞った際の一文。物語内でも現実世界でも、古き良き時代の象徴として語り継がれた場面です。あまたの絵師がこの場面を世々絵画化しています（P.6 〜 7）。政治家も、南北朝の端緒となった後嵯峨天皇や、武家政権を確立しようとした徳川秀忠・家光が、青海波を盛大に披露させ権威をアピールしたのです。

column

平安文化

華やかさナンバーワンの青海波

中国伝来の曲ですが、9世紀半ばに仁明天皇の勅命により、日本で編曲され、寄る波、引く波を表現する「舞」と、舞いながら朗読する詩句「詠」が作られたと伝わります。40人もの舞人や楽人により奏される壮大な規模の曲のため、この規模を現代で再現するのは難しく、私たちが雅楽演奏会で目にするのは、その縮小版です。

14日

人の御ありさまの、かたほに、そのことの飽かぬとおぼゆる疵(きず)もなし

第7巻　紅葉賀

現代の「政略結婚」という語には、負のイメージが伴います。しかし「形式」を整えるのも至難だった平安時代には、それを具備できる豪家との縁組は貴重であり、相手とも「だからこその絆」が芽生えるものでした。光源氏と本妻・葵の間にも、独特のつながりが存在します。「葵のご様子は、不十分な点、ここが足りないという欠点もない」と語るこの一文。要は、栄養も教養もたっぷり与えられて育った、身体美と知的魅力兼備の女性だったということです。この表現から、食料や文物の入手が容易でなかった時代には、葵が比類ない「美女」だったことがわかります。親どうしが決めた結婚である点も、「色恋という浮ついたもの由来の関係ではない」という格別感があったのです。

なお頭中将も、釣り合う家格の姫と政略結婚し、ケンツク食わせ合いつつも添い遂げる姿が描かれます。後宮での政争をアシストできる「名門出身の本妻」は、敬愛の対象だったのです。

15日

大殿(おほとの)にもおはするをりは、
いといたく屈しなどしたまへば、
心苦しうて、
母なき子持たらむ心地して、
歩(あり)きも静心(しづごころ)なくおぼえたまふ。

第7巻　紅葉賀

光源氏が幼い紫君を養育している情景です。「大殿（本妻・葵）のもと等にいらっしゃる間は、紫君が塞ぎ込んだりなさるので、光源氏さまは気の毒でならず、母なき子を持った思いがして妻問い中も気が休まりません」。平安の育児は母方が主に担いました。母が死んでも父は関与せず、母の親族が育てるのが一般的です。

とはいえ、父が育児する例もないではありませんでした。同居の妻が産んだ子は、よく接することから情が湧くのでしょう、父も養育に関与する傾向が強まります。そのような父子仲がよい家で母が先立つと、シンパパが育児に励む姿が見られました。紫君も光源氏が「後の親」となり、しかも恋も控えて大事に育ててくれるという、ラッキーな環境をゲットした訳です。

作者・紫式部も父の地方赴任についていくほど、親子関係が濃密でした。光源氏の良きシンパパぶりには、「母亡き子」を深く気にかけてくれた、父の面影が宿っているのかもしれません。

16日

四年(よとせ)ばかりが
このかみにおはすれば、
うちすぐし恥づかしげに、
盛りにととのほりて見えたまふ。

第7巻　紅葉賀

非の打ちどころない本妻・葵の人となりが、くっきり描き出されるシーンです。「光源氏さまより四つほどお年上なので、円熟し、気が引けるほどご立派で花盛り、完璧なご様子」。

この前段では葵の冷やかな態度について、やや非難がましく語っています。とはいえそのような性格だからこそ、妬いて騒いだりせず、妻の品格は十分。完全な情なしという訳ではなく、柔らかな態度も時に見せます。そしてこの文が続き、「葵のどこに不満を持てようか」「冷たいのは自分が尽くさないせいなのだ」と、光源氏の内省で締められます。

要するに、「葵が冷たいからヨソへ行きたくなるのだ」と語り起こし、でも詳察すれば欠点は長所でもあることが見え、終いにはわが咎が省みられるのです。寄ったり離れたり、たゆたうような夫婦仲が、ゴージャスな美男美女により描き出されるワンシーン。貴族文学ならではの、艶やかにも余韻に富むくだりです。

17日

ただの好々爺か「治世の能臣」か

名高き御帯(おび)、御手づから持たせて渡りたまひて、御衣(ぞ)の後(うしろ)ひきつくろひなど、御沓(くつ)を取らぬばかりにしたまふ、いとあはれなり。

第7巻　紅葉賀

葵の父・左大臣は、好人物として描かれます。光源氏に惚れ込んで娘を娶(めあわ)せ、二人の仲がイマイチなのを心配して、一心に後援するのです。この一文はその代表例。「左大臣さまは銘品の石帯を贈り物になさり、光源氏さまのご出勤支度を、お沓取(くつと)りしかねない勢いで手伝われます」。いとあはれなり（たいそう心動かされる）と作者が述べるのは、左大臣ともあろうお偉方が、娘を思う一心で卑下しているからです。

さて葵、実は皇太子からも妃に望まれた過去がありました。当時の常識では、皇室に嫁がせ次世代の外戚を狙うのが定石です。臣下に降った光源氏を選ぶなど、政治家としては愚策でした。ただココが平安政治の面白いところ。定石＝最善手とは限りません。左大臣も光源氏についたことが、のちに望外の出世へつながりました。実は左大臣、ソコまで読んでの布石だったのでは。そう思えるほどキャラ造型が深いのが、『源氏物語』の魅力の一つです。

18日

人々選り（え）ととのへ、
装束（さうぞく）ととのへなどして、
十月にぞ渡りたまふ。
大臣（おとど）、東（ひむがし）の御方に聞こえつけ
たてまつりたまふ。

第22巻　玉鬘

大臣・光源氏の養女になれた玉鬘。使用人を選び身なりも整えて、豪邸・六条院へ転居した場面です。光源氏は東の棟に住みかを用意し、責任者・花散里（東の御方）に話を通しました。

一大局面にしては地味な描写です。戦国・戦時中が舞台のエンタメを見慣れた我々には、刺激が薄く感じるかもしれません。でも平安人の視点では、「まさに物語！」という画期です。加えて人間関係という、不変の問題もさらりと言及されています。

なぜ大事件か。それは落ちぶれた姫が上流に復帰できた、奇跡のようなシーンだからです。没落レディがよくいる時代でしたから、実に夢のあるお話でした。花散里という優しいレディに、口添え付きで委ねられたのも大ラッキー。他の巻では近江君という女の子が、玉鬘に似た境遇ながら、上流階層に溶け込めずイジメられる様が描かれます。物心両面で好調に社交界デビューできた玉鬘、こののち六条院の名花として花ひらきます。

19日

人のけぢめ
見たてまつり分(わ)くべき御仲にも
あらぬに、男君はとく起き
たまひて、女君はさらに
起きたまはぬ朝(あした)あり。

第9巻　葵

本妻・葵の死後「後釜はどなた?!」と周囲が色めき立つ中、光源氏は純愛を取ったという成行きです。当時は結婚が「二人だけの秘密」から「妻の家と婿との結びつき」へ移行し、さらに「両家の結合」が見えてくる時代でした。『源氏物語』は豪家による婿取りを「華やか！」と称える一方、その政略臭への嫌悪も見せています。光源氏に初婚は左大臣家の葵、次は紫と段階を踏ませたのは、「政略結婚必須」の現実と、採算度外視ピュア婚への憧れを、何とか両立させたものでしょう。けぢめ（一線越えたとき）を侍女たちさえ知らぬという、古き良き密やかな成婚でした。

なお紫上がひどく驚くのは、箱入り姫の証。当時の貧弱な建築では、レディでも殿方が忍んで来たり、侍女の夫婦生活を見聞したりするものでした。紫上の性への無垢は、巨大な建物の奥深くで注意深く守り育てられた証左であり、光源氏の庇護がいかに手厚かったかを、読者に伝えているのです。

20日

つれなながら、さるべき
をりをりのあはれを過ぐし
たまはぬ、これこそかたみに
情(なさけ)も見は果つべきわざなれ

第9巻　葵

光源氏が従妹・朝顔に抱いている感情です。「求愛はつれなく流すけれども、しかるべき時には人の情を汲んで応えてくれる。このような人こそ人生の末まで、互いによき知己でいられるのだろう」。男女の間に友情が成立する要件、と言えましょうか。朝顔は物語のかなり始めの方から、「光源氏さまのカノジョ?!」と仄めかされている人。六条御息所と同様の存在と言えるでしょう。ただ六条の女性は男女の仲に至り、しかし妻と待遇されるほどは愛されず、苦悩とスキャンダルの道を歩みました。対して朝顔は陥落せず、「風雅の友」的立ち位置を貫きます。

とは言えこれは朝顔より、光源氏の個性に理由を求めるべきでしょう。この時代、レディたるもの拒むのが淑徳であって、程よい辺りで（親や侍女の手引きのもと）男性が強く出て成婚するものでした。押し切らなかった光源氏、「友になれる貴公子」というレアキャラだったのです。

21日

悲運の葵を彩る童女

「あてきは、今は
我をこそは思ふべき人
なめれ」とのたまへば、
いみじう泣く。

第9巻　葵

夫・光源氏に鎧(よろ)った顔しか見せなかった葵。六条御息所を「車争い」で侮辱するなど、思いやり薄い印象の人ですが、その死後、優しい面が明かされる場面です。「あてきは、今後は私を頼らねば」と言う光源氏。あてきはこの場面のみ登場する女童（年少の女中）で、親もなく、葵に可愛がられていたと語られます。「ほどなき衵(あこめ)、人よりは黒う染めて」いるあてき。衵が「ほどなき（小さい）」ところから、幼い孤児の哀れが伝わります。

column

生活様式

喪の気持ちの表しかた

服喪には重服(じゅうぶく)（1年間、喪服は黒、天皇や父母、夫などの死）、軽服(きょうぶく)（それ未満、喪服は鈍色や薄墨色）等の規定がありました。故人への思いが深い場合は、規定の範囲内でより濃く染めます。この文のあてきも人（他の侍女たち）より黒い点に、葵への慕情が現れています。

22日

両陛下そろってのお渡り！

六条院（ろくでうのゐん）に行幸（ぎやうがう）あり。
紅葉（もみじ）の盛りにて、
興あるべきたびの行幸（みゆき）なるに、
朱雀院にも御消息（せうそこ）ありて、
院さへ渡りおはします

第33巻　藤裏葉

光源氏が准太上天皇（上皇に準じる位）になった直後、10月の20余日の頃の盛儀です。息子・夕霧は初恋を実らせ、出世街道もまっしぐら。娘・明石姫君は皇太子に輿入れし、その実母養母である夫人たちも和解、今や親しい友人です。長年のライバルかつ親友の頭中将（現・太政大臣）は、光源氏派に対する劣位を認め、でも婿に迎えた夕霧の優秀さ・娘の幸せに大満足。まさに八方よしのラストです。その象徴がこの文の大イベント。天皇・上皇そろっての行幸です。その栄誉を、今や准太上天皇の光源氏は、「院」の立場でお迎えするのです。注目すべきはこの大詰めが、光源氏と頭中将、両者の共栄として描かれること。若かりし頃は対抗心むきだしの頭中将でしたが、長年の競争を経て「二番」を受け入れたのです。光源氏も、この優秀なライバルいたればこその研鑽の成果を、皇室の銘器掻き立てての名演奏で披露します。作者が夢みた理想の世界が、紙の上で結実したのです。

23日

気の毒にも恵まれたファンタジー妻

二十三日を御としみの日にて、
この院は、かく隙間（すきま）なく
集（つど）ひたまへる中に、
わが御私（わたくし）の殿（との）と思（おぼ）す二条院（にでうのゐん）にて、
その御まうけせさせたまふ。

第34巻　若菜上

光源氏の長寿（40歳！）を祝う参賀を、長年の妻・紫上が挙行しました。本来なら幸せな法事。ただし彼らが住む六条院・春の御殿は、新たな妻・女三宮が盛大に嫁いできたばかり。従前は思うままにふるまっていた紫上も、今は気を遣わねばなりません。そのため「御としみ（精進落し）」の宴はこの御殿でなく、紫上の私邸・二条院で開いたのでした。格上の新妻に譲らされる古妻――切なさの滲む文章です。実際、気配りで一家を支え続けた紫上は心労から病に倒れ、光源氏に先立って世を去ります。

ただ紫上の不幸だけに着目するのは、不適当でしょう。彼女が「私物と感じる二条院」、元をたどれば光源氏の財産で、父帝が修理させた豪邸です。一方で紫上は継子いじめの境遇から、身一つで光源氏に迎えられた人。それが今はこの屋敷を我が物と思い、贅沢に催事をしているのです。つまりは富豪レディの心のつらさ。「幸せだけれど嘆きも尽きぬ」それが作者の描いた人生でした。

24日

幕切れは予定調和で。ただし悲劇も

「内裏に聞こしめさむこともかしこし。しばし人にあまねく漏らさじ」と諫めきこえたまへど、さしもえつつみあへたまはず。

第31巻　真木柱

22～30巻で展開された、玉鬘の華麗なロマンス。31巻「真木柱」冒頭のこの文は、彼女が既に縁づいたと告げています。主要キャラの結婚を文字どおり、ナレーションにて処理した訳です。しかも言い方がまだるっこしい。「『陛下（冷泉帝、玉鬘に懸想中）が不快がられると畏れ多い、しばし内密に』と忠告なさるが、（新郎はうれしさを）隠しきれません」。平安の読者ならこれだけで、「玉鬘の既婚」を察します。結婚相手（鬚黒）は、続く文であいまいに明かされます。唐突かつ呆気ない終幕です。

実のところ玉鬘十帖は、追加された感が拭えぬ部分です。前後と矛盾しない華やかな締めくくりを書くのは大変だったことでしょう。権力者・鬚黒の本妻とは、流浪の姫には夢の如き出世です。

またこの結末、ご都合主義には堕していません。鬚黒の投入は作中の政争に深みを追加しています。その妻子の存在は、作者を家庭悲劇に取り組ませました。これが第二部へ育っていきます。

10月 Oct.

25日

高雅な競技で、賭け物は「美女?!」

「これなんよかるべき」とて、碁盤召し出でて、御碁の敵に召し寄す。

第49巻　宿木

帝が薫を呼び、愛娘・女二宮との縁談を打診するシーン。曖昧・婉曲・遠回し大好きな平安貴族らしく、「ご内意を示す」のに使われたのは碁の勝負でした。

中国から伝わったこのボードゲームは、打つ人の人格が出るとされ、格の高い娯楽だったのです。国宝「源氏物語絵巻」にも描かれたこの場面は、くつろいだ着こなしの帝と畏まった薫の姿を捉えており、貴人の立ち居ふるまいや清涼殿の内部の様子を伝える、貴重な史料となっています。

26日

盛大な法事が世にひろげゆく波紋

神無月に御八講したまふ。

第14巻　澪標

赦免され、晴れて帰京した光源氏。急いで挙行したのが法華八講です。この法事、法華経8巻を4日に分けて講説するもので、現世にも後世にも御利益があるとされていました。「1日めは誰々のため」などと4日間を特定の人に捧げることが多く、その人が故人の場合は供養になります。13巻「明石」で夢に現れた父・桐壺帝が「今、罪滅ぼしの最中だ」と語ったため、堕ちているのであろう地獄から救う手立てを講じた訳です。

光源氏の孝行息子ぶりを物語る美談ですが、そこは平安時代。行事の豪華さと参列者の質・量は、主宰の勢力誇示に直結します。実際、この直後に書かれるのは最大の敵役・弘徽殿大后の歯ぎしり。光源氏から見れば、格好のリベンジになった形です。

なお、この法事はささやかな余波も生みました。赤鼻の姫君・末摘花は、僧として参加した兄からその豪勢さを聞き、「私はもう忘れられてしまったのだ」と失意の底に沈むのです。

27日

平安の結婚「忍びの美学」

親王(みこ)亡(う)せたまひて後、
忍びつつ通ひたまひしかど、
年月経(ふ)れば、
えさしも憚りたまはぬなめり。

第43巻　紅梅(こうばい)

平安についての本を読むと、「結婚は仲人を立て、新郎の家の火を持参して、新婦両親は新郎の沓を抱いて寝る」等と、麗々しい式次第が書いてあります。ただ平安は400年もあり、これはだいぶ後期の、儀式化が進んだ婚礼です。『源氏物語』が書かれた平安中期には、もっとプリミティブな結婚が主流でした。その理想は「とにかく秘密！」主義。夜の暗いうちにひっそり通うのが、恋人時代のcoolでした。はっきり「結婚」という仲になると、昼間も共に過ごし所帯を営む間柄へ変わっていきます。

この文は亡き蛍宮（光源氏の弟）の妻・真木柱と、妻を喪った紅梅大納言（柏木の弟）との、再婚の様を描いたもの。「忍びつつ」通って「年月経(へ)」たので、世間にも祝福されたことがうかがえます。恋の浮名は醜聞とされ再婚は特に叩かれた時代ですが、こうした抜け道もありました。第三の人生を添い遂げたカップルの、幸せだったらしい様子が確認できる史実もあります。

28日

「めでたくとも、もののはじめの六位宿世(すくせ)よ」

第21巻　少女

平安時代は身分社会。権力者の子が幼時から蝶よ花よと育てられたのは事実ですが、世知辛い一面もありました。その屈折した背景をご紹介します。前提として、生まれの良さは絶対的に有利です。何しろ「蔭位(おんい)」という親の「お蔭」でもらえる位があり、出世レースを一刻み上からスタートできたのですから。ただし、時が経てば出世できる公達でも、駆け出しのときは位が低く、下位者扱いをモロに食らったのです。

この一文は光源氏の息子・夕霧が「今はまだ六位」と、恋人の乳母に嘲られている場面。史実でも後に天下人となる藤原道長が、若き日には苦杯を舐めさせられています。牛車で外出したとき上位者の牛車と行き会ってしまい、何と相手の従者らに石をぶつけられて、無礼を叱責されたのです。身分制度が強固だったがゆえに、「〇位」というレッテルが強烈だった時代。貴人がもてはやされる裏側には、下位者の屈辱があったのです。

29日

「いかばかり御心に
染(し)むことならん」と、
御前(おまへ)なる人々、ささめききこえて
憎みきこゆ。ねぶたければなめり。

第46巻　椎本

平安文学を読んでいて驚くのが、生活の昼夜逆転です。迷信から（平安人視点では「健康のため」）夜通し起きていたり、儀式が子(ね)の刻（零時）から始まったりしています。そうすると生じるのが、睡眠の「主従格差」。上位者は自分のペースで寝られますが、使用人は主君に合わせるため、眠けと戦わねばなりません。

この文は、侍女たちのそんな苦労を書いたひとコマ。プレイボーイの匂宮は、宇治に住む美人姉妹（大君・中君）に夢中になっていました。今夜も使者を送って文を届け、返書を夜更かしして待ちわびています。やっと返事が来たので開いてみると、前回の文とは違う筆跡でした。（どちらが姉？　または妹？）といっそう惹かれた匂宮、いっこうに寝ようとしません。それで侍女たちが「『どれほどご執心なのか』とひそひそ囁き合い、憎らしく思っている」という場面です。「自分たちが眠いからでしょう」とツッコむナレーション、作者も侍女であるだけに秀逸です。

30日

夕暮れの空のけしき
いとすごくしぐれて、
木の下吹き払ふ風の音などに、
たとへん方なく、
来し方行く先思ひつづけられて

第47巻　総角

10月1日（P.292）で触れた紅葉狩りの後日譚です。「匂宮は必ずお立ちよりになる」と予告され、心を砕いて待ち設けていたのに、素通りされてしまった宇治の姫たち。打撃は、期待が外れた、逢えなかったという落胆だけではありません。「夫君が堂々訪える家に非ず」という、社会的地位の差も突きつけられたのです。特に姉の大君には、落ちぶれたといえど宮家、自分は長女という誇り・責任感ゆえにダメージ大でした。

大君が臥せってしまったと聞き、薫が急いで見舞いに来ます。これがまた裏目に。従者が姫の侍女と恋仲になっていて、「宮の縁談が決まった」とピロートーク、そこから大君に伝わってしまったのです。そして、この文です。「夕暮れの空の模様はゾッとするほど時雨で荒れ、木の下の落葉も吹き払う暴風に、大君はたとしえなく過去・未来が悩まれて……」。頃は10月末日、冬の嵐。美姫の心身をむしばむ苦悩が、景色に重ねて撮られています。

31日

外国(ひとのくに)にありけむ香(かう)の煙(けぶり)ぞ、いと得まほしく思(おぼ)さるる。

第47巻　総角

引き続き、10月末日の大君です。「恥になる結婚を妹にさせてしまった」「お父さまが諫めたとおりだった」、そう悔いていると妹・中君が、夢で父を見たと言い出します。いっそう悲しむ大君。「異国にあるという反魂香(はんごんこう)が欲しい」、その内心の叫びです。

反魂香とは、焚くと香煙が故人の魂を呼ぶとされる香。白居易の漢詩『李夫人』に出てきます。同じ白居易の『長恨歌』ともども、『源氏物語』頻出の漢詩ですが、『長恨歌』が「感傷」の詩であるのに対し、『李夫人』は「風諭」に属します。「色に迷う」恐ろしさを忠告する詩で、大君、のちには薫も口ずさむのは、ある意味、道理と言えるでしょう。

大君は、夢の父が物思わしげだったと聞き、さらなる嘆きに沈みます。仏教的な観念では、愛執が往生の絆だからです。父の邪魔になっている、そう考えた大君は、「お父さまの行方がまだ定まらぬうちに、同じところへ」と、死を望むようになるのでした。

1日

**大后(おほきさき)も参りたまはむとするを、
中宮のかく添ひおはするに
御心おかれて、
思(おぼ)しやすらふほどに、
（中略）隠れさせたまひぬ。**

第10巻　賢木

光源氏の父・桐壺帝――今は譲位後なので桐壺院が逝去する場面です。現代でもそうですが家族の臨終が迫ると「別れを言いたい！」となるものでした。桐壺院の場合、中宮（皇后）の藤壺は仲睦まじく同居していたため、最後まで共に過ごすことができました。また息子である朱雀帝や皇太子・冷泉も盛大に見舞い、平安人にとって大事だった、孝行と面目の両方が叶いました。最期も安らかだったと語られることから、桐壺院が平安人的には「善玉キャラ」だったことがわかります。

対して「罰」を受けるのは、悪役中の悪役、弘徽殿大后（桐壺院の妃）です。この一文では、「大后も最後のお見舞いをと考えたが、恋敵である中宮（藤壺）がひたと付き添っているのが気に食わず、ためらっているうちに院は崩御してしまった」と述べています。参上しなかった理由もまさに自業自得。読者は溜飲を下げたことでしょう。

2日

褒めたのも貶したのも愛ゆえか

霜月の朔日ごろ、
御国忌なるに、雪いたう
降りたり。(中略)
筋変はり今めかしうはあらねど、
人にはことに書かせたまへり。

第10巻　賢木

11月1日頃のこと。桐壺院の崩御から1年が経ち、「命日に大雪が降った」という一文です。光源氏と藤壺の挽歌のやりとりに寄せて、藤壺の筆跡が評されます。「流派が異なり当世風ではないが、人よりは優っている」。「筋」が違い古風なのは、桐壺院・光源氏らとは異なる皇統に属するためでしょう。微妙な評価なのは一周忌ゆえ、密通した后への称賛は控えたのかもしれません。

column

平安文化

筆跡は個人情報の宝庫

平安貴族は筆跡から、書き手の性別・身分・人となり等を推測できました。女三宮のもとで文を拾った光源氏がピンときたのも、一目で「男の字」と判別したからです。筆跡からは書き手を特定できました。光源氏・朧月夜の密会が大ごととなったのも、「光源氏自筆の畳紙」という、動かぬ証拠が押さえられたためでした。

3日

あさましうあてに、おほどかなる女のようにおはすれば、古き世の御宝物、祖父(おほち)おとどの御処分(そうぶん)、（中略）はかなく失せ果てて

第45巻　橋姫

「あきれるほど上品で、おっとりした女のような方なので、先祖伝来の財物や、大臣だった祖父の遺産も（中略）跡形もなく失ってしまった」。政争に敗れて世間から排除され、宇治に隠棲する八宮（桐壺帝の第八皇子）。そのプロフィールがわかる一文です。

親王は皇位の補欠なので、政治家として出世し財産をふやす道がありません。また当時の遺産は女系相続が基本。そのため親王の生計は、母方親族や妻の財産頼みになりがちでした。桐壺帝が光源氏を臣下に降ろして大臣家の姫を娶らせたのは、母の実家が弱い光源氏を親王にすると、困窮する恐れがあったためです。

八宮は母方祖父が大臣、しかも富裕だったので安泰だろうと、「親王の栄誉」を授けてもらいました。しかしお人よし過ぎて財産を、身内・使用人にちょろまかされてしまい、「目立つので持ち出しにくい家具だけは、ご立派なものが残る」貧窮状態に。平安貴族の生きた世界、「雅なサバンナ」感があります。

真摯な愛が、逆に追い詰める

4日

「近くてだに見たてまつらむ」

第47巻　総角

病む大君をさらに一歩、死へ追いやった「優しい言葉」です。

父・八宮の死後。妹姫・中君は匂宮と縁づき、姉姫・大君は薫の求愛を懸命に拒む状態にありました。後見人の許可なく結婚する姫は「隙がある女」と見られた時代。薫と大君が後見に当たる中君は、名誉をもって成婚できた訳ですが、薫・大君ペアには後見がいません。「今は熱心に言い寄る薫さまも、時が経てば『しょせん緩い女』と侮るだろう」。貧しい宮家の長女、屈折した誇りを持つ大君には受け入れ難く、心労から衰弱していきます。

薫の方は、大君を引き取る準備を進めつつ、久々に宇治を訪れます。重態の大君を見て驚き、口にしたのが「近くで看病するだけでもさせて」というこのセリフ。真剣に案ずる熱い言葉ですが、この時代の「見る」は夜を共にすることを含意します。

「こうなった以上、回復したら結婚せざるを得ない」、大君は思いつめ、食さえ拒んで死に至るのでした。

5日

豊明(とよのあかり)は今日ぞかしと、京思ひやりたまふ。風いたう吹きて、雪の降るさまあわたたしう荒れまどふ。

第47巻　総角

薫と大君、彼らの異なるバックグラウンドが、嵐の中溶け合う瞬間です。二人は共に皇族筋の貴人。しかし薫は都で栄華を極める身、大君は宇治に隠棲する没落宮家です。結ばれぬまま死のうとする大君を、薫は必死に看病。そしてハタと気づくのです、「今日は豊明か」と。収穫祭で華やぐ都を離れ、高官の立場も忘れていた薫。雪に降り籠められた宇治で、やっと住む世界を大君と共有します。二人はつかのま、心を通わせ合うのでした。

column　年中行事

豊明節会

旧暦11月に行われる豊明節会(とよのあかりのせちえ)は、収穫を祝う神事「新嘗会(しんじょうえ)／大嘗会(だいじょうえ)」の後、参加者一同で供物や酒を飲食する儀式。「豊明」はお酒を飲んで顔が赤らむ様子から、酒宴を意味するようになりました。また物語中に繰り返し登場する「五節の舞」も、この折の儀式の一つです。

6日

仏などの、いとかく
いみじきものは
思はせたまふにやあらむ

第47巻　総角

大君が世を去ったときの薫の心境を表す文章です。「仏などが、こんなむごい悲嘆をお与えになるのだろうか」。二人はなぜ結ばれなかったのか。それは、仏教思想の捉え方の違いにありました。大君は「仏教では男女の営みを不浄と教えるのに、なぜ薫は関係を迫るのか」と厭わしく思います。一方の薫は平安の貴族男性なので、女を抱くのは常のことです。男性性を評価する仏教思想は、その自己肯定感を高めていました。二人は逆方向へ向かっていたのです。

7日

なごりなくうち笑みて、「いかにうつくしき君の御され心なり」

第21巻　少女

光源氏の腹心・藤原惟光。主君のアバンチュールには必ずお供して、自分の恋も抜かりなく楽しみ、時にはズケズケ文句を言って、でも危険なときには率先して行動する。そんな魅力的なキャラも、ここで見納めです。とはいえ、死んだり去ったりする訳ではありません。『源氏物語』はよほどのキャラでない限り、その行末までは語らないのです。惟光の場合「梅枝」巻で、「惟光の宰相の子」がチョイ役で登場することにより、宰相という破格の地位にまで出世したとわかりますが、本人はもはや登場しません。

という訳で、この場面が彼のラストシーン。愛娘に恋文が届いたので、最初は「けしからん！」と激怒しました。しかし差出人が夕霧（光源氏の子）とわかるや否や一転、上機嫌というくだりです。火遊びが女性に及ぼす危険を、（自身の経験から）熟知してはいますが、光源氏一家への敬愛・信頼は健在で、娘の玉の輿も夢見てもいる。何とも彼らしい最後なのでした。

8日

殿参りたまひて御覧ずるに、むかし御目とまりたまひし少女の姿思し出づ。

第21巻　少女

紫式部の時代を遡ること、約300年。672年の壬申の乱に勝って即位した天武天皇が、「吉野山中で天女から授かった」とされるのが五節の舞です。11月の新嘗祭（天皇即位直後は大嘗祭）で披露されるこの舞は、8世紀には女性皇太子・阿倍内親王が舞い、平安前期には后妃候補者が務めるほど、尊重されたお役目でした。しかし平安も中期になると、天皇の「お目に留まる」メリットももはやなく、顔・姿をさらす些か下等な仕事となります。とはいえ行事としては大人気で、衣装などに見栄を張る傾向は進むばかり、「負担にたえない」と辞退する者も出る大騒動でした。

そんな「天つ少女」が活躍するのがこの巻です。光源氏33歳、既に太政大臣の年。舞姫に選ばれたのは長年の部下・惟光の娘でした。彼女は夕霧（光源氏の子）に見初められ、のちに玉の輿に乗ります。一方光源氏はこの文にあるとおり、昔契った「筑紫の五節」を思い出し、ひそかに和歌を交わすのでした。

9日

いにしへ、
あやしかりし日蔭(ひかげ)の折、
さすがに思(おぼ)し出(い)でらるべし。

第41巻　幻

光源氏が紫上を追悼し、また人生を振り返る「幻」巻。11月、五節の季節となって世は浮き立ち、夕霧の幼い息子たちが六条院を訪れます。その賑わいと愛らしさに追悼一色だった光源氏も、「さすがに」昔の恋を思い出す、それがこの文です。

「あやしく心騒いだあの五節の折」とは、俗に「筑紫の五節」と呼ばれる女性と逢ったときのこと（らしい）。彼女は大宰大弐(だざいのだいに)という受領の娘、つまり中流階級のせいか、逢瀬の詳細はまるで語られません。ただ「その身分にしては出色の乙女！」と、光源氏の心内で高評価されており（平安人的には褒め言葉です）、折々、情の深い和歌をやり取りしています。

裕福な（はずの）彼女は宮仕え・結婚も強いられず、光源氏との思い出に生きたようです。「光源氏に引き取られれば再会できたのでは？」と思うのは現代人の感性。平安的には我が家（実家）でどっしりと、貴人との恋に殉じる方が幸せだったでしょう。

10日

「あはれ、
さも寒き年かな。(中略)」
とて、飛び立ちぬべく
ふるふもあり。

第6巻　末摘花

平安は「社会保障？　何ソレおいしいの？」時代。身寄りのないレディの困窮は、ごくありふれた悲劇でした。この文は、赤鼻の姫君・末摘花の貧困を語ったものです。親亡きあと、その手元は不如意になる一方。着重ねる服や火鉢の炭がとぼしいため、侍女たちがガタガタ震えているというくだりです。「飛び立ちぬべく（飛び立ちそうに)」は、万葉集の句を踏まえた表現。震えっぷりという現象の悲惨さを、歌語がいささか和らげています。

column

平安文化

平安に息づく万葉集「貧窮問答歌」

「世の中を憂しと恥(やさ)しと思へども　飛び立ちかねつ鳥にしあらねば」。源氏物語の時代から270年程前に、山上憶良が詠んだ歌のラスト一文。平安人は、会話や文にナチュラルに取り入れていました。

11日

いとど愁（うれ）ふなりつる雪、
掻き垂れいみじう降りけり。
空のけしき烈（はげ）しう、風吹き荒れて
大殿油（おほとなぶら）きえにけるを
ともしつくる人もなし。

第6巻　末摘花

落魄（らくはく）の美女を貴公子が訪ね、荒れ果てた屋敷で愛を語らう――『うつほ物語』も描いた平安の人気ネタ。『源氏物語』が書くと、こうなります。「侍女らが嘆いていた雪が、暗雲たれこめ降りしきる。空もようは激しく風も吹き荒れ、灯火が消えても点ける人もいない」。平安レディなら通常は、雪が降ると「きれい」と喜びます。しかし服もろくにないこの家では、「寒い」と侍女の愚痴の種なのです。大殿油は灯油（式の明かり）ですが、隙間風ふく家に冬の嵐、たちまち消えてしまいました。でも誰も点け直しません、人手不足で。実に絵になる「寂しいお屋敷」です。

そして「消えにける」灯火。これは、魔を呼ぶ要因です。実はこの「末摘花」巻、あの「夕顔」巻に直結する物語。平安のボンドガールが光源氏と個性ゆたかに恋をする短編第4弾、「今回もモノノケが出てくるの?!」と読者をハラハラさせておいて……翌朝、光源氏は姫を見て、その赤鼻に仰天するのでした。

12日

末摘花の君、有名な（？）ご尊顔

あなかたはと見ゆるものは鼻なりけり。ふと目ぞとまる。普賢菩薩（ふげんぼさつ）の乗物とおぼゆ。

第6巻　末摘花

雪が降った翌朝。その照り返しで、光源氏は末摘花を初めてよく見ました。これまでも「会話ベタ」「空気よめない」等、残念ポイントは加算されていたのですが、ダメ押しに「不器量」と来た訳です。「まず変だと思ったものは鼻であった。思わず目が留まる。普賢菩薩の乗り物（象）のようだ」。

日本に象が初渡来したのは室町時代。平安人には未知の生き物です。つまり、仏画を引いてイヤミを言った訳で、紫式部女史、陰険にもインテリです。

13日

形見に添へたまふべき
身馴れ衣もしほなれたれば、
（中略）わが御髪の
落ちたりけるを
取り集めて鬘にしたまへるが

第15巻　蓬生

末摘花を養っていた光源氏。しかし須磨蟄居の騒ぎの際、音信を絶やしてしまいました。一方、末摘花は父の教えを固持。「自分から男に文を送る（誘う）」なぞ考えもせず、家財の売却も許しません。宮家の体面を保ったまま貧窮の度を増してゆき、乳母子・侍従が他家でも宮仕えして、一同の糊口を凌いでいました。

そんな末摘花と侍従の主従に、最大の試練が訪れます。侍従の夫の地方赴任が決まったのです。侍従は悩んだすえ下向を決意し、姫にも同行を勧めました。この文は、末摘花が離京を拒み、侍従に形見（退職金）を与える場面です。身につけた服を与えるのが筋ですが、あまりに着古して使用に耐えません。やむを得ず、末摘花唯一の美点・髪を活かし、「抜け毛の鬘」を贈ったのです。

なお後日、末摘花は光源氏と再会し、再び富裕な身となって、「もう少し待たなかった心浅さ」を侍従に後悔させました。平安人にとっては乳母子の離職は、裏切りだったのですね。

11
月

Nov.

14日

新たに登場した「紫のゆかり」

その御腹の女三宮を、
あまたの御中にすぐれて
かなしきものに思ひかしづき
きこえたまふ。

第34巻　若菜上

33巻「藤裏葉」で物語は華々しく終結しました。しかし作者は、何と続編を書き始めます。それも物語を根幹から揺さぶる方法で。この文は光源氏の新たな妻・女三宮の登場シーンです。「宮」が示す通り、彼女は内親王。それも父・朱雀帝（今は譲位して院）が大勢の子の中で、とりわけ愛している娘だったのです。

この時代、「きょうだいは平等に」とは考えません。父も母も、可愛く感じる子を贔屓にします。愛された子は財産・教育機会を集中投下され、親の「守護霊」的なものにも守られます。従って「愛し子」がステイタスとなる時代だったのです。
「藤裏葉」巻で光源氏が得た栄華は、妻・紫上と築いたものでした。彼女の唯一の欠点が「父に愛されなかったこと」。その点でも身分でも上回る新妻を、作者は創造し送り込んだのです。

過去作の根幹に斧を打つ如き行為。その激震は『源氏物語』の新たな側面を露出させ、新境地を開拓していきます。

15日

さきざき人の上に見聞きしにも、女は心よりほかに、あはあはしく人におとしめらるる宿世（すくせ）あるなん、いとくちをしくかなしき。

第34巻　若菜上

「これまで人事（ひとごと）として見聞きしてきたことでも、女（内親王）は心ならずも、軽率だと人から見下される宿命もあるのが、ひどく残念で悲しく思われる」。病が重くなった朱雀院が、鍾愛の内親王・女三宮の将来を案じるセリフです。

平安時代、天皇の娘である内親王は、「原則独身」「結婚するなら相手は皇族」が建前でした。天皇家は格上の氏族と見られていたため、臣下との婚姻は「下方婚」、不名誉だったからです。

とはいえ、降嫁する内親王もいました。第一には、父帝・父院が許可（または追認）して嫁がせるケースで、新郎にとり最高の名誉でした。第二は、事実婚してしまう例。こちらは大変なスキャンダルでした。許可なし婚が女の恥だった時代、ましてや内親王が臣下と……とあっては、世論の格好の餌食となったようで、『源氏』や『うつほ』は「死んだ方がまし」と書いています。そんな事態を防ぐため朱雀院は、光源氏を婿に選んだのでした。

16日

我、女ならば、同じはらからなりとも、かならず睦(むつ)び寄りなまし。

第34巻　若菜上

光源氏の六条院世界に大激震をもたらしたもの——それは新たな妻・女三宮の降嫁でした。彼女の父は朱雀院、光源氏の異母兄に当たる人です。朱雀と光源氏の因縁は、物語の初っ端、1巻「桐壺」に遡ります。権力者の娘を母に持ち、しかし凡庸な一の皇子・朱雀。対する光源氏は、生母の劣った身分ゆえに、母は若死にに追い込まれ、自身は臣下に降ろされた二の皇子。美貌・資質が傑出しているだけに、父帝も世間も次男を愛で、のちには后候補・朧月夜も、帝の朱雀より流謫中の光源氏を愛したのです。

悲惨な来し方ですが朱雀はこの弟を、心の底から愛していました。「私が女だったなら、きょうだいでも必ず慕い寄っただろう」、この言葉、内心でも独白でもなく、明言なだけに迫力です。光源氏は超ジェンダー的存在で、男たちに「女性であれば」と溜息つかせてきました。ただ朱雀だけは、自分を女に見立てて慕っており、その内面がえぐり出されます。

17日

母方(ははかた)からこそ、帝(みかど)の御子(みこ)もきはぎはにおはすめれ。

第19巻　薄雲

光源氏、壮年期のお話です。一の妻・紫上には子供がなく、最下位の妻・明石君が女児を生みました。当然、光源氏は明石君に、「姫君を紫上の養女に」と持ちかけます。なかなか決断できない明石君を、「あぢきなし（情けない）」と叱責したのはその母、明石尼君でした。この一文は、尼君から明石君への助言です。「母方次第で、帝の御子にも差が生じるのです」。さらに続けて、「光源氏さまほど傑出した人物が、帝になれず臣下として仕えているのは、母君の身分が一段劣っていたからですよ」。

実のところ、そんなことは明石君も百も承知。それでも娘を手放せず、占いにかけたり等ぐずぐずと、時間を食っていたのです。ぴっしゃり叱り飛ばして肩を押した尼君、明石・源氏一族繁栄の陰の立役者だったと言えましょう。とはいえ、姫君がもらわれていったあとは、「さこそ言ひしか（ああは言ったものの）」涙もろくなったと語られるところに、尼君の人間味が漂います。

11
月

Nov.

18日

平安の育児はカネ次第?!

「うち絶えきこゆることはよもはべらじ。（中略）」など、うち泣きつつ過ぐすほどに、師走（しはす）にもなりぬ。

第19巻　薄雲

光源氏の身分の低い妻・明石君が、娘を養女に出すくだりです。娘づきの乳母と別れを惜しみ、「連絡は絶やすまい」と嘆き合ううちに、（娘が去る）12月が来た、と語ります。乳母は当然子持ちですが、実子には授乳せず、さらに下位の女性に「孫請け」で授乳させます。人工乳も紙オムツもなく、生地も紙も手作りで高価だった時代。育児に要する凄まじい労力を、上流貴族は乳母で補填しました。妻は「高貴な御子」の出産に専念。つまり栄華の象徴「末広がり」とは、富による産育分業の成果だったのです。

子の情緒面が案じられる育児ですが、平安ではこれが「よい育ち」でした。「乳母だけが育てたので我が儘で物知らず」という文があり、乳母は「わが君、最高！」と自己肯定感いっぱいに育てること、実親は権威をもって締める、と役割分担していたようです。なお貴人の出世や没落には、乳母やその子らも連動します。時に一蓮托生する姿には熱い「乳の絆」が感じられます。

19日

数（かず）ならば身に知られまし
世のうさを
人のためにも濡らす袖かな

第39巻　夕霧

夕霧（光源氏の子）が新たな妻を娶りました。本妻・雲居雁はショックを受け、実家に帰ってしまいます。するとこんな和歌が届きました。「もし私が人数に入る者ならば、わが身のこととして理解できるであろう夫婦のつらさを、貴女のために感じて今泣いています」。へりくだりつつ同情・慰めを表す文でした。

差出人は藤典侍、夕霧の愛人です。歌に意趣返しの意図も感じて、雲居雁は不興を覚えますが、一方で「彼女も辛いのだろう」と共感が湧き、素直な返歌をしたのでした。

妻たちが文通。意外でしょうか？　平安京はムラ社会、お互い生来顔見知りですし、催事で助け合えると便利でした。『蜻蛉日記』にも夫が別の恋をしているとき、本妻に「お互いつらいですね」と手紙を送った記述があります。ライバルであり、協働することもあり、理解し合える相手でもある。そんな彼女らの関係を見ていると、「同僚」という言葉がイメージされます。

20日

不遇を嘆くのに故事を引くインテリ平安人

むかし胡(こ)の国に
遣はしけむ女を思(おぼ)しやりて、
ましていかなりけん、この世に
わが思ひきこゆる人などを
さやうに放ちやりたらむ

第12巻　須磨

光源氏は須磨で初めての冬を迎えました。雪吹き荒れる空に寂寥(せきりょう)がいや増します。美声の良清に歌わせ、器用な惟光に笛を吹かせ、自身は琴を弾いて合わせると、みな落涙を禁じ得ないのでした。この文は、そんなときの光源氏の気持ちです。「昔、胡の国（古代中国の北方）に遣わされたという女のことを想像なさって、『そのときの帝は、ましてやどれほど辛かっただろう。この世で自分の愛する人をそのように遠くに追いやることになったら』」。『源氏物語』は、中国史上の人物をナチュラルに引用します。ここで挙げられているのは王昭君(おうしょうくん)、「胡の国に遣わされた女」です。漢の元帝が美しい宮女・王昭君を、辺境の王の妻に差し出してしまったというこの故事。平安貴族に広く知られていました。帝の後宮にいた美姫が、夷狄(いてき)の地へ遣られる都落ち感。紫上と逢えないだけでも辛いのに、ましてや自分の手で恋人を遠くへ行かせることになったら。光源氏がわが身を重ねたポイントです。

21日

「ただ是西に行くなり」

第12巻　須磨

昨日の続きです。合奏のあとの深夜、光源氏は一人起きて、部屋に差し込む月光を眺めていました。沈む月に触発され誦じたのが「ただ西へ行く定めなのだ」という、ある漢詩の一節。これは左遷された菅原道真が大宰府で詠んだ『代月答（月に代はりて答ふ）』の句です。「唯是西行不左遷（月に問いかける人よ、私は左遷されるのではない、ただ西へ行くさだめなのだ）」という潔白を訴える詩に、光源氏自身の無実を重ねています。

column

時代背景

道真も光源氏のモデルの一人

「須磨」巻には道真の漢詩や故事が頻出します。紫式部の時代より約100年前、醍醐天皇の治世は聖代と称えられ、『源氏物語』もこの頃が舞台になっています。その時代唯一のキズと言われる道真左遷事件を連想させることで、光源氏への同情気分を盛りあげたのでしょう。

22日

覚え世に軽からず御容貌なども
いとようおはしけるを、
あやしう執念き御物の怪に
わづらひたまひて、
この年ごろ人にも似たまはず。

第31巻　真木柱

玉鬘と鬚黒の結婚は、鬚黒の家庭に暗い影を落とします。その一連のエピソードを、今日から6日間にわたってお話ししていきましょう。この一文は、美しい貴婦人（鬚黒の本妻）が、しつこいモノノケに苦しめられ、「常人ならざる様子」になり数年経つ、という描写です。このレディ、もとは「世評も高く、見目かたちもたいそうよかった」と書かれ、落差が悲哀を掻き立てます。

「調子のよいときは昔と変わらない様子だが、モノノケが憑くと平常心を失い、叫んだり暴れたりする」というこの病態。現代なら医療の範疇となりそうですが、平安時代の治療手段は加持祈禱でした。このレディも僧侶に夜通し打たれ引き回され（憑いているモノノケを引き離す試みです）、明け方になってやっと静まった、と記述されます。異性とは距離をおいて暮らす平安の貴婦人が、僧とはいえ男に触れられ、しかも暴力を振るわれる——その衝撃は今以上であったと推察されます。

23日

玉を磨ける目移しに
心もとまらねど、年ごろの心ざし
ひき変ふるものならねば、
心にはいとあはれと
思ひきこえたまふ。

第31巻　真木柱

この文章は、玉鬘を娶ったばかりの鬚黒が、長年の妻と相対している場面です。新婦は都一の御殿に暮らす若き才色兼備。夜ごと通っていく鬚黒は天にも昇る心地で、長く闘病中の本妻には、もはや全く心惹かれません。「けれどもそこは多年の絆、情はある（しかも比類ない）」と語る文です。一夫多妻時代なので、本妻格が二人いても問題はありません。ただし双方の妻およびその実家が、威信をかけて「しかるべき待遇」を求めるため、夫の調整力が問われます。この時代、公私、情理は分離さるべきものではなく、両方まるく収めてこそ上に立つ者。不器用な鬚黒には荷が勝ち過ぎ、新旧の妻の板挟みになってしまうのでした。

なお、華やかな玉鬘十帖の最終巻「真木柱」は、玉鬘が玉の輿婚してめでたしめでたしのはずですが、妙に陰影深いのが謎の一つです。『源氏物語』は後半に行くにつれ話が暗くなるので、この「真木柱」巻も執筆時期が遅いのかもしれません。

24日

修羅場を演出する意外な小道具

にはかに起き上がりて、
大(おほ)きなる籠(こ)の下(した)なりつる
火取(ひと)りを取り寄せて、
殿(との)の後ろに寄りて、
さと沃(い)かけたまふ

第31巻　真木柱

有名な「灰騒動」の場面です。新妻・玉鬘に通う鬚黒のため、北方（本妻）は侍女に命じ、衣類に香を焚きしめさせました。装束の支度は妻の務めとはいえ、他の女性を魅了したい夫をオシャレさせる仕事です。鬚黒もさすがに遠慮し、「出かけるの億劫」というふりをしますが、内心はときめいているので自身の手で、全身くまなくシャレ込む始末です。そして仕上がる堂々たる婿姿。北方本人は病中で、痩せた身にみすぼらしい服なので、なおのこと落差が目立つのです。懸命に気を静める北方。しかしついに「急に起きあがり籠の下の火取りを取り、鬚黒の後ろに寄って灰を浴びせる」という挙に出てしまいます。当然、即座に僧が呼ばれ、「治療」を施されることとなりました。

のちの「若菜上」巻でも女三宮との新婚に臨む光源氏のため、紫上が香を焚かせる場面があります（さすがに暴力はふるいませんが）。平安女性あるあるの、胸痛む仕事であったのでしょう。

25日

木工の君、御薫物しつつ「(中略)なごりなき御もてなしは見たてまつる人だに、ただにやは」と、口おほひてゐたる、まみいといたし。

第31巻　真木柱

病気の年上妻と冷えた仲だった鬚黒は、新妻・玉鬘にのぼせあがってしまいます。この文は、本妻への「なごりなき御もてなし(かつての愛はカケラも見られぬお扱い)」を見て、木工君という侍女が香を焚きつつ苦言を呈する場面です。実はこの木工の君、鬚黒の「召人」つまり愛人です。当時の価値観では、身分が下の相手にあれこれ命じるのは当たり前。従って侍女は主家や賓客の男性らの、性の要求も当然こなしていました。その中には特定の貴人に気に入られ、愛人となる者もいたのです。

鬚黒には召人が少なくとも二人おり、その一人がこの木工です。分をわきまえてはいても鬚黒の新婚騒動に「ただ(平静)」ではいられません。言いさして袖で口を隠す彼女の「目もとがいたわしい」と作者は語ります。多くの貴人貴女が活躍する『源氏物語』。その中で木工は身分も出番も端役ですが、平安を生きた侍女たちの、声なき声を叫んでいるかのような存在です。

26日

根回し不足で大失敗！　真面目人間の弱点

常に寄りゐたまふ東面（ひむがしおもて）の柱を人に譲る心地したまふもあはれにて、姫君、檜皮色（ひはだいろ）の紙の重ね、ただいささかに書きて
（中略）入れたまふ。

第31巻　真木柱

『源氏物語』には、「本妻主義！」な男たちが登場します。夕霧（光源氏の子）、鬚黒（玉鬘の夫）、後半のキャラ・薫や常陸介（浮舟の継父）らです。一人の妻を守る彼らは今の読者には好評ですが、作者は辛辣です。「気配り下手で人を傷つける」「恋に落ちたら暴走する」と見ているのです。ちなみに一夫一妻の妻にも冷たく、夕霧の妻・雲居雁が魅力も教養も失くした様を手厳しく描いています。一夫多妻の方が人は磨かれる、と言いたげです。

この巻ではその実例が示されます。鬚黒が新妻・玉鬘に入れあげて、本妻へのケアを怠ってしまうのです。結果、妻は娘（真木柱）を連れて実家へ帰り、離婚。この文はパパっ子の娘が父の帰りを虚しく待ち、普段もたれていた柱に手紙を挿して、遂に去ってゆく場面です。悲しいシーンですが、実は政治面でも重要。かくして一人娘を失った鬚黒は、後宮戦略で大きく出遅れ、光源氏派の後塵を拝することとなるのです。

27日

いかばかりの
むかしの仇敵（あたかたき）にか
おはしけむとこそ
思ほゆれ。

第31巻　真木柱

紫上の「意地悪な継母」が、コテコテの暴言を吐く場面です。

光源氏の養女・玉鬘を娶った鬚黒。その長年の北方（本妻）は、実は式部卿宮の娘、紫上の異母姉だと、30巻「藤袴」で突然明かされました。つまり宮家サイドの視点では、「よそで育った外腹の娘（紫上）が我が家にリベンジしようと、長女の婿を横取りした」と映るのです。この文は、宮の本妻・大北方（おおきたのかた）が吐いた言葉です。「(あの光源氏は、私には）前世、どれほどの仇敵だったのかと思う！」。加えて「あの男は、養女を迎えて自分が慰んで古物にして、代わりに真面目な男をたぶらかしてあてがった」と、すこぶるお下品に罵る、相当な悪玉キャラです。

光源氏の須磨流謫中は、紫上を助けるどころか「幸せが続かない不吉な運命の娘」と忌み嘲笑った大北方。のちに「若菜下」巻ではこの人の舌禍で、真木柱（鬚黒と北方の娘）の結婚が不幸になります。読者は「罰が当たった」と喝采したことでしょう。

28日

近づいたと思ったら離れる二人

かうもの思はせ
たてまつるよりは、
ただうち語らひて、尽きせぬ
慰めにも見たてまつり
通はましものを、など思(おぼ)す。

第47巻　総角

『源氏物語』後半の主人公・薫。その恋が行き詰まる瞬間です。宇治の姉妹と知り合った薫は、姉・大君に恋をします。しかし大君は「妹・中君と結婚して」と頼んできました。進まない恋に苛立った薫は、中君を匂宮と結婚させてしまいますが、高貴な宮はなかなか宇治まで通えません。妹の不安・悲しみを見ていた大君は、憔悴のあまり死去してしまいました。

この文は、姉の死に泣く中君を見た薫の心情です。「(匂宮と縁づけて) こんなに苦悩させるより、ただ語り合って、(大君を喪った悲しみの) 慰めにも通いたかったのに」。つまり大君が逝って初めて彼女が勧めていた、中君との結婚に気が向いた訳です。

しかしそこへ匂宮がやっと来訪して、「中君を京へ迎える」と告げました。「薫がこれほど愛した人の妹なら」ということで、中君への世評があがったことが幸いしたのです。薫の中君への思いは断ち切られ、迷走し、あいにくと募っていくのでした。

29日

唐土(もろこし)にもかかる事の起こりにこそ
世も乱れあしかりけれ（中略）
人のもてなやみぐさになりて、
楊貴妃(やうきひ)の例(ためし)も
ひき出(い)でつべくなりゆく

第1巻　桐壺

桐壺更衣への過分な愛情が、政治問題となりつつあったことが語られます。古代日本にとり手本であった先進国・中国。繁栄を極めた大帝国・唐（618～907年）は、8世紀中葉、安史の乱のあと衰退に向かいます。この乱は「皇帝が楊貴妃に溺れたせい」とされ、日本にもそう伝わって戒めとされたのです。平安貴族にとっての後宮は、次代の政権を賭けた真剣勝負が繰り広げられる場所でした。だからこそ、「割り込み」をした桐壺更衣は皆に憎まれ、攻撃がエスカレートしていったのです。

column　平安文化

唐の名詩人・白居易と『長恨歌』

桐壺帝が愛誦する『長恨歌』は、玄宗皇帝と楊貴妃の悲恋を白居易（白楽天）が綴った詩。長恨歌を収める白居易全集『白氏文集』は「文集」と呼ばれ大人気で、光源氏も須磨へ携行しました。

30日

「女人成仏」を説く経典とは

法華経(ほけきゃう)はさら也(なり)、(中略)
雪深く降り積み、
人目絶えたるころぞ、
げに思ひやる方なかりける。

第53巻　手習

出家を果たした浮舟は、法華経(ほけきょう)や他の経文も多く読みます。身を寄せている小野は雪が深く降り積もり、この時節には人の出入りも絶えて、他に気晴らしの術がないのでした。法華経は天台宗などで「最も優れた法典」とされ、特に第5巻は悪人や女人の成仏を説き、救いを求める人々の信仰の拠り所となりました。『源氏物語』の大ファンだった菅原孝標女(すがわらのたかすえのむすめ)が、「法華経の第5巻を早く習え」と夢告されたと書いているのはそのためです。

column

時代背景

宗教的な雰囲気が色濃い「小野」

小野は比叡山の南西麓の一帯で、「山籠り」の誓いを立てた僧侶でもここまでは禁を破らず降りてこられました。「夕霧」巻で落葉宮母子が小野に移ったのは、こうした僧侶の祈禱を受けるためです。僧侶の家族が多く住む地で、浮舟もここで横川僧都の妹尼に看護されました。

1日

この雪すこしとけて渡りたまへり。例(れい)は待ちきこゆるに、さならむと思(おぼ)ゆることにより、胸うちつぶれて人やりならず思(おぼ)ゆ。

第19巻　薄雲

「雪が少しとけたので、光源氏さまがお越しになります。ふだんは待ち望むご来訪なのに今回は、『娘を引き取りに来るのだろう』と予想がつくため、胸がつぶれて『養子縁組を了承したせいだ』と後悔します」。光源氏の身分低い妻・明石君が、子を養女に出そうと決意したものの……という場面です（P.9）。平安の妻の常識では、子は手元に置くのが得策です。夫の来訪の増加が期待でき、さらなる出産を見込めるからです。男性貴族は宮廷内の派閥形成のため子を切実に必要としていたので、多産な妻は優位に立てました。

ただし、明石君の場合、夫・光源氏と格差がありすぎました。より高貴な女性に取り巻かれている光源氏、よそに女児が生まれる可能性は低くありません。そうしたら私の娘など忘れ去られてしまう、その前に本妻の「娘」としてお披露目してもらった方が……という明石君の苦衷です。状況を正しく分析し、賢く決意して、でも泣く明石君。その理と情双方を捉えた文章です。

2日

継子いじめの型から外れた理想の継母

「いみじううつくしきもの得たり」と思（おぼ）しけり。

第19巻　薄雲

継母にいじめられた娘が男性に救われ、幸福な結婚をする――「継子いじめ譚」は世界的に見られる話型です。平安時代でもむろん大人気。『落窪物語』は落ち窪んだ部屋で裁縫にこきつかわれていた姫君が、貴公子に「盗まれ（密かに連れ出され）」、太政大臣の妻・皇后の母になる物語です。光源氏の愛妻・紫上も、父の本妻と緊張関係にあり、「光源氏に救われた」継子でした。

その紫上自身が養女・明石姫君を迎え、継母となるのが「薄雲」巻。とはいえ、魅力的な女性で家事も抜群、夫の浮気は程よく妬いてコントロールし、須磨・明石流謫の際は全財産を守り抜く（！）という「万事に理想的な妻」紫上のこと。「とても可愛いものを得た」とよき継母になります。

何だか非の打ちどころない、お伽話の中のお姫様のよう。悲劇の第二部がなかったら、その内面は掘りさげられなかったかもしれません。

3日

何(なに)わざをして、知る人なき世界におはすらむを、とぶらひきこえに参(まう)でて、罪にもかはりきこえばや、などつくづくと思(おぼ)す。

第20巻　朝顔

運命の女・藤壺の死を語る「薄雲」巻。続く「朝顔」巻では光源氏が、長年の懸想相手・朝顔に、求愛を再開したと述べています。この恋は難航する一方で、本妻・紫上の美質や藤壺との相似に改めて気づいて、光源氏の心は戻ってきます。……と落ち着くように見えた夫婦仲ですが、その夜、光源氏は藤壺を夢に見るのです。「夢」は、英語のdreamに影響されて現代はポジティブな語になっていますが、平安人には異界とのチャネルです。このくだりでも光源氏は就寝中「夢ともなく仄かに」藤壺を見た、とあって、まるで枕辺に霊が立ったような不気味さです。

同様の例に夕顔があります。美女のモノノケに襲われ急死した彼女は、光源氏や侍女らの夢に女怪づれで現れており、「成仏していない」と解釈されています。藤壺も成仏できていない訳で、光源氏はその罪を代わりたいと願う……が本旨ですが、現代人だと「潜在意識」等深読みしたくなるくだりです。

4日

雪のいたう降り積もりたる上に、今も散りつつ、松と竹とのけぢめをかしう見ゆる夕暮れに、人の御容貌(かたち)も光りまさりて見ゆ。

第20巻　朝顔

定子さまが「少納言よ、香炉峰の雪いかならむ」と仰ったので、「雪を眺めたい」という御心を察し御簾を上げてみせた……とは、清少納言が『枕草子』に書いているところ。火鉢や人いきれがあるとは言え外壁を開け放った訳で、冷気は当然感じたはずですが、気にする気配はありません。いわゆる十二単の賜物でしょうが、寒さより雅を取るのは、さすが平安貴族です。

同じ精神は『源氏物語』からも感じられます。「雪の光に光源氏の美貌も映える」と始まる雪見の場面です。光源氏は「人と違って冬の月を好む方」と語られ、この場面でも紫上としんみり雪見して、朝顔宮への求愛で傷ついた二人の関係を修復しています。

なお、『枕草子』のとある写本には「すさまじきもの。師走の月夜、媼(おうな)のけさう」とあったそうです。この場面で光源氏が「冬の月を『すさまじき例』に挙げた人は心が浅い」とピシャリ言い放っているのは、清少納言への意趣返しかもしれません。

5日

童(わらは)べおろして、
雪まろばしせさせたまふ。（中略）
「いと多う、まろばさむ」と、
ふくつけがれど、
えも押し動かさで、わぶめり。

第20巻　朝顔

昨日の続きのシーンです。「雪の庭に女童たちをおろして、雪転ばしをさせる。『もっとたくさん転がそう』と調子にのりすぎた子たちが、押しても動かなくなった大きな雪玉に手こずっているようだ」。愛らしい女の子たちとカラフルな衣装が、月明かりに映える美しさを、光源氏と紫上が愛でているシーンです（P.8）。ふだんは礼儀正しいであろう少女たちが、服を着崩し扇も落して駆け回る姿。年長すぎて参加できない童女が、羨ましそうにギリギリまで出て見ている様子。おしとやか過ぎる姫続出の『源氏物語』で、何だかホッとしてしまう場面です。

雪を趣向を凝らして愛でる文化は、平安貴族、冬の娯楽だったらしく、『枕草子』でも「いつまでとけないか」と賭けをしたり、盆に盛り花を挿して歌を詠んだりしています。光源氏も「藤壺の宮も雪の山を作らせた……ありふれたことだが洒落ていた」と哀悼しており、聞き手が紫上だけに勘ぐりたくなる場面です。

6日

いいオトコとは？　白皙美男か雄々しい武人か

いかでかは女のつくろひたてたる
顔の色あひには似たらむ、
いとわりなきことを、
若き御心地には
見おとしたまうてけり。

第29巻　行幸

玉鬘の姫君が、のちに夫となる右大将を見、「地黒で鬚がち」と即却下した場面です。鬚黒はこのとき30代。近衛府の長官という重役で、そのうえ真面目で将来性もアリと客観的には優良物件なのですが、玉鬘は「光源氏にそっくりの」若い冷泉帝に見惚れていました。「殿方ですから、どうして『女の化粧顔』に似ていましょう。仕様がないのに、若い御心は見下しなさってしまったのでした」というこの文章。文末の「て・けり」に、語り手の苦笑・ため息が滲みます。

7日

「昨日、上は見たてまつりたまひきや、かのことは思(おぼ)しなびきぬらんや」

第29巻　行幸

光源氏の養女・玉鬘は、冷泉帝が大原へ行幸するパレードを見物し、鬚黒など求婚者たちの姿を目にします。翌日、光源氏が玉鬘へ送った手紙が、これです。「昨日、帝を拝見なさいましたか。例のことは、そのお気持ちになりましたか」。

これは光源氏が玉鬘に、尚侍(ないしのかみ)任官を勧める内容です。表むきは帝の秘書たる女官、実質的には妃のポジション。その理由は「他人(ひと)の妻にするなんて許せない！」「尚侍なら密かにLOVEできる」という、恋の下心だと語られます。玉鬘十帖の見どころは、玉鬘と全イケメンキャラとの多彩なラブシーン。なので、いかにも「らしい」理由といえましょう。

ただし、別の深読みもできるのが面白いところです。冷泉帝には跡取りがおらず、光源氏派閥の中宮・秋好は、9歳年長で懐妊が望み薄です。もし玉鬘が皇子を産んだら……派閥の長としても、冷泉の実父としても、光源氏には望みがひらけるのです。

8日

光源氏、人生最後の和歌

こまやかに書きたまへるかたはらに、「かき集(つ)めて見るもかひなし藻塩草(もしほぐさ)おなじ雲居の煙(けぶり)とをなれ」と書きつけて、みな焼かせたまふ。

第41巻　幻

光源氏は究極の出家をめざし、紫上の死の悲嘆を冷ましながら1年を過ごします。この文は終活中の光源氏が、捨て難くて取っておいた恋文を、紫上のものも含め処分する場面。「濃(こま)やかに書かれた紫上の筆跡の横に、『かき集めてみても甲斐がない。手紙も、（亡き人と同じく）空高く昇る煙となれ』と書きつけて、すべて焼かせなさった」と語ります。

「かひなし（甲斐なし）」には、「貝なし」を掛けています。藻塩草は製塩の海藻で、手紙を指します。和歌では「書く」「かき集める」に掛けて、「手紙をかき集める」の意味でよく詠まれます。また、「煙」は藻塩の縁語で、「藻塩を焼く煙」が「手紙を焼く煙」に通じます。レトリックを駆使した絶唱です。

平安中期は浄土信仰が爆発的に広がった時期でした。そのめざすものは浄土のみを願う心境。妻子の愛しさもその死の悲しみも断ち捨てた世界へ、少しずつ進む光源氏が描かれています。

9日

この世につけては、飽かず思ふべきことをさをさあるまじう、高き身には生まれながら、また（中略）思ふこと絶えず

第41巻　幻

光源氏、終活のひとコマです。過去を振り返り「不満はあまりないほど高い身に生まれたが、また（中略）物思いも絶えなかった」と述懐します。実は、似たことを言っているキャラがあと二人います。光源氏の運命の女・藤壺と、その姪・紫上です。身が破滅するほどの失態はなく、富裕で高貴という恵まれた彼らですが、それでも「悩みも絶えなかった」と語っています。

彼らの悩みとは、子を成すほどの運命の配偶と今生では夫婦に生まれなかったことだったりします。ただ当時の観念としては、「思ひ」とは美を見たり聞いたりすれば忘れ得るものでした。彼らのように美々しい環境に住み、音楽や絵、調度に日々触れられる人が、「それでも物思いはある」と言うことは、一般貴族が愕然とすることだったのです。「み仏は世の無常を教えるために、幸ひ人にも苦悩を設定なさった」。そう考えた平安人は、世をいっそう儚（はかな）み、仏教にすがったのです。

10日

最終(はて)の日、わが御事(こと)を結願(けちぐわん)にて、
世を背(そむ)きたまふよし
仏に申させたまふに、
みな人々驚きたまひぬ。

第10巻　賢木

光源氏、24歳の冬。前年、父・桐壺院が死去しました。光源氏にとっては最大の庇護者であり、右大臣派を抑制できた唯一の存在です。現天皇・朱雀は文弱で近臣を制御できず、露骨な報復人事が始まって、光源氏らには冬の時代となりました。

この一文は、弘徽殿大后に睨まれている藤壺が12月10余日、出家したシーンです。桐壺院の一周忌ののち、法華八講という盛大な法会をひらいて（P.317）、その最終日のことでした。

藤壺と桐壺帝の子、実は光源氏の子である冷泉は、このとき皇太子。その御位(みくらい)を得たほどの宿世を全うさせ、治世をつつがなく保つことが、平安的な親の責任です。藤壺への妄執じみた愛着を今も断てぬ光源氏に現実を突きつけるためにも、后の位とわが身を捨てて仏教にすがることを藤壺は選択しました。長期的には英断でしたが、短期的には后の権力を喪った決断。光源氏派はますます孤立無援となっていきます。

11日

御琴の音、
いかで、かの人々の箏、
琵琶の音も合はせて、
女楽試みさせむ。

第35巻　若菜下

一夫多妻制というと大奥のように妻の集住が連想されますが、平安ではそれは内裏だけです。貴族の場合、妻はそれぞれ実家におり、夫が会いに行く形でした。光源氏の豪邸・六条院に夫人たちが住み、女楽を楽しんでいるのは、ここが実質的な宮中であることを表します。とはいえ平安の天皇は、中華帝国・オスマン帝国に比べると、専制度は遥かに下です。代々の天皇は后妃らの親族の利害調整に、骨身を削っていたものでした。

光源氏も、舅つきの妻は極力避けてきたのですが、女三宮を娶ったことでその父と弟に圧を掛けられることとなります。「(紫上ほど愛してくれないのはともかく) 琴くらいは教えてくれているだろう」。父院のこんな嫌味が人づてに伝えられ、光源氏は慌てて女三宮に集中レッスンを施します。「静かな夜間の方が稽古向き」と、女三宮の棟へ入り浸る光源氏。その「お泊まりの日数」は当然、宮の父と弟に伝わっているのです。

12日

奏法の伝授が表すオンナの戦い

十一月過ぐしては、
参りたまふべき御消息
うちしきりあれど、（中略）
「などて我に伝へたまはざりけむ」
と、つらく思ひきこえたまふ。

第35巻　若菜下

50巻「東屋」に興味深い逸話が出てきます。音楽を知らぬ成金が、楽師を雇い娘に楽器を習わせる。1曲習得するごとに謝礼を出すので、講師は「速りか（速くて浮ついた）」な曲ばかり教える。そう非難がましく書いているのです。利益めあての教師に芸術は教えられぬ——作者のそんなポリシーが滲み出ます。

では、どんな楽の伝授が理想だったのか。手がかりの一つはこの文です。明石姫君が「なぜ私には伝えて下さらなかったのと、恨めしく思い申し上げなさる」。明石姫君は光源氏の一人娘。「この国の女性の最上位・后になる」と予言され生まれた第一級レディです。しかし光源氏は彼女にも夕霧（息子）にも紫上にも琴を伝授せず、いま朱雀院にせっつかれて、やっと女三宮に教えている次第。伝授を受ける資格は何なのか、その真意は未だ不明です。

ちなみに夕霧の妻は音楽に弱く、その娘たちは皇子を生しません。皇統と音楽の関わりに作者は特別な思いがあったようです。

13日

「衛門督(えもんのかむ)心とどめてほほ笑まるる、
いと心恥づかしや。
さりとも、いましばしならむ。
さかさまに行(ゆ)かぬ年月(としつき)よ。
老いは、え逃れぬわざなり」

第35巻　若菜下

年の差婚した妻・女三宮と、目をかけてきた青年・柏木の不義を知った光源氏。この不始末が世間に知られぬよう、表むきは従前通りにふるまっていますが、宴席で思わず本音が零れます。「おや、柏木がこの老いぼれを笑っているようだ。だが、すぐ貴方の番になりますよ。老いは逃れられぬ」。冗談めいた口ぶりでしたが、良心の呵責に苦しむ柏木には真面(まとも)に刺さります。宴を楽しむどころではない柏木を見て光源氏は、盃を特別に与え、酒を飲ませます。帰宅後、柏木は病床に臥し死に至るのでした。

鎌倉時代の評論書『無名草子(むみょうぞうし)』に、「睨み殺した」と書かれるくだりです。当時、貴人には威光が備わるという発想がありました。光源氏の「ご勘気」を食らった柏木は、恐懼(きょうく)から死に至った、という解釈です。酒を無理強いするのは「歓待の証」の時代、はた目には「さすがお気に入りの柏木殿」と微笑ましく見えたであろうだけに、内実が恐ろしい場面です。

14日

風吹き荒れる宇治、絶望の姉妹

「あはれ、年は変はりなんとす。
心細く悲しきことを、
改まるべき春待ち出(い)でてしがな」
と、心を消たず言ふもあり。
「難(かた)きことかな」と聞きたまふ。

第46巻　椎本

父の八宮が亡くなって、初めての年越し。大君と中君は今さらながら、実は父に守られていたと知ること頻りでした。育児は乳母らに任す時代に、八宮家では宮が扶育したのです。それは政争に敗れた宮家ゆえの疎外・貧困、加えて北方（本妻、姉妹の母）の夭逝(ようせい)という不運・不幸のせいですが、反面、姫たちには父の愛情が唯一無二に注がれていました。

その父が身まかった年の瀬に、侍女たちがぺちゃくちゃお喋りしていたのです。「ああ、年が返る。宮さまの死の悲しさが改まる新春、待ち遠しい！」。この悲しみが一新するなんて難しいわ、と姫たちは無言で共感し合うのでした。

なお、二人の心細さには現実的理由もありました。ひとけが少なく嵐が襲い放題、見知らぬ輩も連れだって入ってくる——妖魔や山賊は深刻に恐れられていたのです。お経を唱えてくれ、接客に当たってくれていた父。姫たちは今や、無防備なのでした。

15日

安堵できる来訪者、しかしそれゆえに……

中納言の君、新しき年は
ふとしもえとぶらひ
きこえざらん、
とおぼしておはしたり。

第46巻　椎本

八宮の死後、薫（中納言の君）が宇治を訪れる描写です。「『新年になると、すぐに訪問できないだろう』とお思いになり、年内にいらっしゃった」。正月は宮中行事が多忙なため、その前に行ったという訳です。昨日触れたとおり八宮邸は人の気配がめっきり少なくなり、姉妹は防犯上も怯えていました。中納言という高官がその威光・配下と共に来てくれて、二人はやっと安心します。しかし接客に出た大君は、薫を惹きつけてしまうのでした。

column　時代背景

風光明媚な「憂し」スポット

都から日帰り可能な景勝地だった宇治。源融（とおる）（光源氏のモデルの一人）の別荘だった平等院（びょうどういん）があり、木幡（こはた）は藤原氏の埋葬地で、地名は「辛い」語感の「宇治（うじ）（憂（う）し）」でした。この不吉な地に住んだため大君と浮舟は、僧侶の死霊に憑かれ不幸に……と考えるのが平安人です。

16日

つららとぢ
駒(こま)踏みしだく山川(やまがは)を
しるべしがてら
まづや渡らむ

第46巻　椎本

多忙と積雪をものともせず、挨拶に来て山荘を明るくしてくれた薫。姫たちは心底うれしく思い、姉の大君は自身で応接に当たりました。それが思わぬ反響を招きます。その声・雰囲気の魅力に薫はコロッと、積年の独身主義がふっとんでしまったのです。

かと言って、そこは薫です。3年以上も八宮邸に通いつつ、先の垣間見まで姫たちには完全に無関心だった、深い道心もまた彼の本質なのでした。後見人らしく堅苦しく、匂宮と中君の縁談を持ちかけます。そして流れで、この歌をぶつけてしまったのでした。「氷で閉じ馬が踏みしだく山川を仲人の私が先に渡りましょう」。つまり、宮より先に私が貴女を踏み破ろう、と述べた訳です。真面目な男が逸脱すると、かくも、という感じです。

平安の和歌は時に肉感的ですが、ここまでダイレクトなのも稀有でしょう。体の経験は豊富でも心は童貞な薫らしく、ドすごい求愛をかましてしまったのでした。

17日

宿直人(とのゐびと)ぞ、蔓髭(かづらひげ)とかいふ頰(つら)つき、心づきなくてある

第46巻　椎本

「あの宿直人は、蔓髭とかいう、どうもみっともない顔つきのまま、そこにいる」。八宮邸の下人の中に、知った顔を見つけたときの薫の感想です。以前来たときこの宿直人に、脱ぎ替えた衣装をそっくり与えたのでした。その服があまりに品よく香るので、宿直人は逆に困ったという笑い話です。今や女所帯の八宮家、唯一の護衛役とあって、薫は温かくねぎらいました。恋した女性以外には気配り細やか、それが薫という男なのです。

column　平安文化

もじゃもじゃ髭は粗野、では薄い髭は？

蔓髭は、ツル草のようによじれた髭（あごひげ）のこと。『源氏物語』中では、髭の目立つ男は粗野・乱暴者のイメージです。手入れされた薄い髭は好まれたようで、国宝「源氏物語絵巻」の光源氏や夕霧には、薄い口髭が描かれています。

18日

長いつき合い……時間の経過に滲むあはれ

年ごろ久しく参り、
朝廷（おほやけ）にも仕（つか）うまつりて、
御覧（ごらん）じ馴れたる御導師（だうし）の、
頭（かしら）はやうやう色変はりて
さぶらふも、あはれに思（おぼ）さる。

第41巻　幻

「幻」巻から遡ること約四半世紀。光源氏は流離中に、明石入道という僧と出会いました。この物語屈指のヘンクツ者が、のちに完全な出家を遂げ山住みへ移行した時、妻だった尼君は連れ添った年月を、従者の「童にて京より下りし人の、老法師にな」った姿に実感します。この文は光源氏が同様に、長年勤めてくれた僧（導師）の老いぶりから、過ぎた時間を痛感する場面です。

内心、出家を決意している光源氏。12月19日から3日間にわたって行われる「御仏名」という例年の法事の際、導師に格別の布施を与えます。その際、坊主頭に白髪の色を見て、感慨が押し寄せた、という場面です。なお光源氏の長年の親友・頭中将は、前巻「御法」で久々に登場します。紫上の死を手厚く弔問してくれたのです。光源氏も有難く返事しようとして、（でも素直に悲しむとツッコむ人だからなあ）と、ふつうに世の無常を嘆いてみせたのでした。長い付き合いの二人、最後のやり取りです。

19日

その日ぞ出(い)でたまへる。
御容貌(かたち)、昔の御光(ひかり)にも
また多く添ひて、
ありがたくめでたく見えたまふ

第41巻　幻

世を捨て仏門に入る出家。断髪に象徴されるこの行為は、日本史上連綿と見られ現代にも存在します。しかし「人々が出家をどう考えるか」は、当然ながら世々変転してきました。『源氏物語』に書かれる光源氏の出家は、平安の理想の一つと思われます。

紫上の死に打ちのめされた光源氏。中世なら即、出家となりそうですが、一周忌を終え更に年越しまで、ひたすら家に籠って時を過ごしています。「衝動的な出家は心浅い」「少しずつ静かにすべてを思い切ってから」それが光源氏の理想だったようです。

光源氏の最後の姿は、「昔のご美貌に光が加わり、稀少で魅力的にお見えだった」と美化されて書かれます。仏教的な視点で見れば、若き日から出家を望み、法事や御堂建設など、功徳を積んできた人といえましょう。恋や絶望ゆえの衝動的出家はせず、俗体のまま仏道を学び、仕事・家族への責任を果たした上で、「世を驚かすようなことはせず」行く。平安らしい出家と言えそうです。

一同がちりぢりになることの重み

20日

十二月（しはす）の二十日なれば、
おほかたの世の中とぢむる
空のけしきにつけても、
まして晴るる世なき
中宮の御心の中（うち）なり。

第10巻　賢木

12月20日は、11月1日に崩御した桐壺院（光源氏の父）の四十九日です。この日の法事までは后妃たちが集まり服喪していましたが、過ぎるとそれぞれの実家へ帰っていきます。その際の藤壺（桐壺院の后）の心中がこの文です。「12月の20日なので、世の中全般が年末気分の空もようにつけても、なおさら晴れる間もない、藤壺中宮の御心の中である」。一年のクロージングと桐壺院の時代の終焉が、藤壺の心中でオーバーラップしています。

この文に続き、「弘徽殿大后が自分を憎んでいるので、これから先、思う存分になさるであろう世の中が、さぞ居づらく住みにくくなろう」と述べています。ただし、藤壺が今「晴れない」気分なのは、弘徽殿のせいではありません。「長年慣れ親しんできた桐壺院が、思い出されない時がない」ためです。

むろん、弘徽殿のするであろうことは恐ろしい。でもそれを上回って夫君が恋しいという、藤壺のピュアな人柄が滲みます。

21日

何ごとをか、なかなかとぶらひきこえたまはむ、ただ御方の人々に、乳母(めのと)よりはじめて、世になき色あひを思ひいそぎてぞ贈りきこえたまひける。

第19巻　薄雲

光源氏の一人娘を生み、納得づくで紫上の養女に出した明石君。この文は、別れてひと月も経たぬ年の暮れの一場面です。引き取られた姫君のために「なかなか（なまじ）」何を差しあげよう、ただ使用人らにだけ、乳母をはじめとして、比類ない色の正月衣装を用意し贈った、と言っています。紫上は衣装作りの名手、それは光源氏の日頃の装いからわかります。なのでわが子には贈り物不要という屈折感が、「なかなか」一語から感じられます。

column　平安文化

母親の相談相手でもある一流の乳母

姫君の乳母は、光源氏が自ら選び、明石へ派遣した女性です。故・桐壺院の宣旨(せんじ)（最高級女官）を母に、公卿（閣僚）を父に持つ、血筋のよさと宮廷知識を兼ね備えた人で、将来の姫君入内時に役立つ人材であることがうかがえます。が、19巻以降登場することはありません。

22日

互いに相手を思いやる一夫多妻の理想形

「待ち遠(どほ)ならむも、
いとどされぱよ」と思はむに
いとほしければ、
年(とし)の内(うち)に忍びて渡りたまへり。

第19巻　薄雲

昨日に続く場面です。「『通いが間遠なのは姫君がいないからだ』と（明石君が）思うのは不憫なので、（光源氏は紫上に）遠慮してこっそり（明石君のいる大堰に）年内にもう一度いらっしゃる」。娘を取りあげたら生母は用済み、と明石君が感じたら可哀想だから12月内にもう一度通った、と語る文です。そこまでする動機が「いとほし（可哀想）」なのが、らしいところです。

一方、紫上も、当初は明石君に嫉妬していましたが、娘を手放した心中を察し、源氏の大堰通いを許しています。明石君も、分をわきまえ、しかし卑下しすぎず、よい塩梅を保つ——絶妙なバランスがここにあります。

玉鬘に惚れ込みすぎて本妻の体面と心を傷つけ、離婚を招いてしまった鬚黒や、根回しを怠って落葉宮を頭中将一家の非難の矢面に立たせてしまった夕霧とは、このマメさが違います。ただ光源氏も若い頃は失敗したので、場数のおかげかもしれません。

23日

人より先成りける
けぢめにや、とり分きて
思ひ馴らひたるを

第35巻　若菜下

女三宮との密通を光源氏に知られ、柏木は病に倒れます。妻の落葉宮のもとで療養していましたが、心配した母から実家に戻るよう懇願されました。一方で妻の母からも、「夫婦の仲は離れないのが常」と引き止められます。仏教では不孝を罪と考えるため、悩んだ果てに実家に戻ると決めた柏木が、女二宮に対して口にしたのがこの一文です。「人（弟たち）より先に生まれたせいか、特別に大事にされることになれているが……」。

ただしこの時代、長男だから大事にされるとは限りません。大事な妻の子だから可愛がる、優秀だから、美しい子だから、小さい頃からよく接しているからなど、子はさまざまな要因で贔屓されます。実際、10巻「賢木」の時点では、長男・柏木より次男・紅梅の方が美声で父から可愛がられていました。史実でも、「今なら虐待？」と思うレベルで子供たちを贔屓する姿が描かれており、ちょっと可哀想になってしまうこともあるほどです。

24日

かつての栄華も今は昔

御賀(おほむが)は、二十五日になりにけり。（中略）例の五十寺(ごじふじ)の御誦経(ずきやう)、また、かのおはします御寺にも、摩訶毘盧遮那(まかびるさな)の。

第35巻　若菜下

極めて不穏でスリリングな文章です。しかし平安の知識がないと無味乾燥に見えてしまいます。直訳は「お祝いは、25日であったよ。（中略）通例の50寺での誦経(ずきょう)、また、住まいのお寺でも大日如来の」です。まず、「（朱雀院の50歳の）お祝いが12月25日」という重みを押さえましょう。長寿の祝いは40、50など切りがよい年齢の、その年内に行います。従って、この時点まで挙行できていなかったことが、そもそも不始末。平安的には行事の支障は、主宰の不徳・無力の反映だからです。この場合、朱雀院の娘・女三宮とその夫・光源氏の不出来・不名誉です。

次に、参列者、道具類、演舞について、語られない点に注意しましょう。「語り草」という言葉があるとおり、優れた式典なら「語りたくなる」のです。言及がないどころか、文がぶった切られ巻が締められてしまう。荒涼たる催事だったことが察せられます。栄華を誇った光源氏派の、見るも無惨な現状です。

25日

「着たまはん人の御容貌に思ひよそへつつ奉れたまへかし」

第22巻　玉鬘

年末のある日。光源氏は妻たち娘たちに、新年の衣装を贈る準備をしていました。さてどうセレクトしよう……と考えていたとき、本妻格・紫上がこう言ったのです。「お召しになる方の容姿を思い浮かべて選んでおあげなさいまし」。カンのいい光源氏、すぐ察します。「ははあ、着る人の姿を推察する気ですね」。

この時代、貴婦人はめったに外出しません。ごく稀に対面することがあっても、扇や几帳で姿を隠すのがたしなみです。従って紫上は、光源氏の他の妻たちの容姿を知らない訳です。手紙のやり取りで交流はあって、表むき和やかに付き合ってはいるけれど、そこは流石に恋敵。相手の見目が気になる、という訳です。

SNSが発達した現代人には、呆れるほど迂遠な偵察です。しかしこれが平安の常態でした。さらにこの場面、選ばれた衣類の色・模様・品質が女性たちの個性をズバリ表しているのです。これが人柄を推し測るということかと、瞠目させられるひとコマです。

26日

絹(きぬ)、綾(あや)、綿(わた)など、老人(おいびと)どもの着るべき物のたぐひ、かの翁(おきな)のためまで上下(かみしも)思(おぼ)しやりて奉りたまふ。

第6巻　末摘花

末摘花の逸話は、「一夜明けて新婦のカオ見た光源氏、ビックリ仰天逃げ出した」と、誇張された形でよく語られます。実際は、もっと哀しい話です。末摘花と結ばれた光源氏、付き合う程つまらぬ姫にガックリしますが、ある朝カオ見て失意のダメ押し。「これでは再婚は不可能だ」と、自分が養ってやる決意を固めたのです。光源氏という主役をアゲるため、姫が底なしにサゲられる、あくどさのある喜劇です。

とはいえ、ただの悪趣味話に至らないのは、各キャラに奥行きがあるためです。この文は、一家を丸ごと扶養すると決めた光源氏が、生活必需品を贈る場面。寒さで震えていた侍女たち（老人ども）という目立つポジションの者らに加え、門番（かの翁）という目立たぬ使用人まで、服を授かったと語っています。

箱入り息子でありながら、下人まで思いやれる光源氏。平安人が理想とした政治家像をさりげなく体現しているのです。

27日

着てみれば
うらみられけり唐衣(からころも)
返しやりてん袖を濡らして

第22巻　玉鬘

驚くほど不出来な赤鼻姫・末摘花。光源氏が須磨へ流離したドサクサに、一度切れた縁もめでたく復活しました（15巻「蓬生」）。のちに二条東院に引き取られ、のどかに暮らしています。残念なのは「蓬生」巻のけなげさが消え、再びお馬鹿キャラに戻ってしまったことでしょう。

光源氏35歳の年の暮れ。妻・娘たちに正月の晴れ着を贈りました。各自がシャレたお礼をしてきた中に、末摘花の返歌はこれだったのです。「着てみれば裏もわかり、かえって恨んでしまいます。この唐衣はお返ししてしまいたいわ、私の涙で袖をぬらして」。「裏見られ」「恨みられ」が掛詞、「着る」「うら」「唐衣」「返し」「袖」などが縁語です。……これだけ縁語を詰め込んだら、それは定型的な、古臭い歌になりますよね。普段は優しい光源氏が返歌する気も失せ、いつもは妬く紫上がとりなして、何とか返書は出したという、レアな光景が笑えるひとコマです。

28日

返礼品は嫌味を利かせて

晦日の日、夕つ方、かの御衣箱に、
御料とて人の奉れる御衣一具、
葡萄染の織物の御衣、また山吹
かなにぞ、いろいろ見えて、
命婦ぞ奉りたる。

第6巻　末摘花

さて、昨日の「唐衣」の歌から遡ること約17年前、末摘花邸の大晦日の夕方。光源氏から、色とりどりの装束が贈られてきます。実はこれ、末摘花が光源氏のために用意した、元旦用の晴れ着に対するお礼の品々なのです。

夫の装束を整えるのは、本妻の役目ですから、明らかに「出過ぎたまね」。しかも末摘花が贈ったのは、流行の薄紅色の、光沢も失せた古びた単衣と、表も裏も同色の濃い紅色の直衣でした。衣の表は砧を打って艶を出し、表裏は色を変えるのが今ふうとされていますから、末摘花のセンスのなさが出ています。色とりどりの装束を贈ってきたのは、明らかに光源氏の皮肉です。ところが、末摘花の老侍女は「こちらの贈り物も、紅色の重々しい品だったから見劣りしていない」と自信たっぷり。末摘花の周囲には、時代遅れのセンスの持ち主しかいないのです。そして、この晴れ着に添えられていたのが、やはり「唐衣」の歌でした。

29日

「儺（な）やらふとて、犬君（いぬき）がこれをこぼちはべりにければ、つくろひはべるぞ」

第7巻　紅葉賀

この一文は1月8日（P.21）のところで紹介した、紫君の人形遊びのひとコマです。「追儺（ついな）をやろうといって、犬君がこれ（人形の家）を壊してしまったので、直しておりますの」。この紫君のセリフの中に出てくる「追儺」は大晦日の宮中行事なので、ここで紹介しています。追儺は、新年を迎える前に「儺（疫鬼）」を祓う宮中行事のこと。犬君は紫君の遊び相手の童女で、「若紫」巻では雀を逃がして紫君を泣かせていました。ここでも、人形の家を破壊して、再びやんちゃなところを見せています。

column　年中行事

疫鬼を追い出す大晦日の宮中行事

「鬼やらい」とも呼ばれる追儺は、鬼の面をかぶり、手に鉾と楯を持った方相氏らが内裏を回り、陰陽師が祭文を読み上げ、疫鬼を追い出す宮中行事。貴族の家でも行われ節分の豆まきの原型とも言われます。

12月

Dec.

30日

晩年の光源氏、伸びゆく匂宮

「儺（な）やらはんに、音（おと）高かるべきこと、何わざをせさせん」

第41巻　幻

光源氏の最晩年を描く「幻」巻にも、追儺のシーンが登場します。光源氏が年が暮れていくことを寂しく感じていると、6歳の匂宮が「鬼を追い払うのに、高い音をたてるには、どうすればいいだろう」と言いながら、走り回っています。

出家したら、この可愛い様子を見ることができなくなってしまうのか……と、物思いにふける光源氏。52歳の年の暮れの出来事です。

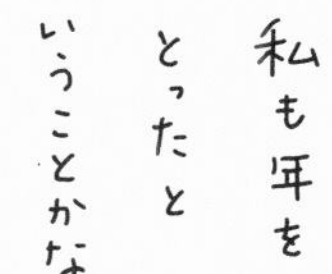

31日

雲隠(くもがくれ)

41巻「幻」の末尾では、出家目前の光源氏が描かれました。続く「匂兵部卿」巻冒頭は「光隠れたまひにし後……」、つまり光源氏は既に故人です。『源氏物語』はこれまでも重大事を、サラッと語り・回想で済ませてきました。今度は主人公死去の場面を、巻と巻との間で片づけた訳です。おそらくは執筆当初から、この形だったと思われます。しかし読者は「物足りない！」となったのでしょう。いつしか「雲隠」という、巻名だけあって本文は存在しない、不思議な巻が加わるようになりました。

そして「本文はあったのかなかったのか」論争が始まります。「読んだ者が皆出家してしまったので、勅命で焼却された」という、まことしやかな伝説も生まれます。室町時代には空白を補う「雲隠六帖」が書かれました。今で言う二次創作です。議論が議論を呼び同人誌を生むあたり、ファンの行動が千年不変で「源氏物語とは文章のみに非ず。文化の総体なり」と言いたくなります。

著者　**砂崎 良**

東京大学文学部卒業。古典文学に現れる7~15世紀の香料文化史、交易史を研究。詩人であり、『源氏物語論』などでも知られる藤井貞和氏に師事。現在は教育・文化系のライター。

staff

装丁・装画・デザイン	桑山慧人（book for）
DTP	椛澤重実（D-Rise）
本文イラスト	上路ナオ子
編集	伊藤彩子

1日1原文で楽しむ源氏物語365日
紫式部のリアルな〝言葉〟から読み解く作品世界

2023年11月17日　発　行　　NDC913

著　　者　砂崎 良
発 行 者　小川雄一
発 行 所　株式会社 誠文堂新光社
〒113-0033 東京都文京区本郷 3-3-11
電話 03-5800-5780
https://www.seibundo-shinkosha.net/
印 刷 所　株式会社 大熊整美堂
製 本 所　和光堂 株式会社

©Ryo Sazaki. 2023　　Printed in Japan

本書掲載記事の無断転用を禁じます。

落丁本・乱丁本の場合はお取り替えいたします。

本書の内容に関するお問い合わせは、小社ホームページのお問い合わせフォームをご利用いただくか、上記までお電話ください。

JCOPY 〈（一社）出版者著作権管理機構　委託出版物〉
本書を無断で複製複写（コピー）することは、著作権法上での例外を除き、禁じられています。本書をコピーされる場合は、そのつど事前に、（一社）出版者著作権管理機構（電話 03-5244-5088 ／ FAX 03-5244-5089 ／e-mail：info@jcopy.or.jp）の許諾を得てください。

ISBN978-4-416-62301-5

［宇治十帖］主要登場人物の系図

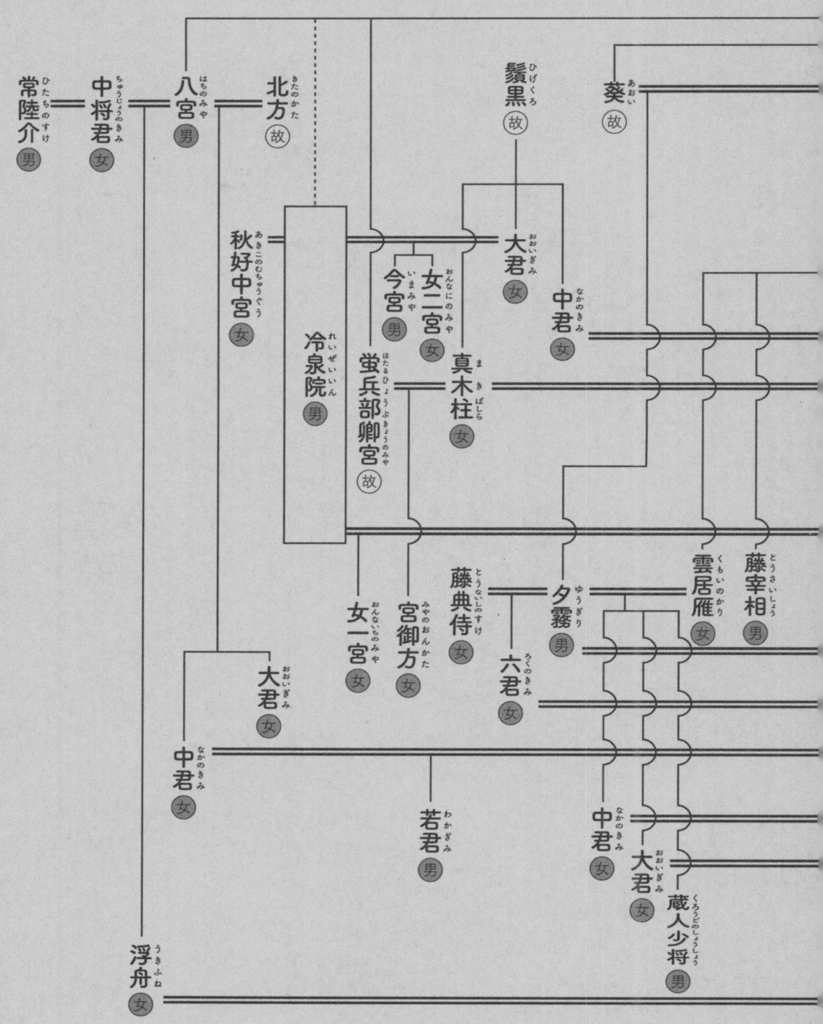